Ein Jahr und zehn Tage
Roman
Reinhard Staubach

Ein Jahr und zehn Tage

Roman

Reinhard Staubach

Umschlaggestaltung vom Autor

Reinhard Staubach
Ein Jahr und zehn Tage
Roman

1. Auflage

© Copyright by Reinhard Staubach
Ebersbach-Musbach, 2019

Herstellung und Verlag:
BoD – Books on Demand, Norderstedt

Nachdruck und Vervielfältigung jeder Art, auch auf Bild-, Ton-, Daten und anderen Trägern, insbesondere Fotokopien (auch zum privaten Gebrauch), sind nicht erlaubt und nur nach vorheriger schriftlicher Absprache mit dem Autor möglich.

www.reinhard-staubach.de

ISBN 978-3-7347-0591-5

Ich weiß nicht, ob man die Göttlichkeit der Bibel
einem beweisen kann, der sie nicht fühlt,
wenigstens halte ich es für unnötig.

Johann Wolfgang von Goethe
1749 – 1832

Inhaltsverzeichnis

Ein Rabe im Montafon	9
Der erste Besuch	14
Schließung der Arche	19
Der erste Tag in der Arche	23
Verlasst eure Stadt	29
Kleinen Kater beim Tiger	36
Das Erstgeburtsrecht	44
Sem sieht Bildbrettchen	50
Folgen einer Leichenschändung	56
Drei Gänse für neue Stiefel	62
Das neue Gewand	65
Die drei Brüder	67
Der Wettbewerb	72
Wenn Gefahr droht	77
Ein listiger Seeräuber	80
Der Gast	84
Zwei Wolfsschwänze	89
Tod eines Gärtners	93
Der Bruder der Klöpplerin	102
Ägyptus fürchtet sich	108
Leuchtende Steine	111
Der geheimnisvolle Fremde	113
Fünf Söhne	120
Milwidas Trauma	124
Der Räuber	127

Adams Altar	131
Sucht Wasan!	138
Das geschmorte Kaninchen	144
Versiegte Quelle	149
Angeltag	153
Der geheimnisvolle Job	158
Die bösen Schwiegertöchter	162
Ohrfeigen vor Gericht	166
Die untreue Schwester	171
Die Erben	182
Schmuckraub	187
Ein kleiner Bär will fischen	192
Blaue Blüten	196
Die kostbare Brosche	200
Glück und Gold	205
Arima verliebt	210
Gottes Plan	215
Wer hat mehr Halswirbel?	221
Der Banküberfall	225
Suvork verspätet sich	229
Der Hochstapler	234
Abschied	241
Der Autor	247

Ein Rabe im Montafon

„Guten Tag", sagte der Vogel, nachdem er sich lautlos auf die Rückenlehne der Bank für erschöpfte Wanderer gesetzt hatte. Ich saß schon mindestens eine halbe Stunde auf derselben Bank, aber nicht auf der Lehne. Ungestört und verträumt hatte ich mich der frischen Bergluft hingegeben. Weil der urige Typ von hinten angeflogen war, hatte ich ihn nicht kommen sehen, zuckte ein wenig zusammen und antwortete: „Guten Tag."

Erst als ich den Gruß ausgesprochen hatte, wurde mir bewusst, dass ich einem Vogel geantwortet hatte. Ein pechschwarzer Rabe saß neben mir, nur eine Armlänge entfernt. Der Vogel war groß, ein echter Kolkrabe. Ich sah mich um. Wo war sein Herrchen oder Frauchen?

„Ich bin allein", sagte der Rabe in klarem Hochdeutsch, offenbar meine Überlegung erahnend.

Können Raben in den österreichischen Alpen Gedanken lesen? Welch absurde Idee suchte mich da heim? Wo der wohl ausgebüxt war? Wie auch immer. Man hatte ihm ein paar passende Sätze beigebracht. „Aha", mehr fiel mir auf seine Aussage, dass er allein sei, nicht ein.

„Ich habe dich schon einige Zeit beobachtet", fuhr der Rabe fort. „Du bist der richtige Kandidat."

„Kandidat? Wofür?"

„Dem ich meine Geschichte erzählen kann."

„Interessant. Dann erzähl mal." Hatte ich dem Vogel ernsthaft geantwortet? Sprach der wirklich mit mir? Wo steckten die versteckten Kameras? Hier oben in fast 2000 Metern über dem Meeresspiegel standen im Montafon keine Bäume mehr, nur niedrige Büsche. Und die meisten waren weit weg. Sonst nur Gras, Wildblumen, Heidelbeersträucher und irgend ein anderes Gestrüpp, nicht einmal kniehoch. Wie zufällig rieb ich mir die Augen und sah mich um, erst mit dem linken, dann mit dem rechten Auge blinzelnd. Letztendlich beide weit geöffnet. Nichts Verdächtiges weit und breit. Die Typen mussten sich meisterhaft getarnt haben. Vermutlich war der Felsen dort drüben nicht aus Stein, sondern aus Pappmaché mit einem Kameramann darin. Oder schwebte gar eine Drohne über uns? Ich blickte gen Himmel. Alles blau, nur in der Ferne einige friedliche Wolken.

„Da sind keine Kameras. Habe ich längst gecheckt."

Las der Rabe wahrhaftig meine Gedanken? Seine Stimme reichte ihm offenbar nicht, um mich zu verunsichern. Hatte ich zu wenig getrunken und tanzten nun meine Sinne Samba?

„Entschuldigung, ich habe mich noch nicht vorgestellt. Ich bin Suvork. So hat Noah mich getauft. Ich verbessere, nicht praktisch getauft, sondern genannt. Einfach Suvork."

Ich sah mir den Vogel etwas genauer an. Es war keine gewöhnlich Krähe, wie man sie gelegentlich in den Alpen beobachtet. Suvork war bedeutend größer. Später sah ich, dass die Spannweite seiner Flügel über einen Meter betrug. Er brachte deutlich mehr als ein Kilo auf die Waage und war etwa einen halben Meter lang, wenn ich die Schwanzfedern abrechnete. Sein schwarzes Federkleid glänzte im Sonnenlicht metallisch violett. Ebenso der riesige Schnabel, die Beine und die Krallen, alles pechschwarz. Aus seinen Augen mit der dunkelen Iris musterte er mich. Ein echter Kolkrabe saß neben mir, wie man ihn selten in der freien Natur antrifft. Gezähmt, klarer Fall. Ich beruhigte mich wieder und vertraute meinen Sinnen.

„Noah hat dich also Suvork genannt. Wo wohnt denn dieser Noah?"

„Bei Gott", kam die kurze Antwort.

„Er ist also gestorben und seine Erben wussten nichts mit dir anzufangen. Da bist du wohl auf und davon. Wie alt bist du?"

„Über 6000 Jahre. Aber nachdem ich mich vorgestellt habe, solltest du dich auch vorstellen. Das gebietet die Höflichkeit."

Verdammt, der Vogel kannte sich aus. Ich entschuldigte mich: „Karl Schmidt, Studienrat im Ruhestand." Zufrieden hob er den Kopf. Dabei zeichneten sich die etwas längeren Federn an der Kehle deutlich ab.

„Du bist jetzt aber Schriftsteller", sagte er sachlich, als handle es sich um die Farbe meiner blauen Augen.

„Wie kommst du darauf?" Denn dass ich schreibe, hatte ich nicht erwähnt. Das musste ihm jemand gesteckt haben.

„Du hast die Aura eines Schriftstellers."

„Du kannst meine Aura sehen?"

„Ja, das lernte ich in den letzten Jahrtausenden. Ich bin zwar unsterblich, kann aber getötet werden. Deshalb ist es wichtig, schon von weitem zu erkennen, ob ein Mensch von einer guten oder einer finsteren Aura umgeben ist. Und mit der Zeit lernte ich dann auch die einzelnen Berufsgruppen erkennen. Du bist ein gutmütiger und friedliebender Autor."

Beruhigend. Doch ich hatte seine Altersangabe nicht vergessen.

„Über 6000 Jahre? Da sind in deiner Kalkulation deutlich ein paar Nullen zuviel eingeflossen? Du meinst offenbar, ich sei ein alter Mann. Der checkt das nicht mehr. Über 6000 Jahre, ich bitte dich. So alt wird kein Rabe."

„Ich bin ja auch nicht irgendein Rabe. Ich bin der Rabe aus der Bibel. Im Buch der Bücher steht herzlich wenig über mich. Immerhin wurde ich kurz erwähnt: *Nach vierzig Tagen öffnete Noach das Fenster der Arche, das er gemacht hatte, und ließ einen Raben hinaus. Der flog aus und ein, bis das Wasser auf der Erde vertrocknet war.* – Genesis 8:6-7."

Der Gefiederte kannte die Bibel? Das wurde ja immer verrückter. „Aus der Bibel", wiederholte ich trocken.

„Ja, kennst du die Geschichte von der Sintflut? Klar kennst du die. Wer kennt die nicht. Als Noah wissen wollte, ob die große Flut sich zurückgezogen hatte, ließ er mich nachschauen. Ich drehte ein paar Runden. Wasser, nichts als Wasser. Leider wurde nicht viel über die Flut in der Bibel geschrieben, schlicht und ergreifend vier Kapitel. Das macht gedruckt in vielen Bibeln gerade mal drei Seiten. – Genesis 6-9. "

„Ja, ich kenne die Geschichte. Aber dass Noahs Rabe sprechen konnte und einen Namen hatte, ist mir neu."

„Mein Name wurde leider nicht in der Bibel verzeichnet. Ursprünglich schrieb Noah auch meinen Namen auf und dass er mir das Sprechen beibrachte. Spätere Abschreiber seines Berichts kürzten heftig und strichen die Information über meine Fähigkeiten. Und nicht nur das. Ich war stets an Noahs Seite und habe alles mitbekommen, die Zeit vor dem Bau der Arche und was darin geschah."

„Und du lebst seit der Sintflut? Schön, du willst mich also auf den Arm nehmen."

„Nein. Keineswegs. Noah war so zufrieden mit meinem Dienst, dass er mich segnete. Und in dem Segen verhieß er mir, dass ich so lange auf der Erde leben dürfe, wie ich wolle."

„Was für einen Dienst?"

„Ich flog täglich durch alle Abteilungen der Arche und berichtete ihm, wo er nach dem Rechten sehen müsse."

Misstrauisch schaute ich den Raben an. Unmöglich, das konnte doch nicht wahr sein. Wer hatte ihm die haarsträubende Geschichte beigebracht?

„In der Bibel steht nichts von einem sprechenden Raben", wandte ich ein.

„Wie ich schon sagte, in der Bibel steht längst nicht alles", erwiderte er knapp. „Aber wenn du nicht an meiner Geschichte interessiert bist, suche ich einen anderen Gesprächspartner."

„Nun sei nicht gleich beleidigt. Deine Andeutungen sind so sagenhaft, dass ich das erst einmal verkraften muss. Ich bin nicht so naiv, dass ich alles glaube, was man mir sagt."

„Ich weiß, es gibt unzählige falsche Informationen. Darf ich dich zu Hause besuchen? Das ist hier kein Ort für lange Geschichten."

„Ich wohne aber nicht hier in Österreich."

„Das habe ich mir gedacht. Deine Sprache, sauberes Hochdeutsch. Wohnst du weit von hier?"

„Mit dem Auto etwa zwei Stunden."

„Kein Problem. Wie ist die Adresse?"

Ich sagte dem Raben meinen Wohnort, die Straße und die Hausnummer und wunderte mich, dass er nicht nach dem Weg fragte.

„Das ist in der Nähe des Federsees. Dort war ich schon mehrmals. Mein Horst ist auch nicht weit von dort entfernt. Ich hatte heute Lust, in die Berge zu fliegen, wo ich lange lebte. Dann bis morgen. Etwa gegen 19 Uhr. Ist das okay?"

„Ja, bestens. Da sind wir ungestört. Ich bin Witwer und wohne gegenwärtig allein."

„Dachte ich mir."

Woher wusste er dass? Ich hatte es bei der Vorstellung nicht geäußert. Ob er das in meiner Aura sah? – Der Rabe

13

breitete seine Flügel aus und flog davon. Zunächst schwebte er ins Tal vor uns. Dann schwenkte er nach links und aus meinem Blickfeld.

Der erste Besuch

Suvork, der Rabe aus Noahs Arche, landete zwei Minuten vor 19 Uhr auf meiner Terrasse. Er setzte sich auf die Armlehne des freien Gartenstuhls. Ich hatte schon eine halbe Stunde auf dem anderen Stuhl gesessen und glaubte nicht, dass der Vogel tatsächlich kommen würde. Aber da saß er nun. Zwischen uns stand der runde Gartentisch.

„Guten Abend", sagte Suvork. „Da staunst du, was? Hast mich offensichtlich nicht erwartet."

Ich erwiderte seinen Gruß. Dass der Vogel wahrhaftig erschien, überraschte mich. Noch Minuten zuvor zweifelte ich daran, die tags vorher widerfahrene Begegnung real erlebt zu haben. Vielleicht war ich dort oben in den Alpen eingeschlafen und hatte geträumt. Oder einen Höhenkoller bekommen. Doch nun saß der Rabe mir gegenüber auf der Armlehne. Mir fehlten die Worte.

„Was möchtest du wissen", fragte Suvork.

„Du warst also leibhaftig dabei, als die große Flut die ganze Erde überschwemmte."

„Es geschah nur einmal während der Menschheitsgeschichte und es soll nie wieder vorkommen", begann der Rabe zu erzählen. „Gott persönlich hat versprochen, dass nie wieder alles Land unter Wasser stehen soll. Sein

Gelübde besiegelte er mit einem gigantischen und bunten Bogen: dem Regenbogen. Viele Völker auf allen Kontinenten der Erde kennen sie, die Geschichte von der großen Flut vor etlichen tausend Jahren."

Der Vogel hielt inne, als müsse er nachdenken, aber nur kurz.

„Damals öffneten sich alle Quellen des Himmels und der Erde und fluteten den Globus, bis kein Land mehr zu sehen war. Nicht ein einziger Berggipfel ragte aus dem alles bedeckenden Ozean. Alle Landtiere und alle Menschen ertranken. Außer Noah und sieben weiteren Personen seiner Familie. Auch jene Tiere überlebten, die er im Kasten bei sich hatte. Heute wird die schwimmende Behausung meistens Arche genannt, was jedoch nichts anderes als Kasten bedeutet. Denn Gott hatte Noah geboten, einen Kasten zu bauen, nicht ein Schiff nach heutigem Verständnis, wie die dreistöckige Kiste fälschlicherweise oft dargestellt wird. Die überdimensionale Truhe hatte weder Steuerruder noch Segel oder Motor und trieb führerlos umher. Nein, nicht wirklich, Gott hatte ein Auge drauf und Noah sprach gelegentlich mit ihm."

„Nachbauten der Arche sehen aber meistens wie ein Schiff aus", wandte ich ein.

„Die heutigen Baumeister waren ja nicht dabei", erwiderte Suvork. „Im Atrahasis-Epos wird die Arche deutlicher beschrieben, als in der Bibel. Dort ist zu lesen: *Das Schiff, das du bauen sollst, ... sei würfel[förmig...]!* Atrahasis-Epos, Tafel 3, I, Verse 22 bis 55."

Ich mochte nicht glauben, was ich da hörte. Suvork kannte nicht nur die Bibel. Aber ich sagte nichts, als er weitersprach.

„Der Kasten, besser die Truhe, eine überdimensionale Truhe, war auch keine grob zusammengenagelte und völlig schmucklose Transportkiste. Es war in jener Zeit üblich, sein Handwerk zu verzieren. Denn Noah arbeitete im Auftrag des Herrn, der genaue Anweisungen über die Konstruktion und die Ausmaße der Arche gegeben hatte. Bei einem Werk für Gott durfte man nicht schludern. Das konnte unangenehme Folgen haben, was seine Zeitgenossen am eigenen Leib zu spüren bekamen, weil sie Gottes Wort in den Wind schlugen."

„Du meinst die, die dann ertrunken sind?"

„Ja. Sie lachten Noah aus, als er vor der kommenden Flut warnte und gleichzeitig mit dem Bau der Arche begann, einem riesigen Kasten, wie ihn zuvor niemand gesehen hatte. Er war nach heutiger Maßeinheit etwa 135 Meter lang, 23 Meter breit und 14 Meter hoch. Damit war die Arche länger als ein Fußballfeld, denn Fifa und UEFA fordern, dass das Spielfeld 105 Meter lang sein soll. Die Arche würde demzufolge gerade mal in eine moderne Sport-Arena passen. Vorausgesetzt man ließe sie von oben mit einem riesigen Kran oder einem Hubschrauber hinab. Aber so kräftige Hubschrauber gibt es nicht. Da wäre es einfacher, man baute ein Stadion um die Arche herum."

„Wie lange baute Noah an der Arche?", fragte ich.

„Merkwürdig", sagte der Rabe. „Das wurde ich noch nie gefragt. Da müssen etliche Jahre ins Land gezogen sein. Als ich hinzukam, begann man die Seitenwände hochzuziehen. Ich konnte damals noch nicht sprechen und fragte auch später nicht nach der Bauzeit. Nachdem die Arche fertig war, schritten die Tiere hinein, jeweils ein männliches und ein weibliches. Noah fing keine Tiere ein und brachte sie zur Truhe. Die kamen von ganz alleine. Gott hatte offenbar zu seinen Geschöpfen gesprochen und sie trabten brav in den Zypressenholzkasten. Abschließend ging auch Noah mit seiner Familie hinein. Gott verschloss die Arche, es begann heftig zu regnen und aus allen irdischen und himmlischen Quellen sprudelte Wasser hervor."

„Und dann? Was geschah in der Arche?" Meine Neugier war geweckt. „Darüber steht nichts im biblischen Bericht. Hat Noah mit seinen Söhnen Mau-Mau gespielt? Haben sie gar gepokert? Fernsehen war noch nicht erfunden. Oder mussten sie sich damit abrackern, die Elefanten, Pferde, Löwen, Zebras, Mäuse, Eulen, Spatzen und tausend weitere Tiere zu füttern, mindestens eintausend. Das wäre eine Heidenarbeit gewesen für acht Leute. Keine Zeit für Streicheleinheiten vom geliebten Partner und kein Ruhetag am Montag."

„Davon will ich dir erzählen", sagte der Rabe. „Denn ich war, wie bereits gesagt, die ganze Zeit dabei. Als es nach 40 Tagen aufhörte zu regnen, war die Erde immer noch lange Zeit vollständig überflutet. Erst nach vielen Monaten schreckte ein gigantischer Ruck alle auf und es schaukelte nicht mehr. Die Behausung war hoch oben im Gebirge des Ararats gestrandet. Ein Jahr und zehn Tage waren Noah, seine Familie und alle Tiere in der Arche unterwegs. Darüber huschen die meisten Bibelleser hinweg. Das liest man deutlich in Genesis 7:10. Und Noah war bereits 600 Jahre alt, als die Arche fertig war und er hineinging, steht in Genesis 8:13-16 geschrieben. Nun gut, man muss schon genau lesen, damit man erkennt, dass Mensch und Tier über ein Jahr in der Arche lebten."

Suvork machte eine Pause und hielt den Kopf schief, während er zu mir herübersah. Wenn er Lippen hätte, würde er vielleicht wissend grinsen, dachte ich.

„Das muss wie in einem Gefängnis gewesen sein", knüpfte ich an das Gesagte an.

„Ja, so empfanden die acht Personen es zeitweise. Bevor ich weiter berichte, muss ich noch darauf hinweisen, dass Noah und seine Zeitgenossen die deutsche Sprache nicht kannten. Ich werde deshalb Begriffe aus jener Zeit vermeiden und die moderne Gegenwartssprache verwenden, damit du mich gut verstehst und nicht durch langatmige Begriffserklärungen den Faden verlierst. Als Beispiel sei das heute in vielen Sprachen anzutreffende ‚Okay' genannt. Wir kennen es auch als ‚O.K.', ‚OK' oder ‚ok'. Noah und seine Zeitgenossen verwenden ‚okay' in meinen Erzählungen, obwohl er das Wort nicht gekannt haben kann, weil es etliche tausend Jahre später erstmals in den amerikanisch-englischen Sprachraum einzog und anschließend die Welt eroberte. Über die Entstehung von ‚O.K.' sind sich die Sprachwissenschaftler nicht einig. Unterschiedliche Erklärungsversuche und seltsame Mythen machen die Runde. Es würde mich allerdings wundern, wenn ein Linguist Noah als Urheber herausfände. Früher gebrauchte man ein völlig anderes Wort, welches gut und gerne die gleiche Bedeutung hatte wie das heutige ‚Okay'. Nämlich, alles in Ordnung, keine Beanstandungen."

Ich staunte über die Ausführungen des Raben, verbiss mir aber die Frage, woher er so gut Bescheid wisse. Er würde es sicher später erklären.

„Falls ich Dinge erwähne, die dir komisch oder falsch vorkommen", sagte er, „kannst du mich gerne fragen oder im Internet suchen. Dort finden sich etliche Informationen aus verschiedenen Quellen, die nicht zum Allgemeinwissen gehören.

Ich beginne nun mit dem Tag, als die Arche fertig war und sich alle Tiere und Vorräte darin befanden. Einige Ereignisse bemerkte ich nicht sofort. Noah erzählte mir später vieles, auch von seinen Gedanken."

Schließung der Arche

„Am Tag, als die Flut kam, war Methuschelach 969 Jahre alt. Er wird oft auch als Methusalem bezeichnet, der älteste Mensch, der je auf der Erde lebte, fast eintausend Jahre", begann Suvork. „Er starb in der Nacht während er schlief und war Noahs Großvater. Noah, seine Söhne und deren Frauen beerdigten ihn in der Nähe der Arche. Methuschelach hat Noah beim Bau der Arche oft ermutigt, wenn dieser niedergeschlagen war, weil etwas nicht so klappte wie geplant. Methuschelach hatte den ersten Menschen Adam noch persönlich gekannt und ihn oft besucht. Über diese Besuche bei Adam erzählte er Noah vieles, was jener aufschrieb. Leider sind die Aufzeichnungen verloren gegangen. Am Nachmittag des Beerdigungstages setzte dann die große Flut ein.

,Okay, gehen wir auch hinein', sagte Noah zu seinen Söhnen.

Es war ihm nicht entgangen, mit welch glühenden Augen sein Sohn Ham seine Schwägerin Leilani betrachtete. Wie er sie förmlich mit Blicken verschlang, als sie mit wiegenden Schritten über die Rampe in der Arche verschwand. Sie war jung, fast noch ein Kind, gerade mal 25 Jahre alt, von schlanker Figur, aber nicht mager, sondern mit Wölbungen, wo sie bei einer Frau hingehören, und die auch dem 600 Jahre alten Noah gefielen. Ihr dunkles, fast schwarzes Haar floss lockig über ihre Schultern und endete in der Mitte des geraden Rückens in sanften Kringeln. Es umrahmte ihr hellhäutiges Marzipangesicht mit den perfekten Lippen, den dunklen Augen und den gleichmäßig geschwungenen Brauen. Keine Falte oder gar Narbe störten ihr Antlitz. Hätte es damals schon Schönheitswettbewerbe gegeben, sie wäre überall als Siegerin gekrönt worden. Mit ihren hohen Wangenknochen war sie die Schönste unter den vier Frauen an Bord. Deshalb war es nicht verwunderlich, dass Ham sie bemerkte. Aber in seinem Blick lag mehr, als anerkennende Bewunderung.

Noah erzählte mir später, dass er Begehren und Begierde im Blick seines Sohnes erkannte. So etwa sahen die ungläubigen Männer jene Frauen an, die sie anschließend aufs Lager warfen. Bei seinen Predigten hatte Noah viele davon gesehen und beobachten können. Dass nun sein Sohn Ham den gleichen Blick aufsetzte, gefiel ihm ganz und gar nicht. Denn Leilani war Jafets Frau. Sie gehörte zu seinem Sohn Jafet, zu keinem anderen, was auch so bleiben sollte.

Doch jetzt galt es, schnell den Eingang zur Arche zu schließen. Es klatschten schon die ersten dicken Regentropfen auf den Boden und an die Bordwand der Arche. Weil sie auf einer Anhöhe stand, würde es einige Zeit brauchen, bis die Fluten sie erreichten. Aber die schwarzen Wolken in der Ferne zogen rasch näher.

‚Auf, an die Töpfe!', rief Noah seinen drei Söhnen zu, die mit offenem Mund durch den Eingang hinaus starrten und die dunklen Wolken betrachteten. ‚Den Rahmen dick einschmieren. Keine Lücken lassen! Es darf kein Wasser eindringen. Kein einziger Tropfen. Der Eingangsbereich wird schon bald völlig unter Wasser stehen.'

Jafet, Sem und Ham ergriffen die bereitgestellten Töpfe und begannen mit klobigen Pinseln, den Eingangsrahmen mit zähem Pech zu bestreichen. Jafet, er war der größte und stärkste von den vier Männern, bearbeitete den oberen Abschluss des Eingangs. Sem und Ham jeweils die Pfosten links und rechts. Noah kniete nieder und strich Pech auf den Balken am Boden. Als er damit fertig war, blickte er auf und begutachtete das Werk seiner Söhne.

‚Ja, so ist es recht', sagte Noah und nickte. Er hatte sich aufgerichtet und strich mit allen zehn Fingern sein weißes Haar nach hinten, das ihm ins Gesicht gefallen war. Die Lockenpracht war voll und ein wenig verwegen, aber nicht sehr lang. Im Nacken wurde sie von Noahs Frau regelmäßig gestutzt. Auch die Söhne trugen ihr Haar wie Noah. Bei ihnen war es jedoch nicht weiß, sondern schwarz. Lediglich zwischen Jafets Locken glänzte hin und wieder ein silbernes Haar an den Schläfen und im Bart.

‚Dann lasst uns den Eingang schließen', sagte Noah. Er ging ins Innere der Arche und zog ein Seil aus einem Regal. ‚Damit werden wir die Rampe wie eine Zugbrücke anheben und den Eingang verschließen.'

‚Die Rampe ist aber verdammt schwer', wandte Ham ein, der sich auf einen Schemel gesetzt hatte und erschöpft die Arme baumeln ließ. Erneut outete er sich als der Kritiker in der Familie. Bereits beim Bau der Arche sah er sich in der Pflicht, Noah und sein Werk mit unzähligen Ratschlägen zu bombardieren. Meistens ließen sie sich nicht umsetzen, waren unklug oder bedeutungslos.

‚Ja', sagte Noah unbeirrt, aber als ich die Rampe baute, hob ich sie zusammen mit Jafet schon einmal an, um zu prüfen, ob sie passt. Kein Problem. Also los, gemeinsam ist es ein Kinderspiel.'

‚Da hattest du aber auch noch nicht die schweren Bohlen darauf montiert, über die die Tiere dann gelaufen sind', wandte Ham erneut ein.

‚Willst du warten, bis das Wasser hineinströmt?' Noah warf ihm einen finsteren Blick zu.

Inzwischen waren die schwarzen Wolken ganz nahe herangekommen. Blitze zuckten und Donner grollte in der Ferne. Wind kam unverhofft auf und rüttelte an der

Arche. Eine gewaltige Böe erfasste die Rampe, hob sie an und schleuderte sie mit einem lauten Knall in den vorgesehenen Rahmen. Noah und seine Söhne standen im Dunkeln. Nein, real nicht. Hinter ihnen leuchtete eine kleine Lampe, die ein wenig Licht spendete. Aber weil sie zuvor ins Tageslicht geschaut hatten, erschien es ihnen, als stünden sie nun in absoluter Dunkelheit.

Der Windstoß, mit dem die Rampe in die Bordwand der Arche geschlagen wurde, hatte Ham und den dreibeinigen Schemel umgehauen. Wortlos richtete er sich auf und starrte auf jene Stelle, wo eben noch Licht und der Eingang gewesen war. Auch Noah, Jafet und Sem hatte es zurückgeworfen, jedoch nicht zu Boden gestreckt.

Noah begriff zuerst, was geschehen war. Er fiel auf die Knie und sagte laut: ‚Herr, ich danke dir! Damit hast du uns die Mühe erspart!'

Jafet und Sem knieten sich neben ihren Vater. Ham sah mit offenem Mund zu, was Noah und seine Brüder taten. Dann kniete er sich ebenfalls nieder und wartete.

Nach dem kurzen Dankgebet stand Noah auf und zog eine stabile Bohle aus Zypressenholz hervor, die neben dem Eingang gelegen hatte. Jafet sprang ihm zur Hilfe und half, die Bohle durch den an der Rampe angebrachten hölzernen Bügel zu schieben. Erst durch den rechten, weiter als nötig, und dann zurück durch den linken Bügel. Die beiden Enden der Bohle ragten nun über die Rampe hinaus und verhinderten, dass sie wieder aufsprang. Noah schlug zusätzlich links und rechts je einen Keil zwischen Bohle und Bordwand. Dadurch wurde die Rampe noch fester in den Rahmen der Archenwand gepresst. Er zog eine zweite Bohle hervor und verankerte sie auf die gleiche Weise oberhalb der ersten. Prüfend suchten seine

Augen den Rahmen ab, ob nicht doch noch ein Lichtstrahl von außen eindrang.

‚Okay', sagte er zufrieden. ‚Jetzt ist alles dicht. Wir sind in Sicherheit und der Eingang kann von draußen nicht mehr geöffnet werden. Lasst uns hinauf gehen zu den Frauen.'"

Der erste Tag in der Arche

„‚Wieso ist niemand an der Feuerstelle?', polterte Noah los, nachdem er und seine Söhne vom untersten ins dritte Deck hinauf gestiegen waren", begann Suvork seinen Bericht. „‚Habe ich nicht klar und deutlich gesagt, dass mindestens einer immer an der Feuerstelle bleiben muss!', brüllte er durch den geräumigen Raum. ‚Wo stecken die Weiber? Das hat uns gerade noch gefehlt, dass die Arche am ersten Tag niederbrennt.'

‚Wir kommen schon!', rief eine weibliche Stimme von oben.

Noah sah hinauf. Vier Frauen stiegen nacheinander die Leiter herab. Sie hatten oben unter der Decke auf einem dicken Balken gestanden, von dem man durch die Lüftungsschächte nach draußen sehen konnte.

‚Du hättest die Löcher ein bisschen größer machen sollen. Man kann nur einen winzigen Ausschnitt unterhalb der Bordwand sehen. Und in die Ferne überhaupt nicht', beklagte sich Haikal, Noahs Frau.

‚Ich habe die Arche nach Gottes Anweisungen gebaut.

Wir sind nicht auf einer Vergnügungsreise', sagte Noah. ‚Eine Frau muss immer am Feuer bleiben. Ist das klar?'

Die drei anderen Frauen hatten sich still neben Haikal gestellt, die sich noch einmal zu rechtfertigen versuchte: ‚Aber von dort oben hatten wir das Feuer auch im Blick. Kein Grund zu Aufregung'

‚Habt ihr meine Anweisung verstanden!', herrschte Noah die Frauen an.

Sie nickten stumm und setzten sich auf die Schemel und Bänke neben der Feuerstelle, die um einen niedrigen Tisch gruppiert waren.

‚Bereitet das Mittagessen vor', sagte Noah zu den Frauen. ‚Jafet, Sem und Ham kommt. Wir machen einen Kontrollgang durch alle Decks. Wenn wir zurück sind, möchte ich essen.'

Jeder der vier Männer nahm eine der Lampen, die auf einem Bord standen. Sie hielten sie vor sich und stiegen vom großen Gemeinschaftsraum die Treppe hinab zum untersten Deck, Noah voran.

Ich, der Rabe Suvork, flog hinter den Männern her und beobachtete sie bei ihrem Rundgang. Zwar hätte ich mich gerne auf Noahs Schulter gesetzt, aber das mochte er nicht. Während der Bauzeit der Arche hatte Noah mir das Sprechen beigebracht. Ich verstand alles, was gesagt wurde und konnte darauf antworten. Die vier Männer schauten in jede Box und kontrollierten, ob der Zugang gut verriegelt war. Fast alle Tiere schliefen.

Zufrieden betrat Noah nach dem Kontrollgang wieder den Gemeinschaftsraum. Dort duftete es nach Bohneneintopf mit Hühnerfleisch.

‚Hm, das riecht gut', sagte er.

Nach dem Essen verkündete Noah, wie künftig die Tage ablaufen sollten. Vormittags solle jeder Sohn einen Kontrollgang durch sein Deck machen. Jafet war für das unterste Deck zuständig. Dort waren die großen Tiere einquartiert.

‚Du bist der stärkste von uns', sagte Noah. ‚Falls es Probleme mit einem großen Tier gibt, kannst Du am besten schnell eingreifen. Natürlich helfen wir dir, wenn es notwendig ist.'

Sem erhielt die Verantwortung für das mittlere Deck. Dort schliefen die mittelgroßen Tiere wie Ziegen, Affen und Hunde.

Ham war für das oberste Deck zuständig. Dort gab es viele kleine Käfige mit Vögeln, Mäusen, Mardern und allen anderen winzigen Tieren.

‚Und alle Tiere werden die ganze Zeit an Bord schlafen?', fragte Ham.

‚Es wird unter Umständen vorkommen', erwiderte Noah, ‚dass das eine oder andere Geschöpf aufwacht und Hunger hat. Ihr erkennt das leicht daran, dass sie in ihrer Box umher laufen und brüllen oder auf andere Weise Laute von sich geben, scharren oder kratzen. Ihr gebt ihnen dann von dem speziellen Kraut aus dem Lager im mittleren Deck zu fressen, dann schlafen sie wieder ein. Aber nur jeweils eine Hand voll, mehr nicht. Und bei den kleinen Tieren noch weniger als eine Hand voll.'

‚Auch den Löwen?', fragte Jafet mit großen Augen.

‚Ja, auch den Löwen. Sie werden es fressen. Gott hat dieses spezielle Kraut oben auf dem Berg wachsen lassen. Es war beschwerlich, es zu ernten, weil der Weg zur Anhöhe so weit war. Aber Gott sagte mir, wofür wir es brauchen. Und nun wisst ihr es auch.'

‚Und was ist, wenn ich es esse?', wollte Ham wissen.

‚Bist du ein Rindvieh?' Noah schüttelte den Kopf. ‚Gott hat verboten, dass Mensch davon essen! Es ist nur für die Tiere bestimmt. Oder willst du monatelang schlafen?'

Ham senkte sein Haupt, damit niemand sah, wie er die Augen verdrehte. Die Botschaft war angekommen. Noah erklärte daraufhin, dass den Nachmittag jeder nach eigenem Geschmack gestalten könnte. Außer es geschehe etwas Unvorhergesehenes, wo jeder anpacken müsse. Die Frauen seien für das Essen und die Kleidung zuständig. Es würde immer wieder etwas zu nähen, zu flicken, und zu stopfen geben.

‚Nach dem Abendessen wird eine erbauliche Geschichte erzählt. Jeder kommt dran. Ich beginne heute Abend. Morgen ist Jafet dran, übermorgen Sem und danach Ham.'

Haikal begriff als erste, dass Noah mit *jeder kommt dran*, nur die Männer gemeint hatte. Sie warf deshalb ein: ‚Und was ist mit uns Frauen? Dürfen wir keine Geschichte erzählen?'

Noah zog seine Augenbrauen herunter und spitzte die Lippen. ‚Also gut, wenn die Frauen möchten, können sie abends auch eine Geschichte erzählen. Wer will?'

Alle vier Frauen hoben die Arme und riefen durcheinander: ‚Ich, ich, ich ...'

Noah legte danach die Reihenfolge fest. Nach Sem war seine Frau Haikal dran. Anschließend Leilani, Jafets Frau. Danach Milwida, Sems Frau. Und abschließend Ägyptus, Hams Frau.

‚Wenn alle eine Geschichte erzählt haben', sagte Noah, ‚bin ich wieder dran und dann der Reihe nach.'

Alle stimmten dem Vorschlag zu. Gespannt wartete man darauf, was für eine Geschichte Noah am Abend erzählen würde.

Ich, der Rabe Suvork, hoffte, dass er etwas neues erzählen würde und nicht eine der Geschichten, die ich schon kannte. Er enttäuschte mich nicht. Gleich seine erste Geschichte hatte ich noch nie gehört. Aber auch die übrigen Familienmitglieder überraschten mit eindrucksvollen Erzählungen."

„Eine Frage: Woher weißt du, dass Noahs Frau Haikal hieß? Den Namen habe ich noch nie gehört. Steht der wirklich in der Bibel?"

Ich hatte den Eindruck, dass Suvork nun müde war und gleich die Augen schließen würde.

„Nein, Haikal steht nicht in der Bibel. Davon wird in der apokryphen Schrift *Die Schatzhöhle* berichtet: *Nimm dir zum Weibe die Haikal, die Tochter der Nâmos, der Tochter des Henoch, des Bruders des Metusala.* – 14. Kapitel.

Auch zum Namen Ägyptus gibt es eine Quelle: *Das Land Ägypten wurde erstmals von einer Frau entdeckt; sie war die Tochter Hams und die Tochter der Ägyptus, was auf chaldäisch Ägypten bedeutet, was bedeutet: das, was verboten ist.* Das steht im Buch *Abraham* 1:23, welches sich in der *Köstlichen Perle* befindet. Falls du nicht mitgekommen bist: Hams Frau hieß Ägyptus. Die beiden hatten eine Tochter, die sie ebenfalls Ägyptus nannten. Jene Tochter entdeckte das Land, welches wir heute Ägypten nennen. Alles klar? – Aber jetzt habe ich genug geredet. Wir machen morgen weiter."

Mir kam die Frage in den Sinn, woher Suvork das Buch *Abraham* kannte. Hatte er alle Bücher der Welt gelesen? Eine andere Frage interessierte mich viel mehr.

„Ich nehme an, dass die Arche im Gebiet des heutigen Irak startete. Stimmt das?"

„Wie kommst du darauf?" Suvork sah mich schief an.

„Da soll doch der Garten Eden gelegen haben. Archäologen suchen dort eifrig."

Suvork lachte in sich hinein. „Ja, die denken, weil dort der Euphrat und der Tigris fließen, müsste da auch der Garten Eden gelegen haben. Welch ein Irrtum."

„Wieso? Euphrat und Tigris flossen doch im oder um den Garten Eden, wenn ich mich recht erinnere."

Suvork schüttelte den Kopf: „Nein, dort lag der Garten Eden nicht. Dort wurde auch nicht die Arche gebaut. Es ist wohl richtig, dass die Arche nicht weit entfernt vom ersten Wohnplatz Adams gebaut wurde. Aber das war ganz wo anders. Auf einem anderen Kontinent muss man heute sagen. Aber vor der großen Flut hatte sich der einzige große Kontinent noch nicht geteilt. Heute nennt man jenen Urkontinent *Pangäa*. Nach der Flut besiedelten die Nachkommen Noahs wiederum die Erde. Als einige in das Gebiet des heutigen Euphrat und Tigris kamen und das fruchtbare Land dazwischen entdeckten, erinnerten sie sich an die Erzählungen über den Zustand im Garten Eden. Deshalb nannten sie die zwei Flüsse wie jene aus dem Garten Eden. In der Bibel werden übrigens vier Flüsse genannt. Doch das nur nebenbei. Die heutigen Ströme Euphrat und Tigris haben nichts mit dem Garten Eden und den ersten Menschen zu tun. Bedenke, nachdem Columbus Amerika entdeckt hatte und die Europäer sich in der Neuen Welt breitmachten, gaben sie auch vielen Orte die selben Namen wie in der Alten Welt. – Für heute genug berichtet."

Ohne ein weiteres Wort breitete der schwarze Vogel seine Flügel aus und flog davon. Ich hatte erwartet, dass er bei mir übernachtete und fragte mich, ob er wiederkommen würde.

Verlasst eure Stadt

Auch am nächsten Abend schwebte Suvork lautlos auf meine Terrasse und setzte sich auf die Lehne des Gartenstuhls.

„Guten Abend", sagte der Rabe. „Es wäre besser, wenn wir uns hinein begeben." Er deutete mit dem Schnabel zur Terrassentür. „In ein paar Minuten beginnt es zu regnen."

Ich erwiderte seinen Gruß und sah zum Himmel. Dort erblickte ich nur unbedeutende graue Wolken. Es war ein lauer Herbsttag. „Kann ich mir nicht vorstellen, dass es heute noch regnet."

„Doch, doch," widersprach Suvork. „Ich habe etliche tausend Jahre Erfahrung und weiß lange im Voraus, wann es regnet."

Der Rabe sollte recht behalten. Wir saßen kaum zehn Minuten im Wohnzimmer, als dumpfes Donnergrollen aus der Ferne erklang, schnell näher kam und die ersten dicken Tropfen auf die Dachterrasse klatschen. Später mischten sich noch Hagelkörner unter den Regen. Suvork hatte sich auf einen Hocker gesetzt, der als Notsitz diente. Ich holte das Sitzmöbel aus der Zimmerecke. Nun saßen wir einender gegenüber, zwischen uns der Couchtisch.

„Kann ich Dir etwas zu trinken oder zu knabbern anbieten", fragte ich den Raben.

„Erdnüsse oder Sonnenblumenkerne, könnte ich vertragen. Aber nur die ohne Salz und ohne Schalen. Ich könnte die zwar knacken, kein Problem. Aber das ergäbe dann eine fürchterliche Sauerei auf Deinem Teppich."

„Tut, mir leid. Ich habe nur gesalzene Erdnüsse im Haus. Und Sonnenblumenkerne gar nicht. Aber ich werde beides besorgen. Morgen Abend bist du dann gut versorgt."

Ob der Rabe eine traurige Mine machte, vermochte ich nicht zu erkennen. Sein Gesichtsausdruck schien immer gleich zu sein. Dann erzählte er mir vom ersten Abend in der Arche. Noah habe ein Lamm geschlachtet, zur Feier des Tages, weil sie in dem schwimmenden Heim vor den Wassermassen sicher waren. Draußen schüttete es, auf das Dach der Arche, berichtete Suvork. Es habe sich angehört, als ob sie unter einem Wasserfall ständen.

„Die Wassermassen bedeckten also die ganze Erde und alle ertranken", sagte ich. „Gab es denn vor der Flut keine Schiffe, in die sich die Menschen retten konnten?"

„Doch, es gab schon vor dem Bau der Arche Schiffe", berichtete Suvork. „Aber das waren eigentlich nur offenen Boote, mit denen man auf den Flüssen und an der Küste herumschipperte. Für die Wassermassen von oben waren sie nicht konstruiert, liefen in wenigen Minuten voll und kenterten. Zusätzlich zum Regen stürmte es außerdem heftig. Mit den kleinen Boten hatten die Leute außerhalb der Arche keine Chance zu überleben. – Alles klar?"

Ich nickte.

„Nach dem Festmahl in der Arche erzählte Noah die folgende Geschichte."

Kenan, der Urenkel von Adam, hatte einen Sohn namens Jeredo, der ein sehr aufrichtiger Mann war. Eines Nachts träumte er, dass die Menschen in Arbasua die Stadt verlassen und drei Tage gen Westen ziehen sollten. Hinter den hohen Bergen seien sie sicher und könnten eine neue Stadt erbauen. Jeredo war davon überzeugt, dass Gott ihm diesen Traum geschickt hatte und dass es seine Aufgabe war, den Menschen in Arbasua davon zu berichten. Deshalb schickte Jeredo seinen ältesten Sohn nach Arbasua, wo er nach fünf Tagen ankam.

Der Sohn sprach mit den Ältesten der Stadt und berichtete vom Traum seines Vaters. Die Männer hörten ihn an, aber als er sie aufforderte, die Stadt zu verlassen, schüttelten sie ihre Köpfe und sagten, dass es keinen Grund gäbe, ihre herrliche Stadt zu verlassen.

"Es war ein Traum von Gott", gab der Sohn zu bedenken.

Aber die Ältesten wollten nichts davon wissen. Jeder träume irgendwann einmal, sagten sie. Von ihnen habe niemand geträumt, dass es ratsam sein, an einem anderen Ort eine neue Stadt zu errichten. Wahrscheinlich sei der Vater verwirrt, oder wolle sich wichtig machen. Sie dächten nicht einmal daran, ihre wundervolle Stadt zu verlassen.

Der Sohn reiste ab und berichtete seinem Vater, was die Ältesten in Arbasua entschieden hatten. Jeredo machte ein trauriges Gesicht und ging in seiner Kammer. Nach drei Stunden rief er den Sohn wieder zu sich.

"Ich habe gebetet, und den Herrn gefragt, ob ich den Traum richtig verstanden habe. Gott erschien nicht und ich hörte auch keine Stimme. Aber ich wurde sehr müde und legte mich hin. Während ich schlief, träumte ich erneut, dass die Einwohner von Arbasua ihre Stadt verlassen sollten. Wer nicht gehe, müsse sterben. Bitte reise erneut nach Arbasua und warne das Volk dort."

"Und warum müssen die Menschen sterben, die nicht die Stadt verlassen", wollte der Sohn wissen.

"Das wurde mir nicht im Traum gezeigt."

"Die Ältesten werden mich das fragen", erwiderte der Sohn. "Schon beim ersten Besuch mochten sie nicht einsehen, weshalb sie woanders hinziehen sollten. Es leben keine schlechten Menschen in Arbasua. Es gibt zwei Gotteshäuser, in denen sie sich regelmäßig versammeln,

den Priestern zuhören und die göttlichen Gebote befolgen."

„Dann geh, und sprich diesmal zu den Priestern. Hoffentlich werden die das Volk überzeugen, dass Gott es gut mit ihnen meint."

Der Sohn reiste wieder nach Arbasua und tat, was ihm sein Vater geraten hatte. Er bat einen Priester, dass Priesterkollegium zusammenzurufen. Alle Geistlichen, zwölf an der Zahl, versammelten sich und lauschten, was der Sohn zu sagen hatte. Anschließend erhob sich der Hohepriester.

„Das ist ja gut und schön", sagte er. „Was ich nicht verstehe, ist, dass es keine Begründung gibt. Wenn der Traum deines Vaters wirklich von Gott kommt, dann hätte er doch sagen können, weshalb wir unsere herrliche Stadt verlassen sollen."

„Ich bezweifle auch, dass es sich tatsächlich um einen göttlichen Traum handelt", sagte ein anderer Priester. „Wenn Gott will, dass wir die Stadt verlassen sollen, warum spricht er dann nicht direkt zu uns, den Priestern?"

Alle Mitglieder des Kollegiums nickten zustimmend. Niemand wollte dem Volk predigen, dass sie ihre Stadt verlassen sollten.

Zu den Ältesten der Einwohnerschaft ging der Sohn nicht mehr, sondern reiste heim zu seinem Vater. Ausführlich berichtete er ihm, wie die Priester in Arbasua reagiert hatte. Einer habe sogar gesagt, dass Gott zu ihnen, den Priestern in Arbasua, sprechen solle, wenn er eine wichtige Botschaft habe.

„Vermutlich sind sie zu stolz", erwiderte Jeredo. „Stolze Menschen hören die Stimme Gottes nicht. Ihnen kann er auch keine Träume schicken, weil sie zu sehr mit ihren eigenen Gedanken und Absichten beschäftigt sind."

Bekümmert blickte Jeredo drein. Dann erhob er sein Haupt, straffte die Brust und sagte: „Ich werde selbst nach Arbasua gehen. Mir werden sie zuhören und Gottes Wort befolgen. Komm bitte mit mein Sohn. Denn ich bin alt und brauche dich als Stütze."

Als Jeredo mit seinem Sohn in Arbasua eintraf, suchte sie eine Herberge auf, wo sie übernachteten. Gleich früh am nächsten Morgen gingen sie zum Marktplatz. Nachdem sich viele Menschen auf dem Platz eingefunden hatten, um ihren Geschäften nachzugehen, erhob Jeredo seine Stimme.

„Bürger von Arbasua, hört mich an! Gott, der Herr, hat zu mir in einem Traum gesprochen. Darin wurde mir gesagt, dass Unheil über eure Stadt kommen wird. Ihr sollt die Stadt so schnell als möglich verlassen und gen Westen ziehen. Hinter den Bergen könnt ihr eine neue Stadt erbauen!"

„Die Geschichte kennen wir bestens!", rief ein Ältester. „Dein Sohn hat sie hier schon zweimal erzählt. Warum spricht Gott nicht zu uns, wenn es wichtig ist?"

„Das weiß ich nicht", gab Jeredo zu. „Aber er wird seine Gründe haben, weshalb er zu mir gesprochen hat."
Er sah in die Runde und fand seine Vermutung bestätigt, dass stolze Menschen im Ort wohnten. Einige wandten sich sogleich mit erhobenem Haupt ab.

„Aber warum sollen wir gehen?", fragte eine Marktfrau. „Es geht uns gut hier. Die Stadt ist an einem klaren See errichtet. Wir haben immer reichlich Wasser. Die Felder sind fruchtbar. Gott segnet uns jedes Jahr mit einer reichlichen Ernte. Warum sollen wir das verlassen?"

Noch ehe Jeredo antworten konnte, rief eine andere Marktfrau aus der Menge: „Mein Mann und unsere

Söhne haben gerade ein neues und herrliches Haus errichtet. Das verlassen wir jetzt nicht! Auf keinen Fall!"

Viele Leute auf dem Marktplatz nickten ihr zu.

„Was nützt dir ein neues Haus", ergriff Jeredo wieder das Wort, „wenn du morgen sterben musst?"

„Wer sagt, dass ich morgen sterben muss? Mir geht es gut. Ich bin nicht krank, habe keine Feinde und mein Auskommen. Warum sollte ich also morgen sterben?"

„Ob du morgen sterben musst, weiß ich nicht", erwiderte Jeredo. „Der Herr hat mir nicht den Tag offenbart, wann das Unheil über die Stadt hereinbrechen wird. Aber es wird bald geschehen. Vielleicht schon morgen."

„Vielleicht, vielleicht", lachte die Frau. „Irgendwann müssen wir alle sterben. Und bis dahin bleibe ich hier."

Etliche Menschen hörten nicht mehr zu und widmeten sich ihren Geschäften. Sie kauften, verkauften, scherzten miteinander und lachten. Nur noch eine kleine Schar stand um Jeredo und lauschte seinen Worten. Ein Mann, der etwas später auf den Marktplatz gekommen war und den Anfang der Rede verpasst hatte, fragte: „Und wohin sollen wir gehen, damit wir sicher sind?"

Jeredo erklärte geduldig, dass sie drei Tage gen Westen ziehen sollten. Hinter den hohen Bergen seien sie sicher und könnten dort eine neue Stadt erbauen. Dann erzählte er noch einmal seinen Traum.

„Ich glaube dir", sagte ein Mann mit einem kräftigen Bart. „Komm Frau, lass uns ein paar Sachen zusammenpacken."

Als er mit seiner Frau den Marktplatz eilig verließ, lachten viele Leute laut hinter ihnen her und verdrehten die Augen. Einige andere, die noch bei Jeredo gestanden hatten, lachten nicht, sonder verließen still den Platz. Jeredo stieg von dem Stein, auf dem er gestanden hatte.

„Komm, mein Sohn", sagte er. „Diese Stadt wird es

schon bald nicht mehr geben. Es ist ein halsstarriges Volk. Nur wenige Menschen werden sie verlassen. Zumindest konnte ich einige Überzeugen."

Drei Tage, nachdem Jeredo und sein Sohn wieder zu Hause waren, traf ein Bote ein, der aufgeregt berichte, dass die Stadt Arbasua unter Rauch und Feuer begraben wurde. Alle Menschen dort seien tot. Nur wenige Einwohner, die den Ort zuvor gen Westen verlassen hatten, seien mit dem Leben davon gekommen.

„Ich habe es nicht selber gesehen", sagte der Bote. „Aber, mein Neffe, der auf der Jagd eine Pause machte und sich auf einem Berg ausruhte, der hat es gesehen. Während er von der Anhöhe aus der Ferne auf die Stadt sah, da sei plötzlich eine hellrote Feuersäule aus dem See gen Himmel geschossen. Arbasua, die Stadt am See, sei augenblicklich in eine dicke Rauchwolke gehüllt gewesen. Es habe feurige Steine vom Himmel geregnet. Das sei alles so schnell gegangen, dass niemand aus Arbasua fliehen konnte. Dort, wo einst der See und die Stadt waren, dort ragt jetzt ein Feuer spukender Berg aus der Ebene."

„Nachdem Noah geendet hatte", berichtete Suvork, „saßen alle betroffen da. Noah betonte dann, dass es keine erfundene Geschichte war. Alles habe sich wirklich so zugetragen. Von jenem Ereignis habe er als junger Mann erfahren. Methusalem habe die Geschichte auch gekannt und sie ihm bestätigt. Jenes Ereignis habe ihm geholfen, immer auf die Stimme Gottes zu hören."

Kleinen Kater beim Tiger

„Am nächsten Abend erzählte Jafet eine Geschichte", berichtete Suvork am darauf folgenden Abend bei mir.

„Moment", wandte ich ein. „Wieso war Jafet nach Noah an der Reihe. Hätte nicht der älteste Sohn, nämlich Sem, nach dem Vater eine Geschichte erzählen sollen?"

„Jafet war der älteste Sohn", beharrte der Rabe trocken.

„Aber in der Bibel und anderen Schriften wird immer Sem zuerst genannt und Jafet am Schluss: Sem, Ham und Jafet."

„Stimmt", sagte Suvork. „Wie es dazu kam, berichte ich dir später. Jetzt erst einmal Jafets Erzählung. Er liebte Tiere und Geschichten von Tieren. Deshalb erzählte er eine Fabel."

Eine Katze hatte fünf junge Katzenbabys bekommen. Die wuchsen gut heran und spielten und tollten miteinander. Das eine Katzenkind sagte eines Tages zu seiner Mutter: „Ich werde beim Tiger in die Lehre gehen. Dort oben in den Bergen soll ein Tiger leben, der ein sehr erfolgreicher Jäger ist. Bei dem will ich das Jagen lernen."

Entsetzt erwiderte die Katzenmutter: „Bist du verrückt! Du bist ein Katzenjunge, also ein kleiner Kater. Wie man Mäuse und Vögel fängt, bringe ich dir bei. Mehr brauchst du nicht zu wissen. Der Tiger ist gefährlich. Manchmal kommt er sogar hier ins Dorf. Dann müssen wir uns alle Verstecken. Er tötet gerne Schafe, Ziegen, Hühner und auch Katzen. Man muss ständig aufpassen, ob er nicht irgendwo auf der Lauer liegt. Schlag dir das mit der Lehre aus dem Kopf. Schon ander Katzen wollten beim Tiger oben in den Bergen das Jagen lernen. Er hat sie alle aufgefressen. Denn wer bei ihm in die Lehre gehen will, muss eine Prüfung machen. Wer die nicht besteht, den frisst der Tiger auf."

"Mach dir keine Sorgen", sagte der kleine Kater. "Ich werde die Aufnahmeprüfung bestehen. Nach der Lehrzeit komme ich dann als großer Jäger zurück."

"Geh nicht zum Tiger!", riefen die Geschwister des Katers. "Der Tiger ist irrsinnig stark und listig. Der versteht keinen Spaß. Er wird dich auslachen und frühstücken."

Doch der kleine Kater hörte weder auf seine Geschwister noch auf seine Mutter. Am nächsten Morgen machte er sich auf den Weg zum Tiger. Denn er wollte unbedingt bei dem starken und listigen Tiger das Jagen lernen. Als er in den Bergen angekommen war, und sich von einem Gipfel aus umschaute, konnte er den Tiger nirgendwo entdecken. Der kleine Kater war müde von dem Aufstieg in die Berge. Unter einem Busch rollte er sich zusammen und schlief ein.

"Wer bist du denn? Was hast du in meinem Revier zu suchen?!", fauchte der Tiger den kleinen Kater an, der erschrocken aufwachte und das große Raubtier vor sich stehen sah.

"Ich bin der kleine Kater", sagte der kleine Kater. "Ich will bei dir in die Lehre gehen und das Jagen lernen."

"So, so", sagte der Tiger. "Vor der Lehre werde ich dich prüfen. Wenn du die Prüfung nicht bestehst, fresse ich dich auf. Bestehst du die Prüfung, dann bringe ich dir alles bei was ich weiß und kann."

"Okay", sagte der kleine Kater. "Beginnen wir mit der Prüfung."

"Sie besteht aus drei Teilen", sagte der Tiger. "Als

erstes zeige mir, wie stark du bist. Nimm diesen Stein. Wie weit kannst du ihn werfen."

Der kleine Kater nahm den Stein in die Pfoten, auf den der Tiger gedeutet hatte, und warf ihn über das breite Tal auf den Gipfel des weit entfernten Berges.

"Nicht schlecht", brummte der Tiger. "Diesen Teil der Prüfung hast du bestanden. Nun zeige mir, wie geschickt du bist."

Der kleine Kater sah sich um und ging zu einem Spinnengewebe, das zwischen zwei Sträuchern aufgespannt war. Er ergriff einen Faden und räufelte das gesamte Netz auf. Ohne dass der Spinnenfaden riss, wickelte er ihn auf ein winziges Knäuel. Der Tiger staunte über die Geschicklichkeit des kleine Katers.

"Nun kommt der dritte und letzte Teil der Prüfung", sagte er. "Zeige mir, wie kühn du bist. Steige dort oben auf den Felsen und spring hinunter. Wenn du unten auf den Füßen landest, ohne dir die Beine zu brechen, hast du die Prüfung bestanden. Wenn du jedoch nicht springst, weil du Angst hast, auf dem Rücken aufschlägst oder dir ein Bein oder einen Fuß brichst, dann fresse ich dich."

Der kleine Kater stieg auf den Felsen und schaute hinab. Noch nie war er von so einer Höhe in die Tiefe gesprungen. Unten stand der Tiger und schaute hinauf. Der kleine Kater nahm Anlauf und sprang. Er landete direkt vor den Füßen des Tigers.

"Und, alle Knochen heil?"

Der kleine Kater strahlte: "Jawohl!"

"Du bist der erste kleine Kater, der die Prüfung bestanden hat. Ich will dich alles lehren, was ich weiß und kann. Aber eines musst du noch wissen: Komm nie in meine Höhle, in der ich schlafe! Nie! Hast du verstanden! Weder am Tag, noch in der Nacht!"

Der kleine Kater nickte: "Einverstanden. Kein Prob-

lem. Ich werde mir an einer anderen Stelle einen Schlafplatz suchen." Er wagte nicht zu fragen, weshalb er die Höhle des Tigers nicht betreten sollte. Aber er würde es schon noch herausfinden.

Der Tiger nahm den kleinen Kater auf seinen Streifzügen mit. Er zeigte ihm, wie man sich gegen den Wind anschleicht, ohne Lärm zu machen. Wie man beharrlich auf der Lauer liegt, ohne sich zu bewegen, und die lästigen Fliegen erduldet. Auch mussten die Muskeln ständig trainiert werden, damit man sich im entscheidenden Moment kraftvoll mit einem gewaltigen Sprung auf die Beute stürzen konnte. Die Spuren der verschiedenen Tiere zu lesen, stand ebenfalls auf dem Lehrplan. Diese und viele andere Jagdtechniken lehrte die große Raubkatze den kleinen Kater.

Nach der Jagd verschwand der Tiger in seiner Höhle. Der kleine Kater schlief auf einem geschützten Platz gegenüber dem Höhleneingang. Tag für Tag beobachtete er, wie der Tiger darin verschwand und am nächsten Morgen wieder heraus kam. Was mochte dort im Dunkeln vorgehen, dass er die Höhle nicht betreten durfte?

Diese Frage plagte den kleinen Kater mehr und mehr. Eines Nachts hielt er es nicht mehr aus. Lautlos tappte er zum Eingang der Höhle und schaute vorsichtig hinein. Der Tiger war nicht zu sehen. Geduckt machte er ein paar Schritte hinein. Als seine Augen sich an die Dunkelheit gewöhnt hatten, sah er Reisig und Heu aufgeschichtet in einem Winkel. Das musste das Lager des Tigers sein. Aber er schlummerte dort nicht. Wo mochte er sein? Er war nicht aus der Höhle heraus gekommen. Da war er sich völlig sicher.

Der kleine Kater schlich am Lager vorbei, weiter hinein in die Höhle. Ein Gang führte sacht hinab. Mit einem Mal sah er den Tiger vor sich. Er saß unbeweglich *am Ufer eines unterirdischen Sees. Eine riesige Höhle wölbte sich über dem See. Das gegenüberliegende Ufer war nicht zu erkennen. Hellgrün schimmerte das Wasser, im Schein von zwölf Fackeln, die in Halterungen an der Höhlenwand steckten; sechs rechts vom Eingang und sechs links vom Eingang. Fasziniert schaute der kleine Kater auf den See und zum Tiger hinüber. Was machte das Raubtier dort? Warum bewegte es sich nicht? Worauf wartete er?*

Doch plötzlich erhob sich der Tiger. Er streifte sein gelbschwarz gestreiftes Fell ab und legte es neben sich auf einen großen Stein. Wo einst das Fell den Leib bedeckte, glänzte nun ein dunkelgrüner, schuppiger Panzer. Der Tiger hatte sich in ein Krokodil verwandelt. Nein, unter dem Tigerfell hatte ein riesiges Reptil gesteckt. Auf seinen vier Tatzen tappte das Krokodil langsam ins Wasser, schwamm ein Stückchen und tauchte dann unter.

Mit offenem Maul starrte der kleine Kater auf das gekräuselte Wasser, wo dass Krokodil verschwunden war. Er schloss die Augen und öffnete sie sogleich wieder. Denn ein lautes Platschen erklang und hallte von den Höhlenwänden wider. Das Krokodil tauchte auf, mit einem großen Fisch im Maul. Es warf das zappelnde Wassertier in die Höhe und fing es mit dem weit geöffneten Maul wieder auf. Der Leckerbissen verschwand in einem Stück im Schlund des Krokodils. Das Reptil schwamm ans Ufer, zog sich das Tigerfell über und schritt gemächlich auf den kleinen Kater zu, der hinter einem Stein die Szene beobachtet hatte. So schnell der kleine Kater konnte, rannte er davon, hinaus aus der Höhle und zu seinem Schlafplatz.

Der nächste Tag verlief wie gewohnt. Tiger und kleiner Kater jagten. Keiner verlor ein Wort über die nächtliche

Verwandlung zum Krokodil. Der Tiger schien nicht bemerkt zu haben, dass er beobachtet worden war.

Nach etlichen Wochen sagte der Tiger zum kleinen Kater: „So. Ich habe dir alles beigebracht, was ich weiß. Zum Abschluss bringe mir eine junge Gazelle zum Abendessen. Bisher jagten wir immer zusammen. Nun will ich sehen, ob du es auch alleine schaffst."

Gazellen konnten unglaublich schnell rennen. Man musste sie überraschen, um eine zu erwischen. Der kleine Kater pirschte davon und schleppte schon nach kurzer Zeit eine junge Gazelle an, die er vor den Tiger legte.

„Großartig!", lobte der Tiger. „Du bist ein wahrer Meister im Jagen geworden. Nun geh deiner Wege. Aber eines muss ich dir noch sagen. Siehst du den roten Berg dort drüben?"

Der kleine Kater schaute in die Richtung, in die der Tiger mit der Pfote gezeigt hatte und nickte: „Was ist dort? Auf dem roten Berg waren wir nie jagen."

„Der Berg gehört zu meinem Revier", sagte der Tiger ernst. „Dort darfst du niemals hingehen. Falls ich dich dort jemals sehe, fresse ich dich auf. Denn ich bin immer noch stärker als du. Verstanden!?"

„Okay", sagte der kleine Kater. Er bedankte sich für die gute Lehrzeit und ging heim zu seiner Mutter und den Geschwistern.

Alle hatten erwartet, dass der Tiger den kleinen Kater längst gefressen hatte. Deshalb freuten sie sich und tanzten im Kreis. Niemand nannte ihn mehr „kleiner Kater". Ab sofort war er der weise Kater, weil er so viel beim Tiger gelernt hatten und gescheit redete. Der Heimkehrer erzählte, wie es ihm beim Tiger ergangen war und unterrichtete seine Geschwister, damit sie bessere Jäger wurden. Von der Verwandlung des Tigers in ein Krokodil erzählte er nichts; auch nicht davon, dass ihm verboten wurde, auf den roten Berg zu gehen.

Aber als der nun weise Kater eines Tages den roten Berg in der Ferne sah, fragte er sich, was dort wohl sein würde. Warum hatte ihm der Tiger gesagt, dass das sein Revier sei? Sie waren doch überall umhergestreift. War nicht überall das Revier des Tigers? Fressen wolle er ihn, falls er den Kater am roten Berg sähe. Wenn er jedoch vorsichtig wäre, würde ihn der Tiger nicht sehen. „Ich habe gelernt zu schleichen, dass mich niemand bemerkt", dachte der weise Kater. „Ich muss nur darauf achten, dass ich den Tiger zuerst sehe, dann hat er keine Chance mich zu bemerken."

Fast unsichtbar machte der weise Kater sich auf den Weg zum roten Berg. Als er schon ganz nahe war und sich immer wieder in alle Richtungen umsah, erblickte er vor sich den Tiger. Geduckt schlich das schwarz-gelb gestreifte Raubtier durch das Gebüsch. Der weise Kater ließ ihn nicht aus den Augen. Dann sah er vor dem Tiger eine Schafherde auf der Wiese grasen. Das Raubtier sprang auf und war mit wenigen Sätzen bei den Schafen, bevor die ihn bemerkt hatten. Er töte ein Lamm, schleppte es in ein Dickicht und verspeiste es genüsslich. Anschließend trabte der Tiger zufrieden davon.

Nun wusste der weise Kater, warum er nicht zum roten Berg gehen sollte. Dort gab es Schafherden, wo der Tiger leichtes Spiel hatte und sich nicht anstrengen musste, um Beute zu machen.

Aus einem nahen Wald hörte der weise Kater Schluchzen. Er tigerte in den Wald und sah ein weinendes Mädchen im Moos sitzen.

„Warum weinst du?", fragte er.

„Der Tiger war wieder da", sagte das Mädchen mit

Tränen in den Augen. „Er hat wieder eines unserer Schafe gefressen."

„Und warum verjagt ihr ihn nicht?"

„Er ist zu stark und zu listig. Mein Vater und seine Krieger haben schon oft versucht, ihn zu fangen und zu töten. Jetzt haben sie es aufgegeben. Immer wieder kommt der Tiger und holt eines unserer Schafe. Manchmal jeden Tag."

„Wer ist dein Vater?", fragte der weise Kater.

„Er ist der König in diesem Land."

„Dann bist du also eine Prinzessin?"

Das Mädchen nickte. Der weise Kater versprach ihr, dass er dafür sorgen werde, dass der Tiger nie wieder ihre Schafe rauben komme. Er verabschiedete sich und rannte zur Höhle des Tigers. Dort legte er sich auf die Lauer und wartete. Nach kurzer Zeit erschien der Tiger und verschwand in seiner Höhle.

Als die Sonne schon tief stand, schlich der weise Kater zur Höhle. Wie erwartet, war der Tiger nicht zu sehen. Er folgte dem Gang zum unterirdischen See und sah den Tiger am Ufer sitzen. Unvermittelt erhob der Tiger sich, streifte sein Fell ab, schwamm auf den See hinaus und tauchte ab.

Schnell ergriff der weise Kater eine der brennenden Fackeln und hielt sie an das Fell des Tigers auf dem großen Stein. Die Tierhaut begann zu brennen und stand in hellen Flammen, als das Krokodil auftauchte.

„So, nun wirst du keine Schafe mehr rauben!", schrie der weise Kater und rannte zum Ausgang der Höhle.

Denn das Krokodil war mit wuchtigen Schwanzbewegungen ans Ufer geschwommen, und verfolgte den Kater, der jedoch schneller war. Am Höhleneingang blieb das Krokodil stehen. Dort gab es weit und breit kein Wasser, *welches das Reptil zum Überleben brauchte. Schnaubend kehrte es um und lebte von da ab im unterirdischen See.*

Der weise Kater lief zur Prinzessin und erzählte ihr, dass er den Tiger besiegt habe. Der würde nie wieder kommen und Schafe rauben. Über diese Nachricht war der König so erfreut, dass er seine Tochter dem Kater zur Frau gab.

„Eine faszinierende Fabel", sagte ich, nachdem Suvork geendet hatte.

„In der Arche wurden noch viele Geschichten erzählt", erwiderte Suvork. „Es gab aber auch einige, die recht langweilig waren. Die erzähle ich nicht."

„Du wolltest mir noch erklären", erinnerte ich ihn, „wieso Jafet der älteste Sohn Noahs war, aber nicht an erster Stelle in der Bibel genannt wird. Es ist doch üblich, den Ältesten zuerst zu nennen und dann die später geborenen."

„Dass hängt mit dem Erstgeburtsrecht zusammen", sagte Suvork.

Das Erstgeburtsrecht

„Normalerweise hat der älteste Sohn Anspruch auf das Erstgeburtsrecht", erkläre Suvork. „Gelegentlich wurden Ausnahmen gemacht. Jafet war so eine Ausnahme. Das wird in der Bibel nur angedeutet. In den ersten Luther-Bibeln und bei wenigen anderen Übersetzern kann man noch lesen, dass Jafet der älteste der drei Söhne Noahs war. Am deutlichsten steht es in der Elberfelder Bibel: *Und dem Sem, dem Vater aller Söhne Hebers, dem Bruder Japhets, des ältesten, auch ihm wurden Söhne geboren* – 1. Mose 10:21.

Spätere Übersetzer behaupteten dann gedankenlos, dass Sem der älteste Sohn sei. Dabei bemerkten sie oft nicht ihren eigenen Widerspruch. Im neunten Kapitel schreiben etliche Übersetzer, dass Ham der jüngste Sohn Noahs ist. Und ein paar Zeilen weiter, im zehnten Kapitel, schreiben sie dann, dass Ham älter sei als Jafet. Luther ist beim Originaltext geblieben, doch in manch revidierten Ausgaben wurde die Sache dann unklar oder gar verfälscht. Jafet war der Älteste. Danach kam Sem zur Welt. Ham war der Jüngste der drei Söhne Noahs. Ich zitiere noch einmal aus der Elberfelder Bibel von 1975: *Und Ham, der Vater Kanaans, sah die Blöße seines Vaters ... Und Noah erwachte von seinem Weine und erfuhr, was sein jüngster Sohn getan hatte.* - 1. Mose 9:22-25. Und in der Luther-Bibel von 1897 steht es auch ganz klar: *Als nun Noah erwachte von seinem Wein, und erfuhr, was ihm sein jüngster Sohn getan hatte ...* - 1. Mose 9:24, nämlich Ham."

Ich unterbrach Suvork: „Ich staune, dass du so einfach aus der Bibel zitieren kannst. Und dann auch noch aus verschiedenen Übersetzungen aus unterschiedlich Jahrhunderte. Wie machst du das?"

„Ich habe ein hervorragendes Gedächtnis", sagte Suvork. „Was ich einmal gelesen haben, ist abgespeichert. Für immer. Das hängt mit meiner Unsterblichkeit zusammen.

Einmal lebte ich in einem christlichen Kloster. Die Nonnen gaben mir alles zu lesen, was sie hatten. Auch die Mönche in Tibet freuten sich, einen Raben ihre Schriften lesen zu lassen. Ein anderes Mal freundete ich mich mit einem Schriftsteller in Österreich an. Der hatte eine umfangreiche Bibliothek. Bei ihm konnte ich die gesamte moderne Literatur lesen. Leider ist der Mann vor ein paar Jahren gestorben. Seit dem bin ich nicht mehr so ganz auf dem Laufenden, was an Neuerscheinungen in den letzten Jahren gedruckt wurde. – Aber zurück zu Noah und Jafet.

Eines Tages bat Jafet seinen Vater um eine Aussprache unter vier Augen. Sie gingen hinab zu den Boxen, in denen die Elefanten schliefen und setzten sich davor. Dort belauschte ich folgendes Gespräch."

„Also, worum ich dich bitten möchte", begann Jafet jedes Wort langsam aussprechend, als dächte er gerade eben darüber nach. „Also, worum ich dich bitten möchte", wiederholte er und schwieg dann.

„Ja, was nun?", fragte Noah ungeduldig.

„Ich will das Erstgeburtsrecht nicht."

„Wie bitte? Du bist mein Erstgeborener und hast Anspruch auf das Erstgeburtsrecht."

„Ich kann das nicht", sagte Jafet mit gesenktem Haupt.

„Das geht nicht", erwiderte Noah. „Du bist mein Erstgeborener Sohn. Ich bin verpflichtet, dir das Recht des Erstgeborenen zu übertragen. Nur, falls du eine schwere Verfehlung begangen hast, darf ich dir das Erstgeburtsrecht verweigern. So hat Adam es gelehrt und so wurde es seit dem praktiziert. Mir ist nicht bekannt, dass du irgend ein Gebot in grober weise übertreten hast. Deshalb geht es nicht. Oder gibt es etwas, was ich noch nicht weiß? Nun ist der Zeitpunkt, zu bekennen."

Jafet schwieg.

„Weißt du überhaupt, was das Erstgeburtsrecht ist? Und worauf du Anspruch hast?"

Jafet schwieg weiterhin mit gesenktem Haupt.

„Ich habe es zwar schon mehrfach im Familienkreis angesprochen und erklärt", sagte Noah. „Vielleicht hast du nicht aufmerksam zugehört. Mit dem Erstgeburtsrecht sind drei wesentliche Rechte verbunden: Erstens, der Erstgeborene wird gesegnet und empfängt die Verheißungen Gottes. Zweitens, er wird das Familienoberhaupt nach dem Tod seines Vaters. Alle müssen ihm dann gehorchen, auch seine Brüder. Und drittens, vom Erbe seines Vaters steht ihm doppelt so viel zu als seinen Brüdern."

Jafet schwieg weiterhin.

„Willst du auf all das verzichten?", fragte Noah.

„Ich bin nicht schlau genug, um das Familienoberhaupt zu sein", brach Jafet sein Schweigen.

„Aber du bist stark und kräftig. Der größte mit den besten Muskeln von meinen Söhnen."

„Der Kopf", hauchte Jafet.

„Was ist mit deinem Kopf?"

„Der ist schwach und arbeitet zu langsam."

Jetzt senkte Noah sein Haupt und schwieg.

„Ham hat ein Auge auf meine Frau Leilani geworfen. Ich weiß nicht, was ich tun soll. Ich könnte ihn mit bloßen Händen umbringen. Aber das hat Gott verboten, sagst du. Ich will nicht, dass er Leilani immer so gierig anschaut. Es ist meine Frau. Sie soll mir treu sein."

„Willst du deshalb auf das Erstgeburtsrecht verzichten?", fragte Noah.

„Nein, es ist wegen meines langsamen Kopfes."

„Der Grund ist nicht schwerwiegend genug, um dich zu enterben."

„Aber ich bestehe darauf!", sagte Jafet laut. „Gott kann mich doch nicht zu etwas zwingen. Er hat uns den freien Willen gegeben. Das hast du oft genug gesagt.

Deshalb darfst du mir auch nicht das Erstgeburtsrecht aufzwingen."

Noah sah seinen Sohn mit großen Augen an. „Da hast du recht. Das ist ein berechtigter Grund. Jeder darf frei entscheiden. Es kam in der Geschichte der Menschheit seit Adam zwar noch nie vor, dass jemand das Erstgeburtsrecht ablehnte. Aber ich möchte dir nicht etwas aufbürden, was du nicht willst. Wer sollte deiner Meinung nach mein Erbe antreten?"

„Sem", sagte Jafet sofort, als habe er bereits darüber nachgedacht.

Noah nickte sacht mit dem Kopf. „Gut. Ich werde darüber beten und Gott fragen. Wenn der Allmächtige damit einverstanden ist, werde ich morgen Abend der Familie verkünden, dass Sem das Erstgeburtsrecht erhält. Zuvor muss ich ihn aber fragen, ob er damit einverstanden ist. Vielleicht willst du auch noch einmal über diese Angelegenheit nachdenken und beten. Schlafen wir eine Nacht darüber."

Jafet nickte.

„Konzentriere dich nicht auf deine Schwächen. Beachte mehr deine Stärken, die du noch nicht zu kennen scheinst. Und mach dir keine unnötigen Sorgen über deine Frau Leilani. Frauen sind immer etwas rätselhaft und geheimnisvoll. So sind Evas Töchter eben. Merk dir: Keine Frau wird böse, wenn du über ihre Schönheit sprichst. Du hast eine auffallend bildschöne Frau. Sage ihr das. Immer wieder. Dann lässt sie Ham links liegen und fällt nicht auf seine Annäherungsversuche herein."

„Ja, so war das damals," schloss Suvork seinen Bericht. „Sem erhielt das Erstgeburtsrecht. Seit dem werden die Söhne Noahs immer in der Reihenfolge Sem, Ham und Jafet genannt. Jafet zum Schluss, obwohl er zeitlich der zuerst Geborene war."

Ich schwieg und dachte über Suvorks Erzählung nach.

„Können wir die Nachrichten anschauen?", fragte Suvork in die Stille. „Ich habe schon ein paar Tage kein Fernsehen mehr geschaut. Ich muss doch wissen, was in der Welt passiert."

Erstaunt sah ich den Raben an. „Ja, warum nicht?" Ich schaltete den Fernseher ein. Als habe Suvork es gewusst begannen sogleich die Tagesthemen. Der Rabe lauschte intensiv, als gäbe es die Welt um ihn nicht mehr. Nach der Nachrichtensendung prüfte ich sein Gedächtnis, von dem er mir erzählt hatte.

„Hast du mitbekommen, wie der neue Präsident im Südsudan heißt?"

Suvork nannte den Namen, ohne zu zögern.

„Und was war er vorher?"

„Admiral."

„Wie bitte? Der Südsudan liegt nicht am Meer und hat keine Marine."

„Stimmt", sagte Suvork kühl. „Er war ja auch Admiral im Sudan, was nördlich vom Südsudan liegt. Und der Sudan hat Zugang zum Roten Meer. Willst du noch mehr Details wissen? Dein Gedächtnis hat offenbar Lücken. Oder sollte ich sagen Löcher wie ein Schweizer Käse? Nein, darum ging es dir nicht. Du Spitzbube, du wolltest mein Gedächtnis prüfen."

Ich gab mich geschlagen. Der Rabe schien was auch immer zu wissen und sich wirklich alles merken zu können, was er sah oder hörte. Es war spät geworden, als Suvork davon flog.

Sem sieht Bildbrettchen

„An einem Abend erzählte Sem die Geschichte mit dem Bildbrettchen", begann Suvork einleitend. „Sem war jener unter Noahs Söhnen, der Visionen hatte. Seine Geschichten drehten sich deshalb meistens um Dinge und Ereignisse, die in der Zukunft stattfinden würden. Was Sem Bildbrettchen nannte, kennen wir heute unter dem Begriff Smartphone. Aber weil dass Wort damals noch nicht bekannt war, nannte er es Bildbrettchen. Denn mit Bildern und Brettern war er vertraut. Leider greift die englische Sprache gegenwärtig so stark um sich, dass niemand von Bildbrettchen spricht. Bei den etwas größeren Geräten, den Tablets hört man noch deutlicher das Tablett heraus, nämlich das Brett, genauer, das Servierbrett. Aber das wird auch nicht deutsch, sondern englisch ausgesprochen: Täblet.

Aber nun zu Sems Vision."

In ein paar hundert oder tausend Jahren wird jeder ein kleines Bildbrettchen besitzen, sagte Sem. Das wird etwa so groß sein. Er streckte seine linke Hand aus und zeichnete darauf ein Rechteck, das in die Handfläche passte. Damit kann man mit Menschen sprechen, die weit weg sind und an einem anderen Ort leben. Aber man kann nicht nur mit ihnen sprechen, man kann sie auch auf dem Bildbrettchen sehen. Sie können einem die Stadt oder das Tal zeigen, in dem sie leben, Verwandte und Freunde und vieles mehr. Die Abbildungen erscheinen verkleinert auf dem Bildbrettchen.

Ein junger Mann, ich nenne ihn Ebus, der besaß so ein Brettchen. Jeden Tag plauderte Ebus mit seiner Freundin Manka am Bildbrettchen. Denn sie wohnte in einer großen Stadt weit weg. Die beiden hatten sich noch nie wirklich getroffen. Manka und Ebus sprachen über alles, auch über ihre Zukunft. Sie planten, zu heiraten. Ebus sparte wertvolle Papierstückchen, die er Geld nannte. Wenn er genügend Geld beisammen hatte, wollte er Manka besuchen. Für die Reisekosten musste er viele Papierstückchen sammeln, folglich Geld sparen.

Als er genügend Geld für die Reise gespart hatte, sah er auf dem Bildbrettchen plötzlich das Gesicht einer anderen Frau. Sie strahlte ihn mit ihren hellblauen Augen an, warf das schwarze, schulterlange Haar in den Nacken und sagte lächelnd, dass sie Nelia heiße und einen Mann zum Heiraten suche. Sie könne sich vorstellen, dass Ebus genau der richtige Mann für sie sei.

Ebus hatte sie nie zuvor gesehen. Ihr hübsches Gesicht gefiel ihm. Deshalb sprach er mit ihr. Es blieb nicht bei dem einen Gespräch. Neben Manka redete er nun auch jeden Tag mit Nelia. Der Kontakt mit Nelia war gut und schön. Sie erzählte ihm, dass sie in einem großen Haus wohnte mit einem grünen Park darum. Darin gäbe es ein riesiges Wasserbecken, in dem sie jeden Morgen einige Bahnen schwimme. Sie habe alles, was man zu einem herrlichen Leben brauche, außer eben einem guten Mann.

Ebus überlegte: Manka hatte kein großes Haus, sondern lebte bei ihren Eltern in einem kleinen Haus. Nelia schien sehr reich zu sein.

„Ich möchte noch mehr über dich wissen", sagte er eines Tages ins Bildbrettchen.

„Okay," erwiderte Nelia. Sie stellte dass Bildbrettchen auf einen Tisch, trat ein wenig zurück und zog ihr Obergewand aus. „Möchtest du noch mehr sehen?"

Ebus nickte.

Sie zog auch ihr Untergewand aus und Ebus sah sie völlig nackt auf seinem Bildbrettchen. Fasziniert betrach-

tete er die schön gewölbten Behälter, aus denen der Nachwuchs seine erste Nahrung saugt. In der Höhe des Bauchnabels verengte sich ihre schlanke Figur wie eine Sanduhr. Noch ehe Ebus sich sattgesehen hatte, zog sie sich schnell wieder an.

„Und, gefalle ich dir?", fragte Nelia lächelnd mit leicht schrägem Kopf.

„Ich muss dich in Wirklichkeit sehen."

„Gerne", erwiderte sie. „Komm her."

Nelia wohnte in einer sehr weit entfernten Stadt. Das gesparte Geld würde für die Reise nicht reichen. Ebus beschloss, noch mehr zu sparen. Mit Manka redete er auch weiterhin am Bildbrettchen. Er vertröstete sie, weil er noch nicht genügend Geld für die Reise beisammen habe.

Eines Tages schaute Nelia ganz traurig und betrübt vom Bildbrettchen.

„Was ist passiert?", fragte Ebus.

„Das mag ich dir gar nicht erzählen."

Zögernd und mit Tränen in den Augen berichtete Nelia: „Als ich gestern von meinem Waldspaziergang zurückkam, stand mein Haus in Flammen. Alles ist abgebrannt. Das ganze Haus mit allem was darin war. All meine Kleider und der gesamte Schmuck. Ich habe nichts mehr, außer der Kleidung auf dem Leib und das Bildbrettchen. Das hatte ich in den Wald mitgenommen."

Sie weinte, dicke Tränen rannen über ihr glattes Gesicht. Ebus sah entsetzt auf das Bildbrettchen. Er wusste nicht, was er sagen sollte. Am liebsten hätte er sie in den Arm genommen. Aber das ging ja nicht, weil sie viele Meilen entfernt wohnte.

„Das tut mir furchtbar leid", sagte er endlich. „Wie kann ich dir helfen?"

„Mir kann niemand helfen", schluchzte sie.

Er wusste, dass ihre Eltern gestorben waren und fragte

deshalb: „Was ist mit deinen Freunden? Die können doch sicher helfen?"

„Ich habe keine Freunde, außer dich."

„Und deine beste Freundin?"

„Ja, bei der kann ich ein paar Tage schlafen. Aber die wohnt noch bei ihren Eltern. Und die wollen nicht, dass ich dort einziehe."

„Ich habe etwas Geld gespart", sagte Ebus. „Das ist für die Reise zu dir. Aber wenn ich zu dir komme, muss ich das Geld für die Reisekosten ausgeben. Dann stehe ich mit leeren Händen vor dir."

Nelia hatte den Kopf gesenkt und schwieg. Dann sagte sie: „Eigentlich ist es nicht so schlimm. Denn mein Onkel hat Geld. Das hatte ihm mein Vater vor seinem Tod geliehen. Darauf habe ich Anspruch. Es ist zwar nicht so viel, wie ich durch den Brand verloren habe. Aber ich könnte mir damit wieder etwas Neues aufbauen. Das unangenehme ist nur, mein Onkel will mir das Geld nicht schicken. Ich soll es persönlich abholen. Er wohnt zwei Tagesreisen entfernt und ich habe nicht das Geld für die Reise dorthin."

„Weißt du was, ich schicke dir das Geld", sagte Ebus spontan. „Damit kannst du deinen Onkel besuchen und alles wird gut."

„Das kann ich nicht annehmen", antwortete sie leise.

„Doch, doch, das kannst du akzeptieren. Ich liebe dich und wäre ein Idiot, wenn ich dir in der Situation nicht helfen würde."

„Das willst du wirklich tun?" Nelia sah ihn vom Bildbrettchen mit verheulten Augen an, die jetzt ein wenig strahlten.

„Aber sicher." Er liebte ihre strahlenden Augen und wollte, dass sie ihn bis ans Lebensende anstrahlten. „Ich

komme dich dann besuchen, sobald ich wieder genug Geld gespart habe."

"Ich werde es dir zurückzahlen", versicherte Nelia. "Sobald ich das Geld von meinem Onkel habe."

Ebus schickte ihr all sein Erspartes. Manka erzählte er nichts davon. Die Beziehung war ohnehin abgekühlt, seit er Nelia kannte. Merkwürdigerweise meldete Nelia sich nicht, nachdem er das Geld verschickt hatte. Normal wäre gewesen, dass sie sich bedankte. Ob das Bildbrettchen kaputt war? Vielleicht hatte man es ihr gestohlen. Mehrmals rief Ebus sie an. Doch die Leitung blieb tot. Was war geschehen?

Von einem Freund erfuhr Ebus, dass ein Freund von ihm kürzlich in jener Stadt geweilt hatte, in der Nelia wohnte. Er suchte den erwähnten Freund auf und fragte ihn, ob er etwas von dem abgebrannten Haus wisse, in dem Nelia gewohnt habe.

"Wann soll das gewesen sein", fragte der Freund.

"Vor zwei Wochen."

"Vor zwei Wochen? Da war ich ja noch dort. Da ist kein Haus abgebrannt. Wer ist bei dem angeblichen Brand gestorben? Ich kenne viele Leute in jener Stadt."

"Niemand. Nur meine Freundin hat all ihr Hab und Gut verloren."

"Wie heißt deine Freundin?"

Ebus sagte es ihm, er nannte auch den Stadtteil, in dem Nelia wohnte.

"Kenne ich nicht", sagte der Freund. "Und in dem Stadtteil ist ganz sicher kein Haus abgebrannt. Das hätte ich mitbekommen. Denn genau dort lebte ich während meines Aufenthalts. Moment ich rufe meinen Freund an, bei dem ich wohnte."

Nachdem der Freund sich über das Bildbrettchen informiert hatte, sagte er zu Ebus: "Du bist auf eine Be-

trügerin reingefallen. Nelia gibt es nicht, nur eine Frau, die sich dafür ausgibt."

"Aber ich habe sie auf dem Bildbrettchen gesehen", wandte Ebus ein. *"Wir haben miteinander gesprochen, fast jeden Tag in den letzten Wochen."*

"Das mag schon sein. Aber die hieß bestimmt ganz anders und war nur auf dein Geld aus. Wie du mithören konntest, kennt mein Freund einen Fall, der ganz genau so ablief. Superweib, erst große Liebe, dann Katastrophe. Und sobald das Geld überwiesen war: kein Ton und kein Bild mehr. Würde mich nicht wundern, wenn es sich um dieselbe Betrügerin handelt. Hatte sie schwarze, schulterlange, wellige Haare und himmelblaue Augen?"

Ebus nickte.

"Vertraue niemandem, den du nur vom Bildbrettchen her kennst."

„Derartige Geschichten gibt es in der realen Welt immer wieder, habe ich gehört", sagte Suvork, nachdem er geendet hatte. „Früher nannte man derartige Betrüger *Heiratsschwindler.* Der Begriff ist aus der Mode gekommen. Aber betrogen wird nach wie vor. Bis morgen."

Schon war er weg.

Folgen einer Leichenschändung

„Ham liebte frivole und brutale Geschichten", leitete Suvork seine Erzählung ein. „Noah rief ihn mehrfach dazu auf, an den Abenden im Familienkreis etwas Erbauliches zu erzählen. Aber das fiel ihm schwer. Etliche Erzählungen waren schlicht hirnlos ohne jede Moral. Die werde ich nicht wiedergeben. Aber die folgende Geschichte birgt doch einen wichtigen Kern. Nämlich, dass man auch niederträchtige Menschen anständig behandeln soll."

Einst lebte ein Graf auf einer vortrefflich befestigten Burg mit erfahrenen Kriegern. Jedes Jahr im Herbst zog er mit seinen Kämpfern durch die sieben Dörfer seiner Grafschaft und und raubte zwölf Jungfrauen. Mit jeder Jungfrau vergnügte er sich einen Monat lang. Dann war sie ihm überdrüssig und er tötete sie. Nachdem er sich mit allen Jungfrauen je einen Monat vergnügt hatte und das Jahr um war, ging er erneut auf Raubzug. Wieder zog er durch die sieben Dörfer und raubte 12 Jungfrauen.

Die Dorfbewohner, alles Bauern, konnten nichts gegen ihn unternehmen. Denn der Graf kam mit einer großen Gruppe seiner erfahrenen Soldaten. Widerstand war zwecklos. So ging das Jahr um Jahr.

Im größten Dorf wuchs ein Mädchen heran, welches das Treiben des Grafen von klein auf beobachtet hatte. Nachdem sie zur Jungfrau herangewachsen war, dachte sie, dass der Graf sie bei seinem nächsten Raubzug mitnehmen würde. Sie trat vor ihren Vater, der war der Schultheiß des Dorfes, und sagte:

„Ich werde zur Burg des Grafen gehen und dort im nahen Wald Heidelbeeren sammeln."

„Bist du von Sinnen!", polterte der Schultheiß. „Der

Graf wird dich sehen und auf seine Burg verschleppen. Das erlaube ich nicht."

Doch seine Tochter bestand darauf und erklärte ihren Plan. „Wenn er sieht, dass ich dort ganz alleine Heidelbeeren sammel, wird er mit nur einem oder zwei Soldaten aus der Burg kommen, um mich zu ergreifen. Nicht wie sonst bei seinen Raubzügen mit 50 Soldaten. Die Bauern des ganzen Dorfes sollen sich im Wald verstecken. Wenn er kommt, können sie ihn und seine Begleiter leicht überwältigen."

„Ich will nicht, dass du dich dem Grafen auslieferst", sagte der Schultheiß. „Du bist meine einzige Tochter."

Die Tochter ging daraufhin von einem Bauernhof zum anderen und informierte alle Bauern im Dorf von ihrem Plan. Die Bauern waren begeistert und traten vor den Schultheißen. Endlich stimmte der Vater des Mädchens zu.

Die Bauern versteckten sich im Wald nahe der Burg des Grafen. Das Mädchen sammelte Heidelbeeren, der Graf sah sie und kam mit nur zwei Kriegern herausgestürmt, um sie zu ergreifen. Sogleich fielen die Bauern über den Grafen her, legten ihn in Ketten und warfen ihn in einen tiefen Keller im Dorf. Daraus konnte er nicht entkommen. Anschließend berieten die Bauern mit dem Schultheißen, was mit dem Grafen geschehen solle. Das Urteil war schnell gefunden. Sie verurteilten ihn zum Tode.

Nun gab es aber ein Gesetz im Lande, das es den Bauern verbot, ein Todesurteil zu vollstrecken. Außer, der König stimmte der Tötung zu. Deshalb schrieb der Schultheiß einen Brief an den König. Er schilderte ausführlich, dass der Graf in den letzten Jahren immer wieder Jungfrauen aus den Dörfern geraubt und getötet habe. Er bat um die Zustimmung, das Todesurteil am Grafen vollstrecken zu dürfen.

Der König schrieb unter das Urteil: ‚Ich begnadige nicht köpfen.'

Die Bauern berieten, was das zu bedeuten habe. Durften sie ihn nun töten oder nicht? Hatte der König gemeint: ‚Ich begnadige nicht, köpfen'? Oder hatte er gemeint: ‚Ich begnadige, nicht köpfen'? Der König hatte kein Komma in seiner kurzen Zeile gesetzt, wodurch die Aussage eindeutig gewesen wäre.

Letztlich entschieden die Bauern zu ihren Gunsten und beschlossen, dass der König dem Todesurteil zugestimmt habe. Deshalb schlugen sie dem Grafen den Kopf ab. Der Schultheiß steckte den Kopf des Grafen auf eine Stange, die er mitten im Dorf aufstellte. Das Dorf jubelte. Sie trennten Beine und Arme vom Körper des Grafen ab, und teilten seinen Rumpf in zwei Teile. Jedes Teil schickten sie in eines der übrigen sechs Dörfer in der Grafschaft. Dort jubelte man ebenfalls, weil der böse Graf endlich tot war. Glücklich steckten sie das jeweilige Körperteil auf eine Stange mitten im Dorf.

Der König erfuhr, was geschen war und ergrimmte. Denn der Graf war sein Freund gewesen. Er hatte auch nicht gewollt, dass der Graf getötet wurde. In seinem Satz unter dem Urteil hatte er das Komma vergessen. Sein Urteil hätte lauten sollen: ‚Ich begnadige, nicht köpfen.'

Er rief seinen ersten Minister und fragte ihn um Rat: „Diese Idioten in den sieben Dörfern. Können nicht einmal richtig lesen. Ich lasse doch keinen Freund hinrichten. Was soll ich tun?"

„Das fehlende Komma ist bedauerlich, rechtfertig aber keine Tötung", sagte der Minister streng. „Sie hätten nachfragen können, bevor sie dem Grafen den Kopf abschlugen. Majestät, das darfst du nicht durchgehen

lassen. Bestrafe die Dörfler. Nicht mit dem Tode, aber so, dass sie es deutlich spüren, damit so etwas nicht wieder vorkommt."

Die Aussage des Ministers bestätigte die Einstellung des Königs. Wenigstens den Frevel, den die Bauern mit dem Leichnam des Grafen angestellt hatte, wollte er nicht durchgehen lassen. Er ordnete an, dass die Leichenteile eingesammelt und der vollständige Körper gemäß der Sitte des Landes beerdigt werde. Zur Strafe verdoppelte er die Steuern in der Grafschaft. Bisher hatten die Bauern den zehnten Teil ihres Ertrages abliefern müssen, den Zehnten. Nun forderte der König den Zwanzigsten, also zwanzig Prozent ihres Ertrags. Das blieb so, bis der König starb und sein Sohn die Krone erhielt.

„Moment", sagte ich, als Suvork geendet hatte. „Zu Noahs Zeiten gab es noch kein Komma. Das wurde erst sehr viel später erfunden. So etwa um fünfzehnhundert, wenn ich mich recht erinnere. Mit anderen Worten, du hast die Geschichte erfunden und nicht Ham in der Arche." Grinsend lehnte ich mich zurück.

Suvork neigte seinen Kopf ein wenig zu Seite und sagte dann: „Irrtum, Karl Schmidt. Weißt du noch, wer Adam war?"

„Meinst du den aus der Bibel, den ersten Menschen?"

„Genau. Der konnte schon lesen und schreiben. Und woher? Gott persönlich hat es ihm beigebracht. Es war eine vollkommene Sprache und eine perfekte Schrift, eben göttlich. Adam lehrte seine Nachkommen die Sprache und die Schrift."

„Und was ist mit den Sumerern, die laut aktueller Forschung die Schrift erfunden haben, die Keilschrift?"

„Anfänger", kommentierte Suvork schroff. „Na gut. Die haben auch eine Schrift erfunden. Ein neuer Beginn.

Weil die Schrift Adams untergegangen war. Im Laufe der Jahrtausende ging immer mal wieder etwas verloren und musste dann neu erfunden werden. Wenn es den Kindern Noahs gut ging, wenn ihnen die Hirsche vor den Speer liefen und Früchte überall wucherten, dann ergingen sie sich gerne im Müßiggang. Sie machten keine Aufzeichnungen, vergaßen die Kunst des Schreibens und begnügten sich nur noch mit mündlichen Überlieferungen. Dabei machten dann nicht selten prächtige Übertreibungen und sogar Lügen die Runde."

„Worauf schrieb Adam?", fragte ich.

„Überwiegend auf Tierhaut und Metallplatten. Er hatte aber auch gelernt, Papier anzufertigen. Adam wurde 930 Jahre alt. Während der Zeit merkte er, dass das Papier nicht beständig war und schon nach wenigen Jahrzehnten vergammelte. Es gab noch keine klimatisierten Archivräume. Deshalb benutzte er für kurze Notizen sein selbst geschöpftes Papier. Für wichtigere Aufzeichnungen gebrauchte er Tierhaut, welche länger hielt. Ging es um wichtigere Dinge, gravierte er die Texte auf dünne Kupferplatten. Und die bedeutenden Aufzeichnungen für die Ewigkeit gravierte er auf Goldplatten."

Das machte mich neugierig: „Und wo sind die Platten jetzt?"

„Geraubt und eingeschmolzen. Erinnere dich an den Bibelbericht über die Zeit, als Noah lebte. Da ging es drunter und drüber. Da wurde gelogen, betrogen, geraubt, gehurt und gemordet. Jeder so gut er konnte. Deshalb gab es ja die große Flut. Im Deutschen spricht man von der Sintflut, und etliche denken dabei an Sündenflut. Das hat zwar einen gewissen Bezug zu dem Ereignis. Doch im Althochdeutschen bedeutet Sintflut *große Flut*.

Und so wird das Ereignis auch in den meisten anderen

Sprachen bezeichnet. Die *große Flut*, die die ganze Erde bedeckte."

„Und Adam konnte die Platten nicht in Sicherheit bringen? Die wären heute unbezahlbar."

„Adam besaß noch alle seine Aufzeichnungen. Er gab sie an seinen Sohn, der an seinen Sohn und so weiter. Das bekamen die Halunken im Volk mit. Und deshalb raubten sie, was sie kriegen konnten. Gold war damals schon wertvoll. Noah besaß noch zehn goldene Platten mit den Gravierungen von Adam. Nach der Flut sind die dann trotz aller Sorgfalt verschwunden. Noahs Sprache klang zwar noch so wie Adam sprach, aber es hatte sich bereits ein Dialekt eingeschlichen. Und später wusste niemand mehr, wie Adam gesprochen und geschrieben hatte."

„Und es gab wirklich Zeiten, in denen man schon perfekt schreiben konnte?"

„Ja, das gab es sogar mehrfach, dass die Menschen keine Aufzeichnungen machten und die Schrift abhanden ging. Denk nur an deine Vorfahren."

„Wieso meine Vorfahren?", fragte ich entrüstet. „Die haben so viel aufgeschrieben, dass ein Leben nicht reicht, um alles zu lesen."

„Ich meine nicht deinen Vater oder deinen Großvater", verbesserte sich Suvork. „Genau hier, wo du wohnst, lebte ein riesiger, epochemachender Volksstamm. Die Kelten. Die haben nichts Schriftliches hinterlassen. Deshalb weiß man so wenig über sie. Anhand von Knochenfunden, Tonscherben und anderen Überresten reimen sich die Archäologen etwas zusammen. Ja, und die Römer notierten ein wenig über die Kelten. Leider war ich zu jener Zeit auf einem anderen Erdteil. Sonst könnte ich dir von den Kelten berichten. Und die Germanen waren auch nicht enorm schreibwütig. Aber von denen gibt es wenigstens ein paar Überlieferungen."

„Stimmt", sagte ich und senkte den Kopf. „Da fallen mir noch die asiatischen Reitervölker ein. Die haben angeblich auch nichts aufgeschrieben."

„Ebenso die Ureinwohner von Australien, die Aborigines", fügte Suvork hinzu. „Nur mündliche Überlieferungen und ein paar Felszeichnungen. Es gibt sogar noch mehr Völker, die nichts aufgeschrieben haben. Von vielen existieren nicht einmal mehr Nachkommen."

Mir wurde bewusst, wie wichtig es ist, die Geschichte aufzuschreiben. Womöglich erfolgte der technische Fortschritt in den letzten hundert Jahren nur, weil viele Menschen ihre Erfahrungen aufschrieben und weitergaben.

Drei Gänse für neue Stiefel

Am folgenden Abend berichtete Suvork eine Geschichte von Haikal, der Frau Noahs. Ein hageres Geschöpf, fast so groß wie Noah, unnachgiebig und stur. Allein Noah ordnete sie sich unter.

Die wirtschaftliche Lage eines Schusters war miserabel, weil er selten gute Aufträge erhielt. Meistens brachte man ihm nur Schuhe zum Ausbessern. Dafür durfte er nicht viel verlangen, sonst würde niemand mehr kommen. Sein Einkommen tendierte gegen Null. Seine Frau und die zwei Kinder konnte er nur mit Mühen ernähren. Eines Tages hatte er neue Stiefel für einen Bauern angefertigt. Er machte sich auf den Weg, um die neuen Stiefel abzuliefern und seinen Lohn zu kassieren.

Kaum war er aus dem Haus, als eine Frau aus dem Nachbarhaus ihn einholte. Völlig außer Atem sagte sie: „Herr Schuster, deine Frau hat soeben eine Tochter geboren. Komm schnell heim."

Doch der Schuster wollte zuerst die Stiefel abliefern und erwiderte: „Sag ihr, ich komme gleich, muss nur schnell zum Bauern, damit wir wieder etwas zu Essen haben."

Beim Bauern angekommen drängte der Schuster zur Eile: „Schnell, her mit den vereinbarten drei Gänsen für meine Arbeit. Ich muss wieder heim. Meine Frau hat eine Tochter geboren, die ich noch nicht sehen konnte."

Doch der Bauer ließ sich Zeit. Er betrachtete die neuen Stiefel von allen Seiten, bog die Sohle, um zu sehen, wie elastisch sie sei. Dann zog er sie an und schlenderte ein paar Schritte hin und her: „Der linke Stiefel drückt", sagte er. „Der ist zu klein."

„Das gibt sich," erwiderte der Schuster. „Wenn du ihn einen Tag angehabt hast, ist er eingelaufen und passt perfekt. Hätte ich ihn größer gemacht, würde er schlupfen."

Der Bauer lief erneut ein paar Schritte und meinte dann: „Ich gebe dir zwei Gänse. Eine für jeden Stiefel. Mehr sind die Treter nicht wert."

„Aber es waren drei Gänse ausgemacht!", protestierte der Schuster.

Da kam die Frau aus dem Nachbarhaus auf den Hof gerannt: „Schnell Herr Schuster, komm heim! Deine Frau hat noch eine Tochter zur Welt gebracht! Nun hast du Zwillinge!"

„Sag ihr, ich komme gleich," erwiderte der Schuster.

Der Bauer wollte nur zwei Gänse für die Stiefel ausbezahlen. Doch der Schuster beharrte auf drei Gänsen für seine Arbeit. Als er darauf verwies, dass nun in seinem Hause zwei Mäuler mehr zu stopfen seien, er-

weichte er damit das Herz des Bauern. Er händigte ihm die vereinbarten drei Gänse aus.

Freudig eilte der Schuster mit den drei Gänsen im Korb nach Hause. Als er in die Stube trat, nahm ihn die Hebamme zur Seite: „Glückwunsch! Soeben wurde ihre dritte Tochter geboren."

Mit offenem Mund trat der Schuster an das Lager seiner Frau und betrachtete die drei kleinen neugeborenen Töchter. Dann sagte er: „Nicht auszudenken, was geschehen wäre, wenn ich noch länger mit dem Bauern hätte verhandeln müssen."

Nacheinander nahm er eine Tochter nach der anderen auf den Arm und küsste sie, anschließend auch seine erschöpfte Frau.

Die Nachricht von den Drillingen sprach sich schnell im Ort herum. Viele kamen, um die drei Mädchen zu bewundern und den Eltern zu gratulieren. Alle brachten Geschenke mit. Auch der Geistliche der kleinen Stadt besuchte den Schuster. Er segnete die neugeborenen Mädchen und wollte anschließend ein ernstes Wort mit dem Schuster reden, weil der nie zu seinen Predigten in der Kirche erschien. Doch der Schuster ahnte die Absicht des Seelsorgers und schlich sich rechtzeitig davon. Deshalb trat der Geistliche an das Bett der Wöchnerin und lobte sie, weil sie mit zufriedener Miene auch ohne ihren Mann regelmäßig zur Predigt kam und offenbar gestärkt wieder heimkehrte.

„Ach", sagte die Frau, „ich bekäme ja überhaupt keine Ruhe mehr, ohne das bissel Schlaf während Ihrer Predigten."

„Nach dieser Geschichte", sagte Suvork, „beobachtete ich, wie Haikal ihrem Mann zuzwinkerte. Denn Noah neigte zu langen Predigten, bei denen er sich oft wiederholte. Mindestens einmal die Woche stellte er sich vor seine Familie und predigte. Vor der großen Flut zog er durch Dörfer und Städte. Aber dort wollte ihm niemand zuhören. Manchmal wurde er sogar davon gejagt."

Das neue Gewand

„Milwidas hieß die Frau von Sem", sagte Suvork an einem verregneten Abend. „Sie war etwas rundlich, gut gepolstert aber nicht fett. Sie liebte Gedichte und schrieb auch selber welche. Deshalb war ich nicht überrascht, als sie an dem Abend in der Arche, als sie das erste Mal mit einer Geschichte dran war, folgendes vortrug."

Wie ihr ja wisst, bin ich eine Freundin der Lyrik. Deshalb will ich meine Geschichte in Versen vortragen, die sich reimen.

Das neue Gewand

„In dem Gewand, recht alt, nicht schön,
mag ich dich keinen Tag mehr seh'n!"
Des Kaufmanns Frau beklagte laut.
Da hat der Herr sich angeschaut.

„Was hat sie nur?", denkt schroff der Mann.
„Der ist bequem und fit for fun."
Sein Weib jedoch gibt keine ruh
und setzt ihm täglich weiter zu.

Genervt der Krämer düster sinnt,
sitzt stundenlang im Abendwind.
Genügend Taler hätt' er schon,
ihn stört des Schneiders Arbeitslohn.

Er braucht zwar noch kein neu Gewand.
Doch Haus und Hof gleicht Feindesland.
Drum lenkt er letzten Endes ein
und schleppt zum Schneider sein Gebein.

Die Maße nimmt der Meister schnell,
empfiehlt 'nen Stoff in karamell.
Drei Tage später im Gewand,
spaziert der Kaufmann durch das Land.

Das Volk bestaunt den neuen Frack,
es grüßt und würdigt den Geschmack.
So manches Frauenauge glänzt,
und äußert Lobpreis unbegrenzt.

Sein Weib küsst innig ihn und strahlt.
Er denkt: „Hab ich das auch bezahlt?"
Der Mann im Spiegel, welche Pracht,
schaut echt verwegen, schmunzelt, lacht.

Des Abends, als er hüllenlos,
ergreift ihn Argwohn schonungslos.
Er wirft das neu' Gewand von sich:
„Bist du der Kaufmann oder ich?"

Die drei Brüder

„Guten Abend Karl", sagte Suvork am nächsten Tag und begann gleich zu erzählen. „Ägyptus, so hieß die Frau vom Ham. Kurz nach der großen Flut bekam sie eine Tochter. Die nannte sie ebenfalls Ägyptus. Jene Tochter war sehr unternehmungslustig. Sie reiste gerne. Eines Tages kam sie in ein Land, durch das ein großer Fluss strömte. Der Fluss führte gerade sehr viel Wasser, war über die Ufer getreten und hatte das Land zu beiden Seiten überschwemmt. Ägyptus sah, dass der Fluss feinen Schlamm mit sich führte und das Land damit bedeckte. Kurz, sie bemerkte, dass der große Fluss das Land düngte. Das gefiel ihr. Deshalb beschloss Ägyptus dortzubleiben. Sie gründete eine Siedlung, die schnell zu einer Stadt heranwuchs. Denn sie hatte einen Sohn von Jafet geheiratet, von dem sie viele Kinder zur Welt brachte. Wenn ich mich recht erinnere, starb jener Sohn nach der Geburt des elften Kindes. Daraufhin heiratete Ägyptus einen Sohn von Ham, von dem sie weitere Kinder bekam. Nach nur wenigen Jahren war das fruchtbare Land besiedelt. Den Fluss kennen wir heute unter dem Namen *Nil* und das Land heißt immer noch so, wie Ägyptus es benannte. Und zwar nach ihrem eigenen Namen: Ägypten."

„Hm", brummte ich. „Den Ursprung Ägyptens erzähltest du schon. Vergessen?"

Suvork schaute mich an, als wolle er meine Gedanken lesen. „Ja, stimmt. Aber nicht so ausführlich. Außerdem wollte ich prüfen, ob du aufgepasst hast, Karl."

Ich kommentierte seine Erklärung mit den Worten: „Sehr interessant. Bist du zufrieden mit mir?"

Er antwortete mit einem leichten Wiegen des Kopfes und begann dann zu berichten.

„Also, die Frau von Ham, die ebenfalls Ägyptus hieß, war sehr wissbegierig. Sie ließ sich von Noah die Konstruktion der Arche erklären und beschäftigt sich mit Mathematik. Sehr ungewöhnlich für eine Frau in jener Zeit. Das Wissen gab sie an ihre Tochter weiter, die es dann im späteren Ägypten zu nutzen wusste. Sie erzählte in der Arche folgende Geschichte, die allerdings nichts mit Mathematik zu tun hat."

Ein Mann hatte drei Söhne. Als die herangewachsen waren, sagte der Mann zu ihnen: „Geht hinaus in die Welt und lernt ein gutes Handwerk. Dann kommt zurück, und berichtet mir."

Die Frau des Mannes packte für jeden ihrer Söhne ein Bündel mit Essen. Nach zwei Tagen kamen sie an eine Wegkreuzung und diskutierten, welchen Weg sie nehmen sollten. Der eine wollte weiterhin geradeaus marschieren, der andere nach links und der dritte nach rechts abbiegen.

„Wir müssen doch nicht alle demselben Weg folgen", sagte der älteste der Brüder. „Ich schlage vor, dass wir uns trennen und von hier ab jeder einem anderen Weg folgt. In drei Jahren treffen wir uns wieder hier und gehen gemeinsam heim zu unseren Eltern."

Die jüngeren Brüder stimmten zu. Jeder zog auf einem anderen Weg weiter.

Der älteste der Söhne begegnete einem Mann, der Seile anfertigte. Er lud ihn ein, bei ihm zu lernen, wie man gute Seile macht. Das gefiel dem jungen Mann. Er folgte dem Seilmacher und erlernte dessen Handwerk.

Der zweite Sohn kam zu einem Metzger und fragte ihn, ob er dessen Handwerk erlernen könne. Der Metzger stimmte zu und nahm den jungen Mann auf. Bei ihm lernte er, wie man Tiere schlachtet und zerlegt. Wie man Wurst macht, räuchert und vieles mehr.

Der jüngste Sohn traf einen Mann, der ein sehr schönes Gewand trug. Es war von feinem Stoff, reich verziert und am Saum sorgfältig vernäht. „Wo bekommt man so ein nobles Gewand?", fragte der Sohn den Fremden. „Beim Schneider im nächsten Ort", antwortete der gut gekleidete Mann. Sogleich machte sich der jüngste Sohn auf den Weg zum nächsten Dorf und sprach beim Schneider vor. Der nahm ihn gerne als Lehrling auf.

Nach drei Jahren hatte jeder der Söhne sein Handwerk gelernt und machte sich auf den Weg, um die Brüder wieder zu sehen. Wie vereinbart trafen sie sich an der Wegkreuzung und berichteten, was ihnen widerfahren war. Gemeinsam zogen sie anschließend zu ihrem Elternhaus. Vater und Mutter freuten sich über das Wiedersehen.

Jeder Sohn zeigte seine Handwerkskunst. Der älteste Sohn fertigte ein langes und dickes Seil. Der mittlere Sohn baute eine kleine Räucherkammer, in der er Schinken und Würste räucherte. Der jüngste Sohn schneiderte für seinen Vater und für seine Mutter je ein elegantes Obergewand.

Die Eltern organisierten ein Fest, zu dem sie das ganze Dorf einluden. Beide wurden in den neuen Gewändern bewundert. Man lobte den jüngsten Sohn für sein vortreffliches Geschick und einige Dörfler bestellten bei ihm ebenfalls ein neues Obergewand. Alle labten sich am Schinken und den Würsten, die der mittlere Sohn anbot. Sogleich bestellten bei ihm einige Frauen Fleischwaren für ihren Vorrat. Der älteste Sohn lud die stärksten Männer im Dorf ein, die Reißfestigkeit seines dicken Seiles zu prüfen. Je zwölf Männer ergriffen das Seil an den Enden und zogen daran. Sie konnten es nicht zer-

reißen. Das beeindruckte die Bauern im Dorf und sie bestellten Seile beim ältesten Sohn.

Auf diese Weise machte jeder der drei Söhne ein vortreffliches Geschäft, denn es gab im Dorf keinen Seilmacher, keinen Metzger und auch keinen Schneider. Wenn die Dörfler ein neues Seil, Wurst oder Kleidung brauchten, mussten sie in die ferne Stadt aufbrechen.

Den Handwerkern in der Stadt gefiel es nicht, dass sie weniger Waren verkauften, weil die drei Burschen so fleißig arbeiteten. Denn auch die Leute aus den Nachbardörfern gingen nicht mehr in die Stadt, sondern kauften bei den drei Söhnen, die schnell wohlhabend wurden. Jeder baute sich ein neues Haus, heiratete und erfreute sich des Lebens.

Die Handwerker in der Stadt beklagten sich beim König, weil sie unter den geringeren Einnahmen litten. Doch der König unternahm nichts. Er freute sich darüber, dass die städtischen Handwerker Konkurrenz bekommen hatten und sich nun mehr anstrengen mussten, um Kunden zu gewinnen.

Doch die Handwerker in der Stadt wollten sich damit nicht zufriedengeben. Sie verbündeten sich, schmiedeten einen Plan und zogen erneut vor den König. Dort erzählten sie Lügen über die drei Brüder. Der Seilmacher würde nachts heimlich Flachs und Hanf von den Feldern des Königs und etlicher Fürsten stehlen, um daraus preiswert Seile und Stricke herzustellen. Der Metzger würde ebenfalls heimlich in den Wäldern des Königs wildern und Hirsche, Rehe und Wildschweine zu Schinken und Würsten verarbeiten. Aber am schlimmsten Triebe es der jüngste der Brüder. Der hole seine Stoffe unter Preis aus dem Nachbarland. Regelmäßig würde er die Weber dort übers Ohr hauen. Dem König im Nachbarland gefalle das gar nicht. Er plane einen Raubzug, um dem

Treiben des jungen Schneiders ein Ende zu setzen. Daraus könne schnell ein Krieg zwischen den beiden Königreichen entstehen.

„Woher wisst ihr das?", fragte der König.

„Wir haben es mit unseren eigenen Augen gesehen", behaupteten die Handwerker aus der Stadt.

„Das sind schwere Vorwürfe", erwiderte der König. Er beauftragte einen Hauptmann, die drei Brüder zu holen.

Als die drei Brüder die Vorwürfe hörten, erwiderten sie, dass sie nichts Unrechtes getan hätten und ehrliche Handwerker seien.

Es stand nun Wort gegen Wort. Der König wusste nicht, wer die Wahrheit sagt. Ganz gleich, welche Fragen er stellte, die Handwerker aus der Stadt hatten stets eine Antwort, um die drei Brüder zu beschuldigen, unehrlich und hinterhältig zu sein.

Letzten Endes sagte er: „Ich muss nachdenken, bevor ich ein Urteil spreche. Sperrt sie alle ins Gefängnis."

Die Handwerker aus der Stadt protestierten. Doch die Soldaten des Königs führten sie sogleich in den Kerker. Den Hauptmann wies der König an, die drei Brüder in eine Zelle zu sperren und die Handwerker aus der Stadt in eine andere. Die beiden Zellen sollten so weit voneinander entfernt sei, dass sie nicht hören könnten, was die jeweils andere Gruppe untereinander besprach.

Nach einer Woche wurden die Handwerker wieder vor den König gebracht. Kurz und knapp verurteilte er die Handwerker aus der Stadt zu einer sehr hohen Geldstrafe. Sie jammerten, dass sie doch nichts Böses getan hätten.

„Ihr glaubtet, unbeobachtet zu sein, und habt euch über eure hinterhältigen Lügen gefreut", sagte der König. „Spione saßen heimlich in der jeweiligen Nachbarzelle und hörten alles, was ihr gesprochen habt. Sie

berichteten mir. Auf diese Weise erfuhr ich von euren sittenlosen Absichten. Ihr habt euch selber verraten. Ihr seid die verlogensten Handwerker im ganzen Land. Ich verurteile jeden zu einer Geldstrafe von einhundert Goldmünzen. Wer die Strafe nicht bezahlen will, kommt für fünf Jahre ins Gefängnis. Basta! Die drei Brüder aus dem Dorf sind frei."

Der Wettbewerb

„Nun kommt eine Geschichte von der überaus hübschen und jungen Leilani", kündigte Suvork an. „Sie war mit 25 Jahren die Jüngste in der Arche. Noah hatte schon 600 Jahre auf dem Buckel. Und Leilanis Ehemann Jafet war über 100 Jahre alt, als beide kurz vor der großen Flut heirateten. Obwohl reichlich quirlig, war sie nicht vorlaut und sprach stets mit sanfter Stimme, als sie die folgende Geschichte erzählte."

In einer fernen Stadt lebte ein reicher Kaufmann. Der hatte einen Sohn im heiratsfähigen Alter. Sein Vater beriet ihn, worauf er bei seiner künftigen Frau achten sollte.

„Sie muss sehr hübsch sein", sagte Alem, so hieß der Sohn.

„Ja, ja, aber du musst auch darauf achten, was sie kann und was sie in die Ehe mitbringt", wandte der Vater ein.

„Ich lege keinen Wert auf eine große Mitgift", erwiderte Alem. „Wir sind doch reich genug. Unsere Geschäf-

te laufen gewinnbringend. Meinetwegen kann sie arm sein. Allerdings, sie darf nicht blöde sein."

Der Vater schlug vor, dass er einen Wettbewerb veranstalten wolle. Nach eingehender Diskussion einigte er sich mit seinem Sohn, auf folgende Kriterien für die künftige Ehefrau:

Erstens: Sie muss Jungfrau sein.

Zweitens: Sie darf nicht älter sein als der Sohn, der im sechzigsten Lebensjahr steht.

Drittens: Sie muss schlank und eine Augenweide sein.

Viertens: Sie muss schreiben, lesen und rechnen können.

Fünftens: Sie muss singen oder ein Musikinstrument spielen können.

Sechstens: Sie muss herzerfrischend plaudern können.

Siebentens: Sie muss dem Sohn sympathisch sein.

Im ganzen Land ließ der Kaufmann verkünden, dass eine Frau für seinen Sohn gesucht werde. Als Schwiegertochter und an der Seite seines Sohnes erwarte sie ein sorgenfreies Leben. Und dann wurde aufgelistet, welche Bedingungen die künftige Ehefrau zu erfüllen habe. Alle Jungfrauen, die Alem heiraten wollten, sollten sich am Tag der Sommersonnenwende im Schloss des Kaufmanns einfinden.

Marisella fühlte sich von dem Aufruf angesprochen. Sie war Jungfrau, erst dreißig Jahre alt, ein Augenschmaus, konnte schreiben, lesen und rechnen, sie sang gerne und spielte sogar die Harfe dazu und sie plauderte erquicklich. Ob sie dem Sohn des Kaufmanns sympathisch sei? Keine Ahnung, denn sie hatte ihn noch nie getroffen. Sie würde alles geben, um die künftige Kaufmannsfrau zu werden. Glücklicherweise wurde keine hohe Mitgift gefordert, denn ihr Vater war nur ein kleiner Krämer.

Zum erwünschten Tag machte Marisella sich mit ihrem Bruder Jenas auf den Weg. Sie saßen auf einem kleinen Wagen, der von einem alten Gaul gezogen wurde. Auf der Ladefläche stand die Harfe, mit der Marisella glaubte, punkten zu können. Denn welche Jungfrau sang schon melodiös und zupfte gleichzeitig harmonisch an den Saiten der Harfe?

Sie brauchten nur drei Stunden bis zum Schloss des Kaufmanns. Als sie eintrafen, hatten sich dort schon viele Jungfrauen eingefunden. Nachdem alle eine Stunde gewartet hatten, kamen Diener aus dem Gebäude und schickten etliche Frauen fort. Auf Nachfragen sagten sie, dass der Kaufmann mit seinem Sohn vom Fenster aus eine Vorauswahl getroffen hätten. Die Fortgeschickten seien nicht geeignet. Danach standen noch etwa fünfzig Jungfrauen vor dem Schloss. Sie wurden in den Festsaal gebeten. Diener trugen Marisellas Harfe die Treppe hinauf. Es war die einzige Harfe unter den Musikinstrumenten. Marisella war glücklich, wenigstens in diesem Bereich keine Konkurrenz zu haben. Denn alle verbliebenen Jungfrauen waren überaus anmutig.

Im Saal mussten sich die Frauen in einer Reihe aufstellen. Der Kaufmannssohn stolzierte an ihnen vorbei und bat einige, einen Schritt vorzutreten.

Nachdem er alle Frauen angeschaut hatte, sagte er: „Diejenigen, die nicht einen Schritt vortreten sollten, verlassen nun bitte den Saal. Sie kommen nicht in die engere Wahl, sie können heimgehen."

Mit Trauermiene und unter Tränen verließen die Angesprochenen den Raum. Zurück blieben zwölf zauberhafte junge Frauen in geschmackvollen Gewändern. Sie durften sich auf die gepolsterten Stühlen setzen. Marisella strahlte, denn sie gehörte zu den Auserwählten.

„Nun stelle sich bitte eine nach der anderen vor", sagte der Kaufmann. „Jede erzähle, wie sie heiße, woher sie komme und wer ihre Eltern sind. Anschließend zeige jede, was sie könne. Hier ist ein Buch, aus dem vorgelesen wird. Ich werde einen kurzen Text diktieren, der auf diesen Bogen Papier zu schreiben ist und eine Rechenaufgabe stellen. Abschließend wollen wir dem Gesang oder der musikalischen Darbietung lauschen. Hat jemand eine Frage?"

„Wann werden wir herzerfrischend Plaudern können?", fragte eine dunkelhaarige Schönheit.

„Das erkennen wir an der Art und Weise, wie ihr euch vorstellt", antwortete der Kaufmann. „Wenn keine weiteren Fragen sind, dann beginne du hier links bitte."

Eine Jungfrau nach der anderen stellte sich vor und zeigte, was sie kann. Nachdem alle dran gewesen waren, sagte der Kaumann: „Mein Sohn und ich werden uns nun beraten. Morgen teilen wir euch dann mit, welche drei Jungfrauen ins Finale kommen. Jene drei werden zu einem Gästehaus am großen See gebracht. Dort wird anschließend auch mein Sohn hinkommen. Nach einer Woche, in der er jede von euch besser kennt, wird er sich entscheiden. Er darf ja nur eine zur Frau nehmen. Heute übernachtet ihr hier im Schloss. Die Diener zeigen euch nun eure Zimmer."

Am nächsten Morgen verkündete der Kaufmann nach dem Frühstück, welche drei Damen zu einer Woche im Gästehaus eingeladen sind. Die übrigen neun wurden höflich verabschiedet. Marisella gehört zu ihnen.

Traurig und mit tränenden Augen stand sie vor dem Schloss, die Harfe an ihrer Seite. Von ihrem Bruder Alem war nichts zu sehen. Wie sollte sie ohne Pferd und Wagen mit der Harfe heimkommen? Ein Diener des Kaufmanns erzählte ihr, dass Alem gestern ins nahe Dorf gefahren sei. Dort würde sie ihn vermutlich finden. Er werde inzwischen auf die Harfe aufpassen,

Marisella machte sich auf den Weg ins Dorf. Unterwegs wurde sie von einer prächtigen Kutsche überholt. Die drei auserwählten Damen saßen darin und winkten ihr fröhlich zu. Im Dorfgasthaus fand sie ihren Bruder, der gerade erst frühstückte. Er war ebenfalls traurig, dass seine Schwester nicht mehr zu den Auserwählten gehörte. Mit dem Pferdewagen fuhren sie zum Schloss, luden die Harfe auf und machten sich auf den Heimweg.

Nach etwa einer Stunde, der Pfad führte durch einen Wald, sahen sie eine Kutsche mitten auf dem Weg stehen. Als sie näher kamen, bemerkten sie, dass die Türen offen standen und die vier prächtigen Pferde fehlten. Marisella erkannte die Kutsche des Kaufmanns, mit der die drei Damen für das Finale davon gefahren waren. Der Kutscher lag tot neben dem Wagen, mit einer Wunde in der Brust. Es hatte offenbar einen Kampf gegeben. Etwas abseits vom Weg fand Marisella die drei Damen. Ihre Kleider zerrissen und mit Blut getränkt. Alle mit starrem Blick und tot.

Schockiert schauten Marisella und Alem sich um. Ob die mordenden Räuber noch in der Nähe waren? Eilig stiegen sie auf ihren Wagen und gaben dem alten Gaul die Peitsche. Zuhause freuten sich die Eltern, dass Marisella nicht zu den auserwählten Frauen gehört hatte.

„Ja, so kann es gehen", sagte Suvork, bevor er sich verabschiedete. „Was als Nachteil erscheint, kann sich als Vorteil erweisen."

Wenn Gefahr droht

„An einem Abend weinte Leilani", begann Suvork seinen Bericht. „Alle versuchten, sie zu trösten. Es regnete immer noch heftig, aber Leilani meinte, die Hilferufe ihrer Freundin Rynia gehört zu haben. ‚Sie ist doch eine so gute Frau, sagte sie. Erinnert euch nur, wie liebevoll sie für ihre zwei Kinder gesorgt hat.' Sem sah sie mit zusammengekniffenen Lippen an. Dann sagte er kühl: ‚Und wie hat sie die Kinder bekommen? Von zwei verschiedenen Kerlen. Ohne verheiratet zu sein?' Sogleich erwiderte Leilani: ‚Sie ist keine Hure! Sie hatte einfach nur Pech.'

Leilani bat Noah, Rynia zu retten. Er könne doch auf das Dach der Arche gehen und ihr eine Strickleiter herabwerfen, an der sie dann hinauf klettern und in Sicherheit wäre. Doch Noah wies ihre Bitte zurück und erzählte folgende Geschichte."

An einem sonnigen Tag gingen ein junger Mann und ein junges Mädchen hinaus in die Berge und legten sich auf eine grüne Wiese weit außerhalb der Stadt. Sie blickten zum Himmel und beobachteten die kleinen und großen Wolken, die sich immer wieder zu neuen Formen zusammen schoben oder trennten.

„Schau da", sagte das Mädchen, „ein Vogel, kaum größer als ein Punkt. Kannst du erkennen, was für ein Vogel das ist?"

„Ja, das scheint ein Greifvogel zu sein", sagte der junge Mann. „Vielleicht ein Adler, oder ein Falke, oder ein Habicht, oder ... Er ist zu weit weg. Schau nur, welch schönen Kreise er zieht."

Die beiden beobachten den Vogel am Himmel und be-

merkten, wie er sich ganz langsam der Erde näherte. Er flog im Kreis und kam immer tiefer.

„Dort drüben hat er offenbar etwas erspäht", sagte der junge Mann. „Komm, lass uns mal schauen, was es ist."

Die beiden erhoben sich und stapften einen Hügel hinauf. Oben angekommen, sahen sie durch die Äste eines Gebüsches auf eine Hochebene. Auf einem großen Stein stand ein Murmeltier auf seinen Hinterpfoten. Es schaute gelangweilt mal in die eine, mal in die andere Richtung, aber nicht nach oben. Um ihn herum fraßen etwa zwölf Murmeltiere Gras, Kräuter, und Blumen. Darunter waren einige ganz junge Tiere.

„Wir müssen sie warnen", sagte das Mädchen.

„Nicht nötig", erwiderte der junge Mann und hielt sie zurück, als sie aus dem Gebüsch auf die Wiese gehen wollte. „Siehst du den Alten auf dem Stein? Der hält wache und gibt Alarm, wenn Gefahr droht. Dann verschwinden alle blitzschnell in ihren Bau. Mal schauen, wie lange es dauert, bis der Alte den Greifvogel bemerkt. Lass uns die Sache hier aus dem Versteck verfolgen."

Geduldig beobachteten der junge Mann und das Mädchen die Murmeltiere und den Vogel in der Luft. Die Kreise des Greifvogels wurden enger und er flog immer tiefer herab. Plötzlich schoss er wie ein Blitz hinunter und ergriff mit seinen Krallen eines der jungen Murmeltiere. Gleichzeitig stieß der Murmeltier-Wächter auf dem Stein einen schrillen Pfeifton aus. Augenblicklich flitzten alle Murmeltiere unter die Erde. Das junge Mädchen sprang aus dem Gebüsch und schrie den Greifvogel an. Der erschrak, ließ seine Beute fallen und flog davon. Das Mädchen und der junge Mann rannten zu dem Stein, wo der Greifvogel das kleine Murmeltier abstürzen ließ. Das Tier blutete aus mehreren Wunden und rührte sich nicht mehr. Es war tot. Denn der Greifvogel hatte es kräftig mit seiner Klaue gepackt und ihm offenbar eine Kralle direkt ins Herz gestochen.

„Wenn Gefahr droht", sagte Noah, „schickt Gott, der Herr, jemanden zum Volk, der es warnt. Mir hat er gesagt, was er vorhat und mich beauftragt, dem Volk zu predigen. Viele Jahre bin ich durch das Land gezogen und habe sie aufgefordert, von ihren bösen Taten zu lassen und wieder die Gebote des Herrn zu befolgen. Jafet, Ham und Sem haben mich bisweilen begleitet und können bezeugen, wie ich ausgelacht und oft verjagt wurde. Ja, manchmal wollten sie uns sogar töten. Ich habe das Unheil kommen sehen und alle Welt gewarnt. Ich habe nicht zugesehen, was wohl geschehen würde, sondern rechtzeitig meine Stimme erhoben. Denn ich höre auf Gottes Worte und befolge seine Anweisungen. Aber die Welt vertraute ihren nichtsnutzigen Wahrsagern mehr als mir. Wie jenes träge Murmeltier, das aufpassen sollte, saßen sie mit geschlossenen Augen da und erwachten erst, als es zu spät war. Fehler macht jeder und viele glauben, es sei nicht so schlimm, wenn niemand zuschaut. Doch Gott sieht alles. Wir müssen unseren Feinden verzeihen, spätestens nach der Flut."

Und an Leilani gewandt fragte er: „Rynia war deine beste Freundin?" Sie nickte. „Denk daran: Freunde neigen dazu, dem Nächsten völlig selbstverliebt zu schaden. Der Herr hat geboten, dass nur wir acht Menschen die Flut überleben sollen. Und dabei bleibt es. Gott hat mir nicht alles erzählt. Seinen Auftrag werde ich ausführen, ohne wenn und aber. Deshalb nehmen wir niemand an Bord der Arche, außer Gott gebietet es. Ich bemühe mich, so weise wie der Schöpfer zu werden. Dazu gehört, so wenig wie möglich falsch zu machen."

„Mit gesenktem Haupt saß Leilani anschließend da und sagte kein Wort mehr", beendete Suvork an jenem Abend seinen Bericht.

Ein listiger Seeräuber

„An einem Tag", begann Suvork, nachdem er ein Stück Schokolade verspeist hatte, „da erzählte Ham, dass sie ganz süß aussähen, die frisch geschlüpften Entlein. Er sagte es aber nicht zu allen, sondern nur zu Leilani, der Frau Jafets. Sie waren beide allein im Aufenthaltsraum und Ham schwärmte ihr vor, wie aufregend und lustig es sei, die Tierchen zu beobachten. Wie kleine Federknäuel mit Kopf und Schnabel sähen sie aus. Und wie die niedlichen Tierchen watschelten. Das müsse sie unbedingt sehen. Und so überredete er Leilani mit ihm zu dem Käfig mit den Enten zu gehen. Ich folgte ihnen heimlich und sah, wie Ham sich ganz dicht neben Leilani stellte. Sie wich ein wenig zurück, sah aber interessiert auf die flaumigen Tiere, die teilweise unter das Gefieder der Entenmutter krochen.

Mir gefiel die Situation nicht. Deshalb flog ich ein Stockwerk tiefer, wo Jafet nach seinen Tieren sah. ‚Weißt du, dass deine Leilani jetzt bei Ham ist?', fragte ich ihn. Er sah mich einen Augenblick verdattert an. Dann ließ er die Schaufel fallen, mit der er soeben einen Kuhfladen aus dem Gehege ziehen wollte, rannte zur nächsten Leiter und stieg in die darüber liegende Ebene hinauf. Ich folgte ihm. ‚Wo?', fragte Jafet oben. Ich deutete mit dem Schnabel in Richtung der Enten. Er rannte los und sah, wie Ham seinen Arm um Leilanis Taille legte. Er stieß Ham zu Seite und boxte ihm ins Gesicht. Ham ging zu Boden und röchelte, weil Jafet sofort einen Fuß auf seine Kehle gestellt hatte. ‚Noch einmal, und ich bring dich um!', sagte Jafet, ergriff Leilani am Arm und ging mit ihr davon. Mit verzerrtem Gesicht erhob Ham sich. Blut tropfte aus seiner Nase. ‚Was ist hier los!', donnerte unvermittelt Noahs Stimme aus der Ferne. ‚Nichts', erwiderte Ham und machte sich davon.

Abends war Ham bemerkenswert still beim Nachtmahl und sprach kein Wort. Sem war mit einer Geschichte dran. Er berichtete von einer Vision, die er gehabt habe."

Ich durfte mal wieder in die Zukunft sehen. Davon will ich berichten. In ein paar hundert Jahren werden unsere Nachkommen die ganze Erde bevölkern. Mit Schiffen segeln sie über die großen Wasser. Die Schiffe werden kleiner sein als diese Arche. Aber sie werden Masten haben mit Tüchern daran, den Segeln. Auch treiben sie nicht auf dem Wasser umher, sondern können gezielt die Fahrtrichtung bestimmen. Die Schiffe sind mit verschiedenen Waren beladen, die die Völker untereinander tauschen. Aber einige Völker werden kraftvoller sein als die übrigen. Es wird zu Kämpfen kommen. Die starken Völker werden die schwachen unterdrücken und sie ausplündern. Es wird eine Zeit geben, in der sich zwei große und kämpferische Völker die Erde aufteilen. Ein Vertrag wird geschlossen. Der König des einen Reiches darf die östliche Erdhälfte plündern, der andere die westliche. Aber im Norden gibt es Völker, denen die Aufteilung nicht gefällt. Besonders einem Volk nicht, das auf einer großen Insel lebt. Die Königin jenes Inselreichs beauftragte Kapitän Drache, die Beutezüge der Mächtigen zu stören.

Der machte sich auf den Weg zu den Schiffen mit den geraubten Schätzen. Er besiegte etliche kleine Schiffe, nahm ihnen ihre Waren und das Gold und Silber ab und brachte es seiner Königin. Die war sehr zufrieden mit der Arbeit von Kapitän Drache. Sie unterstützte ihn finanziell, damit er kleine, aber besonders schnelle Schiffe mit zielsicheren Kanonen bauen konnte. Die neuen Schiffe hatten drei Masten, zwei hohe und einen kleineren hinten am Heck. Sie waren so konstruiert, dass sie an jeden Sandstrand gezogen werden konnten, falls Reparaturen unter der Wasserlinie notwendig waren. Mit fünf neuen Schiffen machte sich Kapitän Drache wieder auf die Reise. In schweren Stürmen sanken vier seiner Begleitschiffe. Von seinem immer noch seetüchtigen Schiff erspähte er am Horizont ein großes Schiff. Er fuhr näher heran und erkannte, dass es für den einen der herrschsüchtigen und goldgierigen Könige fuhr. Es war zu jener Zeit das größte Schiff des damaligen Herrschers und man wusste, dass es unermessliche Schätze geladen hatte. Zur Sicherheit des Schiffes und der Ladung befanden sind bewaffnete Soldaten und viele Kanonen an Bord. Niemand sollte wagen, das große Schiff anzugreifen.

Das kleinere Schiff von Kapitän Drache hatte alle Segel gesetzt und hätte das große Schiff leicht einholen können. Aber der Kapitän ließ nicht die Segel reffen. Statt dessen ordnete er an, mehrere Treibanker auszuwerfen. Eimer und Bottiche wurden an Seilen hinter dem Segelschiff her gezogen und verlangsamen so dessen Fahrt. Die Seeleute auf dem großen Schiff sollen denken, dass jener Segler in der Ferne zwar alle Segel gesetzt habe, sie aber dennoch nicht einholen könne. Die Rechnung ging auf. Der Kapitän des großen Schiffes fühlte sich sicher und legt sich schlafen, als die Nacht hereinbrach.

Darauf hatte Kapitän Drache gewartet. Wolken be-

decken den Himmel. Er ließ die Treibanker einholen und anschließend alle Lichter an Bord löschen. Es war finster, man konnte die Hand vor Augen nicht sehen. Seine Mannschaft durfte nur noch flüstern. In der Dunkelheit und leise gewann sein Segelschiff an Fahrt und nähern sich dem riesigen Schiff vor ihnen. Es war auffallend zu sehen, weil viele Laternen an Bord leuchteten. Dort bemerkte niemand das näher kommende Segelschiff. Plötzlich donnert ein Kanonenschuss durch die Nacht. Kapitän Drache hatte auf den hinteren Mast des großen Seglers gezielt und getroffen; der Baum knickt ein. Sein Schiff schob sich neben das große, auf dem die Seeleute schreiend durcheinander rannten. Im Nachthemd und mit verschlafenen Augen stürzte der Kapitän aus der Kabine an Deck. Er sah das fremde Schiff neben seinem und die Seeräuber, bereit zum Entern. Entsetzt griff er zum Schnupftuch, um sich den Schweiß von der Stirn zu wischen. Das Tuch war weiß und seine Mannschaft deutet es bei dem Laternenlicht als Zeichen der Kapitulation. Denn wenn zu jener Zeit einer den Kampf aufgab, wedelt er mit einem weißen Tuch, einer Fahne. Die Mannschaft des großen Schiffes legt ihre Waffen nieder. Ohne Kampfhandlung übernahm Kapitän Drache das große und mit vielen Kanonen bestückte Schiff.

Er ließ 40 Kilo Gold, dass ist etwa so viel wie Leilani wiegt, 26tausend Kilo Silber, Säcke mit Silbermünzen und eine riesige Truhe mit Eldelsteinen auf sein Schiff bringen. Anschließend aß er mit dem besiegten Kapitän zur Nacht und schenkt ihm eine silberne Schale, in der „Drache" eingraviert war.

Es war zu jener Zeit üblich, dass die Mannschaft des besiegten Schiffes über Bord geworfen oder getötet wurde. Doch Kapitän Drache ließ alle am Leben und gab ihnen sogar noch kleine Geschenke. Er wollte, dass sich herumsprach, wer ihm keinen Widerstand leistet, wird gut behandelt. Dann segelte er mit dem erbeuteten Schatz um die halbe Welt und nach Hause. Dort übergab er den Raub seiner Königin. Sie lobte seine Heldentat und ehrte ihn, indem sie ihn in den Adelsstand erhob. Nun genoss der listige und draufgängerische Kapitän noch mehr Ansehen. Mit dem Beutezug schadete Kapitän Drache dem raffgierigen König des feindlichen Landes enorm. Das Imperium verlor kurze Zeit später seine Vormachtstellung auf der Welt und versank in die Bedeutungslosigkeit.

„‚Unterschätze nie deinen Gegner', sagte Sem abschließend mit einem Blick auf Ham", schloss Suvork seinen Bericht. „Aber Ham hat es wohl nicht verstanden. Doch davon erzähle ich an einem anderen Tag. – Es ist spät geworden. Bis morgen."

Suvork breitete seine Flügel aus und flog durch die offene Dachterrassentür davon. Wo er wohl übernachtete? Bisher hatte er keinen Ton darüber verloren.

Der Gast

„Ham, unser Kritiker an Bord, erzählte an einem Abend die folgende Geschichte", sagte Suvork. „Er hatte sich übrigens ein kleines Bäuchlein angefressen und mochte sich kaum noch bewegen."

Ein Ehepaar lebte glücklich und zufrieden in einem sonnigen Land. Er war Künstler, ein Maler. Er malte

Landschaften und Menschen, was auch immer ihn inspirierte. Seine Frau kümmerte sich um den Verkauf der Bilder. Manchmal war sie erfolgreich, aber gelegentlich wollte niemand die Gemälde kaufen. Dann mussten sie ums Überleben kämpfen und der Maler war glücklich, wenn er einen Auftrag bekam. Nicht immer gefielen ihm die Bestellungen. Denn meistens wünschte man, dass er ein bezauberndes Porträt male. Die gemalten Personen hatten aber nicht immer ein makelloses und nettes Gesicht. Dann musste er das Bild übermalen, oder noch einmal anfertigen, weil man mit seinem realistischen Stil nicht zufrieden war. So kam es, dass er die Menschen immer etwas schöner malte, als sie wirklich aussahen. Er diskutierte nicht mit den Auftraggebern, weil er auf den Lohn angewiesen war.

Ein Schuster erzählte all seinen Kunden von dem großartigen Künstler und vermittelte ihm viele lohnende Aufträge. Eines Tages fragte er beim Maler an, ob er ihn besuchen dürfe. Denn er wohnte in einem anderen Landesteil. Der Künstler sagte zu. Denn er mochte dem engagierten Schuster nicht taktlos absagen, weil er sich ihm wegen der Vermittlungen verpflichtet fühlte.

Der Schuster reiste an und man wies ihm im Haus ein Zimmer im Erdgeschoss zu. Er war offenbar sehr zufrieden und lobte das von der Frau des Malers zubereitete Essen. Der Künstler war davon ausgegangen, dass der Schuster ein oder zwei Tage, höchstens drei bleiben würde. Aber nach einer Woche war der Mann immer noch da und machte keine Anstalten abzureisen. Eine weitere Woche verging. Der Schuster fühlte sich offenbar sehr wohl bei dem Künstler und dessen Frau Er genoss den Tag in der Sonne und dachte nicht daran, seinem Handwerk nachzugehen.

In der dritten Woche nahm die Frau den Maler bei

Seite und sagte: "Wir müssen etwas unternehmen. Der Kerl kann doch nicht ewig hierbleiben und auf unsere Kosten Leben."

"Ja, aber was? Ich mag ihn nicht einfach vor die Tür setzen. Er benimmt sich doch ordentlich und hat mir Aufträge verschafft."

"Gut, aber in letzter Zeit vermittelte er nichts mehr und lungert nur noch faul umher. Ich hab eine Idee, wie wir ihn elegant aus dem Haus bekommen. Wir streiten uns. Vor seinen Augen. Du machst mir Vorwürfe und ich mache dir Vorwürfe. Er wird sich einmischen. Wenn er mir Recht gibt, hast du einen guten Grund, ihn aus dem Haus zu werfen. Wenn er sich auf deine Seite stellt, bin ich beleidigt und stelle seinen Koffer vor die Tür."

"Okay, so machen wir es."

Als am nächsten Tag alle drei am Mittagstisch saßen, begann das Ehepaar zu streiten. Zunächst kleine Vorwürfe in der Art von, "du hast einen Farbklecks an der Wange", oder "das Essen ist versalzen". Doch dann, wie verabredet, warfen sie einander die schlimmsten Vorhaltungen an den Kopf. Aber der Schuster saß am Tisch, löffelt ruhig seine Suppe und sagt kein Wort. Der Künstler ergriff einen Becher und holt aus, als wolle er ihn seiner Frau an den Kopf werfen.

"Wie können Sie so ruhig dasitzen, wenn wir uns streiten?", schrie die Frau. "Sehen Sie nicht, wie brutal mein Mann mich niedermacht?"

Der Schuster antwortet ungerührt: "Ich will mich nicht in Euren Streit einmischen, denn ich beabsichtige, noch drei Wochen zu bleiben."

Die Frau riss die Augen auf und rannte aus dem Speisezimmer. Ihr Mann folgte ihr. Oben im Schlafzimmer holt er sie ein. Sie ließ sich auf das Bett fallen. Er setzte sich neben sie und ergriff ihre Hand.

„Das war wohl nichts", sagte die Frau. „So ein penetranter Typ. Noch drei Wochen. Das halte ich nicht aus. Und nun?"

Beide schwiegen eine Weile. Dann sagte der Künstler: „Wir machen weiter mit dem Streit. Komm, lass uns laut werden, damit er es hört."

„Und das soll etwas bringen?"

„Ja, er hat doch immer dein Essen gelobt. Wenn er das nicht mehr bekommt, wird er abreisen. Wir streiten so heftig, dass du wütend das Haus verlässt. Deine Eltern wohnen im Nachbarort. Sie werden dich vorübergehend aufnehmen."

„Ja, das ist eine gute Idee", sagte die Frau. „Du kannst ja nicht kochen."

Also stritten sie weiter und lauter als zuvor. Die Frau warf eine Vase auf den Boden, wo sie zersplitterte. Der Maler ergriff einen Stuhl und warf ihn aus dem Fenster. Er fiel in den Garten direkt vor das Esszimmer. Der Schuster hörte das Gezänk und den Lärm. Er schrak etwas auf, als er den Stuhl niedersausen sah. Aber er ließ sich nicht aus der Ruhe bringen. Als er fertig gegessen hatte, polterte die Frau des Künstlers mit einer großen Tasche die Treppe hinunter und warf die Haustür hinter sich zu.

„Das wird schon wieder", sagte er zum Maler, als dieser die Treppe herabkam und zum Esstisch ging, wo noch sein halb voller Teller stand.

Der Künstler sagte schnaubend: „Ich bin ganz ruhig. Ich bin die Ruhe selbst."

Dann goss er aus der Karaffe Wein in seinen Becher und trank ihn in einem Zug aus. Anschließend schleuderte er das Trinkgefäß in den Kamin, wo es zerbrach.

„Ich bin ganz ruhig. Ich bin die Ruhe selbst", sagte der Künstler erneut und ergriff ein scharfes Messer vom

Tisch. Damit stapfte er ins Atelier. Neugierig folgte der Schuster und sah, wie der Maler sich am halb fertigen Gemälde auf der Staffelei zu schaffen machte.

„Ich bin ganz ruhig. Ich bin die Ruhe selbst", sagte er immer wieder.

Mit dem Messer in der Hand stach er auf das Bild ein, immer wieder. Und bei jedem Hieb schrie er: „Ich bin ganz ruhig! Ich bin die Ruhe selbst!"

Schließlich hingen nur noch Leinwandfetzen herab. Mit aufgerissenen Augen verfolgte der Schuster das Treiben des Künstlers. Immer noch das scharfe Messer in der Hand, drehte sich der Maler zum Schuster um.

„Wir werden verhungern", sagte er. „Meine Frau ist zu ihren Eltern zurück. Ich kann nicht kochen."

„Macht nichts", erwiderte der Schuster. „Ich kann kochen."

Mit dieser Antwort hatte der Künstler offenbar nicht gerechnet. Denn er starrte den Schuster an, als sähe er eine Giftschlange.

„Okay, nicht so gut wie ihre Frau", fügte der Schuster leise hinzu. „Aber wir müssen nicht verhungern."

„Wir werden sehen", sagte der Maler und verließ das Haus in Richtung Schafstall.

Dort zerrte er ein Lamm aus der Box und klemmte es zwischen die Beine.

„Ich bin ganz ruhig. Ich bin die Ruhe selbst!", brüllte er und sah wie irre umher. Dann säbelte er mit einem Schnitt dem Lamm die Kehle durch. Das Blut spritzte in hohem Bogen aus dem Hals des zappelnden Tieres. Er ließ das Tier zu Boden fallen und richtete sich auf. Mit zusammengekniffenen Augen sah er den Schuster an und sagte leise und zischend: „Ich bin ganz ruhig. Ich bin die Ruhe selbst."

Der Schuster stand mit offenem Mund da. Dann drehte

er sich um, lief ins Haus, packte seine Sachen, sprang durchs Fenster in den Garten und rannte ohne ein Wort des Abschieds davon. Grinsend schaute der Künstler dem lästigen Gast hinterdrein.

„Willst du mir mit der Geschichte einen Wink geben, wie man unerwünschte Gäste aus dem Haus wirft?", fragte ich Suvork, als er geendet hatte.

„Eine Möglichkeit. Nur eine Möglichkeit. Sie funktioniert nicht immer."

„Ja, vermutlich nur bei Malern, die mit einer Köchin verheiratet sind und ein Schaf im Stall haben."

Suvork kicherte wie ein kleines Kind und sagte: „Vergiss das Messer nicht!"

Ich hörte ihn das erste Mal lachen und stimmte ein. Später erfuhr ich, dass er in allen Tonlagen lachen konnte, völlig unabhängig von der Situation.

Zwei Wolfsschwänze

„Jafet erzählte an einem Abend die merkwürdige Geschichte von zwei Schwänzen", sagte Suvork. „Es handelte sich um Schwänze, wie sie bei Wölfen am Ende des Rückens herabhängen."

Ein Jäger ging eines Tages durch den Wald seines Gutsherren, um dort jene Spitzbuben zu erwischen, die immer wieder Schlingen aufstellten, in denen sich Hasen fingen. Er fand auch eine Schlinge. Doch darin steckte kein Hase. Sie war leer. Ein paar Schritte weiter stieß der Jäger auf einen Platz, auf dem offensichtlich gekämpft worden war. Der Boden wirkte aufgewühlt. Einige hochgerissene Wurzeln ragten aus dem Erdreich. Mit wem mochten die Spitzbuben gekämpft haben?

Der Jäger untersuchte den Kampfplatz. Er fand keine menschlichen Fußspuren, nur die Abdrücke von Wolfspfoten. In den Boden war außerdem hier und da ein wenig Blut gesickert. Mit was für einem Tier mochte der Wolf gekämpft haben? Wenn es kein Mensch gewesen war, denkbar ein Bär? Doch der Jäger fand keine Bärenspuren. Löwen und Tiger kamen nicht in Frage. Denn jene Raubtiere gab es nicht in seinem Revier. Der Jäger fand gleichfalls keine Spuren von anderen Tieren, nur die Pfotenabdrücke vom Wolf. Weil es recht viele Abdrücke waren, kam dem Jäger der Gedanke, dass es mehrere Wölfe gewesen sein könnten. Dafür sprach außerdem die Tatsache, dass er am Rande des Kampfplatzes zwei Wolfsschwänze fand.

Was für ein Tier verspeiste zwei Wölfe und ließ deren Schwänze liegen? Der Jäger konnte sich keinen Reim darauf machen. Er steckte die Schwänze in seinen Beutel und ging heim.

Zu Hause zeigte er seiner Frau die Wolfsschwänze und erzählte ihr, wo er sie gefunden habe. „Hast du eine Ahnung, wer zwei Wölfe frisst und die Schwänze liegen lässt?"

Die Frau befühlte die Schwänze: „Zu mager. Daraus kann ich keinen Sonntagsbraten machen. Wenn du wenigstens Ochsenschwänze mitgebracht hättest. Wolltest Du nicht einen Hasen erlegen? Mach dich wieder auf den Weg. Sonst gibt es am Sonntag keinen Braten!"

„Und? Warum hat jemand die Wölfe gefressen und die Schwänze zurückgelassen?", ließ der Jäger nicht locker.

"Das werden die Spitzbuben gewesen sein, um dich zu ärgern."

"Nein, das waren nicht die Spitzbuben", erwiderte der Jäger kühl. *Er sah ein, dass seine Frau keine Ahnung hatte, steckte die Schwänze wieder in den Beutel und verließ das Haus.*

Aber er ging nicht jagen, sondern zum Gutshof. Dort erzählte er dem Gutsherrn die Geschichte mit den zwei Schwänzen und bat ihn um eine Erklärung. Der Gutsherr betrachtete die Schwänze eingehend: *"Sauber abgebissen"*, *urteilte er.* *"Die wurden nicht mit einem Messer abgeschnitten."* *Er legte die Stirn in tiefe Falten.* *"Und es gab wirklich keine anderen Spuren, als die der Wölfe?"*

"Nein. Ich habe den Boden und die Umgebung sorgfältig abgesucht."

Der Gutsherr sah den Jäger ratlos an: *"Dann weiß ich auch nicht, wer so etwas macht. Ich dachte an einen großen Geier. Aber der hätte erst ausgiebig gefressen und dann das Gerippe liegen lassen, nicht nur die Schwänze."*

Auf dem Heimweg kam dem Jäger ein umherziehender Gaukler auf seinem Wagen entgegen. Der Weidmann dachte: Der ist schon viel geschwalkt und hat die ganze Welt gesehen. Womöglich hat er auf seiner Reise so etwas erlebt oder davon gehört. Gewiss weiß er eine Antwort auf die zwei Wolfsschwänze. Und wahrhaftig, der Gaukler erklärte mit wissender Mine, warum es auf dem Kampfplatz nur Wolfsspuren und zwei Schwänze gab.

Nachdem er von seinem Wagen gestiegen war, erzählte er, wie sich die Geschichte zugetragen hat:

Aus irgend einem Grunde sind zwei Wölfe in Streit geraten. Das ist sicher. Eventuell hatte der eine Wolf ein Auge auf die Wölfin des anderen geworfen und wollte sie für sich haben. Vielleicht stritten sie um einen entwisch-

ten Hasen, den sie gemeinsam gejagt hatten. Der eine beschuldigte den anderen, weil er ihn entkommen ließ und umgekehrt. Weshalb sie stritten, ist unerheblich. Auf jeden Fall kämpften dort zwei Wölfe auf Leben und Tod. Womöglich biss der eine dem anderen zuerst ein Ohr ab, was der sich aber nicht gefallen ließ. Er biss dem Gegner ebenfalls ein Ohr ab und fraß es sofort auf. Danach bissen sie sich wechselseitig die Pfoten und Beine ab. Sie wurden immer wütender und fraßen sich in ihrem Jähzorn gegenseitig auf, bis nur noch die Schwänze übrig blieben.

„An dieser Stelle lehnte Jafet sich zurück und deutete damit an, dass er mit der Geschichte fertig war", sagte Suvork. „Seine Zuhörer sahen ihn irritiert an. Zwei Frauen tuschelten und kicherten. Ham grinste und murmelte etwas von einer blöden Geschichte, mit der er offenbar für dumm verkauft werden solle. Haikal, Jafets Mutter, sah ihn mitleidig an. Doch Noah hob die Hand und forderte damit wortlos Beachtung. Er führte Folgendes aus:"

Wer nur die zwei Wolfsschwänze sieht und die Erklärung, wie sie auf dem Kampfplatz zurückblieben, mag die Geschichte als irrational abtun. Was offenbar zutrifft. Doch wer nach dem doppelten Boden sucht, findet Weisheit. Denn man sollte die Geschichte sinnbildhaft betrachten. In den letzten Jahrhunderten traf ich gelegentlich auf zwei menschliche Kampfhähne. Sie stritten täglich und ließen keine Gelegenheit aus, sich gegenseitig psychische Hiebe und Schmerzen zuzufügen. Letztlich gingen beide daran zugrunde und starben einen elenden Tod. Man könnte sagen, sie fraßen sich psychisch gegenseitig auf. Genau genommen blieben von beiden nur un-

bedeutende Erinnerungen, die Schwänze. – Es bringt nichts, sich jahrelang zu bekriegen.

Tod eines Gärtners

„Haikal, die Ehefrau Noahs erzählte an einem Abend die folgende Romanze", begann Suvork. „Genauer gesagt, eine tragische Romanze. Ich bin nicht sicher, ob es sich überhaupt um eine Romanze handelte, wohl eher um eine Tragödie."

Ein Gutsbesitzer hatte eine junge und anmutige Frau geheiratet. Er brachte sie auf sein Schloss und erfreute sich seines Lebens. Der Gutshof war etwas heruntergekommen, während der Gutsbesitzer für den König in den Krieg gezogen war. Denn sein Vater starb, als er gegen feindliche Heere kämpfte und einige eingezogene Arbeiter mussten in der Schlacht ihr Leben lassen. Der junge Gutsherr stellte neue Arbeiter ein, um das Landgut wieder auf Vordermann zu bringen. Darunter befand sich ein junger Gärtner, der vorwiegend das Grundstück rund ums Schloss und den anschließenden Schlosspark pflegte.

Der junge Gärtner legte sich gewaltig ins Zeug. Binnen kurzer Zeit beseitigte er alles Unkraut, pflanzte neue Blumen, Sträucher und Bäume. Dem Gutsherrn gefiel es, zu sehen, wie Garten und Park frisch erblühten. Gelegentlich spazierte er mit der bezaubernden Gutsherrin durch den Park und lobte den Gärtner. Weil der Herr selber eine Menge zu tun hatte und abends meistens müde war, kamen derartige Spaziergänge selten vor. Deshalb hatte er für seine Frau eine Dame eingestellt, damit sie Gesellschaft habe.

So kam es, dass die Gutsherrin und die Gouvernante täglich durch den Park schlenderten, auch bei Regen. Immer wieder begegneten sie dem jungen Gärtner bei der Arbeit. Die Gutsherrin mochte den fleißigen Mann und lächelte ihm stets freundlich zu. Der Gärtner grüßte anständig und sah den beiden Frauen immer nach, wenn sie an ihm vorübergegangen waren. Doch eigentlich sah er nur die Herrin.

Schon nach kurzer Zeit verliebte sich der Gärtner in die bezaubernde Gutsherrin. Er träumte nachts von ihr und wünschte sich, sie in die Arme zu nehmen und zu küssen. Aber sie ging nie allein durch den Park. Immer war die Gesellschafterin dabei. Er überlegte, wie er die Gouvernante weglocken könnte, um mit der Herrin wenigstens ein paar Worte zu wechseln. Es sollte nicht beim Liebäugeln bleiben. Wie gerne wollte er sie in das winzige Gartenhaus locken, das ihm der Gutsherr als Unterkunft zugewiesen hatte. Er war sich sicher, dass die Gutsherrin ihm folgen würde. Ihre freundlichen Blicke schienen zu sagen: Ich liebe dich auch. Ihre dunkelbraunen Augen, sie machten ihn fast verrückt.

Des abends, nach Sonnenuntergang schlich er sich auf die Terrasse hinter dem Schloss, um sie beim Abendessen zu beobachten. Meistens speiste sie mit dem Gutsherrn, manchmal auch nur mit der Gouvernante. Nach dem Essen ging sie oft in die Bibliothek. Dort schrieb sie einen Brief oder las in einem Buch am Kamin.

Als er sie so beobachtete, kam dem Gärtner die Idee, ihr einen Brief zu schreiben. Im Gartenhäuschen formulierte er drei Seiten, in denen er der Gutsherrin seine Liebe offenbarte. Am nächsten Abend schlich er wieder zum Bibliotheksfenster. Wie zu erwarten, saß sie dort am Kamin. Das Fenster war einen Spalt geöffnet. An den Briefumschlag hatte der Gärtner einen kleinen Stein gebunden. Geschickt warf er den Brief direkt vor die Füße der Gutsherrin. Sie schaute verwundert auf und drehte den Kopf zum Fenster.

Doch sogleich wurde ihr Antlitz von einem Schatten verdeckt, der sich innen vor das Fenster schob. Beide Fensterflügel wurden abrupt voll geöffnet. In der Fensteröffnung und vor dem Gärtner stand der Gutsherr. Er musste in einer Ecke der Bibliothek gesessen haben, die von außen nicht einsehbar war. Mit aufgrissenen Augen starrten sich beide Männer an.

„Das hat ein Nachspiel!", sagte der Gutsherr knapp und schloß das Fenster.

Wie gelähmt stand der Gärtner da. Dann drehte er sich um und rannte zum Gartenhaus am anderen Ende des Parks. Dort warf er sich auf sein Bett und versuchte seine Gedanken zu ordnen. Was würde der Gutsherr tun, nachdem er den Brief gelesen hatte? Würde er sogleich zu ihm kommen, und ihn umbringen? Der Gärtner verriegelte die Tür. Würde er morgen Soldaten schicken, die ihn ins Gefängnis warfen? Sollte er seine Sachen packen und heimlich verschwinden? Aber wohin? Wovon sollte er leben? Wo würde er eine neue Anstellung finden? Der Gutsherr kannte das ganze Land und fände ihn überall. Flucht war sinnlos. Er sah keinen anderen Weg: Er musste dem Schicksal ins Auge sehen.

Der Gärtner bekam die ganze Nacht kein Auge zu. Hoffentlich legte die geliebte Gutsherrin ein Wort für ihn ein und alles blieb wie bisher, versuchte er, sich zu trösten. Womöglich nahm der Gutsherr den Brief mit Humor und würde ihn auslachen.

Doch da irrte sich der Gärtner. Die Sonne war kaum

aufgegangen, als es an seiner Tür klopfte. Ein Diener stand draußen und sagte: "Du sollst sofort zu unserer Herrschaft kommen. Er wartet auf der Terrasse auf dich!" Und schon war der Diener wieder verschwunden.

Schweren Schrittes ging der Gärtner zum Schloss. Der Gutsherr stand auf der Terrasse und sah ihn mit finsterem Gesichtsausdruck an.

"Meine Ehre muss wiederhergestellt werden", sagte er kalt. "Aber ich gebe dir eine Chance und fordere dich zum Duell. Du kannst die Waffen wählen. Dolch oder Schwert?"

Der Gärtner überlegte kurz. In Wirklichkeit hatte er keine Wahl. Denn er hatte weder mit der einen, noch mit der anderen Waffe gelernt zu kämpfen. Praktisch kannte er sich nur mit Gartenwerkzeug aus. Der Gutsherr würde ihn so oder so töten. Denn er hatte im Krieg eindrucksvoll seinen Mann gestanden und erbarmungslos an der Front gekämpft. Mit dem Dolch würde der Gutsherr ihn vermutlich mehrmals verletzen, bevor er starb. Ein langsamer Tod. Mit dem Schwert könnte er ihm mit einem Hieb den Kopf abschlagen. Ein schneller Tod.

"Schwert", sagte der Gärtner leise.

"Gut, morgen bei Sonnenaufgang unter der großen Eiche im Park." Damit ließ er den Gärtner stehen und schritt ins Schloss.

Wie betäubt torkelte der Gärtner zurück zum Gartenhaus. Als er am Wegrand die giftigen Maiglöckchen sah, reifte ein Gedanke in ihm. Denn er kannte sich vortrefflich mit Pflanzen, Kräutern und Pilzen aus. Er schnappte einen kleinen Korb und eilte in den nahen Wald. Erst am Nachmittag kam er wieder zurück.

Zwar aß er gewöhnlich mit dem Gesinde in der Küche des Schlosses, doch er hatte eine kleine Feuerstelle in seiner Hütte und bereitete sich gelegentlich darauf etwas zu. Er schnitt das mitgebrachte Kraut klein, desgleichen die Pilze und warf beides in einen Topf mit Wasser. Auf dem Herd brachte er alles zum Kochen. Später entfernte er die Kräuter und die Pilze. Zurück blieb eine dunkelrote Flüssigkeit, die er zum Abkühlen vom Herd nahm.

Nachts wachte der Gärtner auf. Aus Müdigkeit war er irgendwann eingeschlafen. Der Morgen graute noch nicht. Aber bald würde die Sonne aufgehen. Sollte dies wirklich der letzte Tag auf Erden sein? Er ging zum Herd und goss etwas von der roten Flüssigkeit in einen Becher. Mit dem Getränk in der Hand trat er ins Freie und hielt den Becher gegen den Vollmond, als wolle er ihm zuprosten. Als er das Gefäß senkte und in den Becher schaute, sah er einige Sterne, die sich in der glatten Flüssigkeit spiegelten. Er ließ den Becher sinken und betrachtete den Himmel mit den unzähligen Sternen. Da wurde ihm bewusst, dass er noch etwas erledigen musste. Er eilte in das Gartenhaus und stellte den Becher auf den Tisch. Dann schlug er die Eingangstür zu und rannte zur winzigen Kapelle, die im Osten des Parks im kleinen Buchenhain stand. Dort warf er sich auf die Knie und betete. Er bat Gott um Vergebung für all seine Sünden.

Je länger er betete, umso mehr Sünden fielen ihm ein. Die Lüge tauchte immer wieder auf. Oft, wenn er gelogen hatte, folgte eine weitere Lüge, um die erste Unwahrheit zu verbergen. Wiederholt hatte er auch gestohlen, nichts bedeutendes, nur Kleinigkeiten, wie zum Beispiel einen schönen Becher aus der Küche der Herrschaft. Der Gärtner war so ins Gebet vertieft, im Aufzählen seiner Sünden und mit Bitten um Vergebung, dass er den Sonnenaufgang nicht bemerkte. Denn er betete mit geschlossenen Augen.

Inzwischen war der Gutsherr mit einem Diener und zwei Schwertern zur großen Eiche im Park gegangen. Die Sonne schickte ihre ersten Strahlen über den Hori-

zont. Doch vom Gärtner keine Spur. Ungeduldig wartete er noch eine Weile. Dann sagte er zum Diener: „Mitkommen!" Gemeinsam gingen sie zum Gartenhaus.

„Hol ihn raus!", befahl er dem Diener.

Der öffnete die unverschlossene Tür und verschwand im Gebäude. Kurz darauf stand er wieder in der Tür: „Es ist niemand da."

„Weg da!", schnaubte der Gutsherr. „Das will ich selber sehen. Wenn der sich davon geschlichen hat. Ich werde ihn finden!"

Er betrat das Gartenhaus und sah sich missmutig um. Das Gebäude bestand nur aus einem Raum. Schnell hatte er alles gesehen, auch den Weinbecher auf dem Tisch.

„Den hat er mir wohl zum Trost hingestellt!", schrie er und ergriff den Becher. „Ich krieg dich, du Lump!"

Dann setzte er den Becher an die Lippen und trank ihn mit einem Zug aus. Das Gift wirkte so schnell, dass er nicht einmal mehr das Gefäß auf den Tisch zurückstellen konnte. Es fiel ihm aus der Hand und rollte durch den Raum. Der Gutsherr versuchte, zur offenen Eingangstür zu wanken, erreichte sie nicht mehr und stürzte zu Boden.

Wie gelähmt starrte der Diener von draußen auf den am Boden liegenden Herrn. Als der sich nicht mehr bewegte, fühlte er seinen Puls. Dann rannte er zum Schloss, wo er berichtete, was vorgefallen war.

Kaum war der Diener weg, als der Gärtner zum Gartenhaus zurückkam, um den Weinbecher zu leeren. Als er den toten Gutsherrn sah und den leeren Becher am Boden, begriff er, was geschen war. Er ging zum Herd, goss das im Topf verbliebene Gebräu in einen anderen Becher und trank ihn sofort aus. Sogleich sank er neben dem Gutsherrn tot zu Boden.

„Nachdem Haikal diese Geschichte erzählt hatte", berichtete Suvork, „wurden Fragen gestellt. Man diskutierte darüber, warum der Gärtner sich selber getötet hatte. Er sei doch nicht Schuld am Tod des Gutsherrn gewesen. Warum hatte der den Becher ausgetrunken, ohne zu fragen? Er hätte nachsichtiger mit dem Gärtner sein sollen. Warum wollte er ihn gleich töten? Außer einem Liebesbrief sei doch nichts geschehen. Und wieso hatte der Gärtner sich getötet. Er hätte doch nun die Gutsherrin heiraten können. Das wäre dann eine Geschichte mit Happyend gewesen. Warum zwei Tote?"

„Ja", sagte ich, „darüber denke ich auch nach. Gibt es eine Erklärung?"

„Gewiss", erwiderte Suvork. „Nachdem Haikal eine Zeit lang zugehört hatte, sagte sie etwa folgendes."

Bedenkt, dass der Gärtner zu Gott, seinem himmlischen Vater, betete. Er schüttete ihm sein Herz aus. Und weil er dachte, dass es sein letztes Gebet sein würde, ließ er nichts aus. Er wollte als reiner Mann vor seinen Schöpfer treten, der alle Untaten bereut hatte. Offenbar war er so sehr mit sich selber beschäftigt, dass er die leise und liebende Stimme Gottes nicht hörte.

Ihm wurde bewusst, dass sein schwerstes Vergehen darin bestand, die Frau des Gutsherrn zu begehren. Der Liebesbrief, den er durchs Fenster warf, der war nur der Anfang seiner Pläne. Im Geiste hatte er längst weit verwerflichere Ziele angestrebt, um mit der Frau des Gutsherrn ein Fleisch zu werden. Doch während des Gebets erinnerte er sich an das Gebot: ‚Du sollst nicht die Ehe brechen und du sollst nicht nach der Frau deines Nächsten verlangen ...'

Der Gärtner hatte böse Absichten verfolgt und war bereit gewesen, göttliche Gebote zu brechen. Das machte ihm zu schaffen. Zunächst hatte er sich ja nur umbringen wollen, um dem Schwert des Gutsherrn zu entgehen. Er hatte sich vorgestellt, wie es sein könnte, wenn ihm nur eine Hand abgeschlagen würde. Anschließend womöglich ein Bein. Daran stirbt niemand gleich. Er müsste lange Zeit entsetzlich leiden, wenn ihn der Gutsherr dann gnadenlos liegen ließ. Vielleicht würde es einen oder zwei Tage dauern, bis er endlich starb. Nein, er wollte einen schnellen Tod. Dafür hatte er das Gift gebraut.

Doch nach dem Gebet wurden ihm seine bösen Absichten erst richtig bewusst. Ihm fiel ein, dass ein Priester gelehrt hatte, dass jemand, der eine Frau ansieht, um sie zu begehren, schon in seinem Herzen Ehebruch beging. Er hatte somit längst ein wichtiges Gebot gebrochen.

Deshalb sprach er über sich das Urteil, das Leben zu beenden. Er fühlte sich nicht mehr würdig, weiterhin auf der Erde zu existieren. Dass Gott ihm mit leiser Stimme einen anderen Weg anbot, das hörte er nicht. Und dass der Gutsherr schon tot war, als er ins Gartenhaus kam, interessierte ihn auch nicht mehr.

Teuflische Taten werden immer bestraft. Aber auch bösartige Absichten sind verwerflich und bleiben nicht ohne Folgen.

„Moment", sagte ich, nachdem Suvorks seinen Bericht beendet hatte. „Du hast eben aus den Zehn Geboten zitiert. Die können weder Haikal noch Noah und seine Familie gekannt haben. Denn die wurden dem Mose doch erst ein paar hundert Jahre später gegeben. Auf dem Sinai, oder wie der Berg hieß."

Suvork legte den Kopf schief: „Denkst du Noah und seine Zeitgenossen hätten ohne ein Gesetz gelebt? Warum gab es die Sintflut? Weil sich die Menschen nicht an die göttlichen Gebote hielten. Warum hätte er sie mit der Flut bestrafen sollen, wenn sie keine Gebote kannten?

Erinnerst du dich an die Geschichte mit Kain und Abel? Warum wurde Kain bestraft? Weil er das Gebot übertreten hatte: ‚Du sollst nicht töten.' Und er wusste, dass das Töten seines Bruders verboten war. Warum hätte Gott ihn sonst strafen sollen? – Die Zehn Gebote gab Gott schon Adam. Noah und seine Zeitgenossen kannten sie. Aber etliche Jahre nach der Sintflut missachteten die Menschen die Gebote erneut und sie gingen verloren. Deshalb wurden sie Mose abermals gegeben."

„Okay, ich sehe ein, dass Adam die Zehn Gebote kannte", erwiderte ich. „Aber da ist mir in der Geschichte noch etwas aufgefallen. Sie handelt von einem Gutsherren und einem Schloss. Lebten zu Noahs Zeiten wirklich schon wohlhabende Gutsherren und gab es große Gebäude? Archäologen erzählen regelmäßig, dass die frühen Menschen in Höhlen hausten."

„Vergiss die Gewölbe der Archäologen. Ja, es gab einige Menschen, die sich zeitweise in Höhlen aufhielten, wenn sie auf der Jagd waren. Aber schon Adam baute sich ein prächtiges Haus nach dem Rauswurf aus dem Paradis. Und es gab auch wohlhabende Gutsherren," Suvork schüttelte den Kopf, als wolle er sagen: „Was für eine blöde Frage." Aber er sagte: „Schau, seit Adam waren mehrere Generationen vergangen. Die Menschen wurden wie heute kurz nach dem zehnten Lebensjahr geschlechtsreif. Es gab noch keine Pille oder sonstige Verhütungsmittel. Alle wurden sehr alt und blieben hunderte von Jahren zeugungs- und geburtsfähig. Deshalb wuchs die Bevölkerung explosionsartig. Unter den vielen Menschen gab es helle Köpfe als auch weniger schlaue. Einige verstanden es, ihr Hab und Gut zu mehren, andere blieben arm. Einige übernahmen das Ruder und wurden zu Herrschern. Im Prinzip alles so wie heute. Nur, dass die Menschen heute nicht so alt werden wie in der Zeit zwischen Adam und Noah. Nach der großen Flut wurde niemand mehr hunderte von Jahren alt."

„Eine einsichtige Erklärung", musste ich zustimmen.

Danach verabschiedeten wir uns und Suvork flog davon.

Der Bruder der Klöpplerin

„Die Arche war an einem Tag ordentlich durchgeschüttelt worden", berichtete Suvork. „Riesige Wellenberge hatten sich aufgetürmt. Es ging auf und ab. Die Elefanten wurden gegen das Gatter geschleudert. Es brach und die beiden Dickhäuter taumelten auf die andere Seite der Arche. Dort bedrängten sie die Giraffen. Außerdem geriet die Arche in Schieflage. Das Schwierigste war für Noah und seine Söhne, die Tiere wieder zurück in ihre Box zu bringen. Denn einerseits mussten sie gegen den Wellengang kämpfen. Sem vertrug das heftige Schaukeln nicht, er übergab sich und entleerte seinen Magen. Andererseits waren die Elefanten nicht richtig wach, sondern schliefen halb. Mit kräftigem Schieben und Ziehen gelang es letzten Endes, sie wieder an ihren Platz zu bringen.

Inzwischen mühten sich die Frauen an der Feuerstelle redlich, damit keine Glut unkontrolliert aufwirbelte und alles in Brand setzt. Gleichzeitig regnete es heftig. Frisches Wasser floss vom Dach der Arche über Wasserleitungen in die aufgestellten Fässer. Darüber freuten sich alle und tranken gierig davon. Plötzlich zappelten drei prächtige Fische in einem Fass. Alle staunten, wie die aufs Dach der Arche und in die Wasserleitung gelangt waren. Noah sagte, dass es ein Geschenk Gottes sei.

Nachdem die Fische gebraten und verspeist worden waren, erzählte Milwida, Sems Ehefrau, die folgende Geschichte."

Wie gewöhnlich ging Masoph am dritten Tag der Woche auf den Markt. In der Regel kaufte er frisches Obst, etwas Gemüse und gelegentlich ein Stück Fleisch oder einen Fisch, wenn er frisch war. Bei den Stoffwarenhändlern schaute er selten vorbei. Denn er legte keinen großen Wert auf vornehme Kleidung. Doch an jenem Tag sah er zufällig eine schöne Spitze, die ihn an seine Mutter erinnerte. Das Textil würde jeden Tisch verschönern. Seine bereits vor vielen Jahren verstorbene Mutter hatte derartige Tischwäsche geklöppelt.

Masoph trat an den Verkaufsstand und strich mit der Hand über das Gewebe. Es hätte eine Ware von seiner Mutter sein können, diese filigrane Arbeit und das einzigartige Muster. Er betrachtete die Ränder der Decke genau. Denn seine Mutter pflegte in einer Ecke ein kleines, kaum sichtbares Zeichen einzuarbeiten; ihr Signet. Er fand auch ein Label, aber es war nicht das seiner Mutter.

„Woher haben Sie diese Spitze?", fragte er den Händler.

Der Händler berichtete, dass er sie einer Frau abgekauft habe, die vor kurzem Witwe geworden sei. Der Ehemann habe ihr nicht viel hinterlassen. Deshalb verdiene sie nun ihren Lebensunterhalt mit Klöppeln.

„Wie heißt die Frau und wo lebt sie", wollte Masoph wissen.

„Sie heißt Maria und wohnt in Sur, einer kleinen Stadt, so etwa zwei Wochen von hier entfernt im Osten."

„Und wie hieß ihr Ehemann?"

Der Händler sagte es ihm und berichtete, dass sie zwei Söhne habe, die aber bereits erwachsen seien und eigene Familien hätten.

Masoph spürte plötzlich sein Herz schlagen und verließ schnell den Verkaufsstand des Händlers. Maria in Sur, verdammt, das war seine Schwester. Ihre gemeinsame Mutter hatte der Tochter das Klöppeln beigebracht. Damals, vor über zwanzig Jahren hatte sie den Mann aus Sur geheiratet. Ihre Eltern waren nicht glücklich über Marias Wahl gewesen, stimmten aber zu. Masoph hatte vergeblich versucht, sie von der Eheschließung abzubringen, weil er den Mann für einen Taugenichts hielt. Doch sie folgte ihm nach Sur. Er hatte daraufhin jeden Kontakt zu seiner Schwester abgebrochen.

Nachts konnte Masoph nicht schlafen. Immer wieder musste er an seine Schwester Maria denken. War es recht gewesen, über ihre Entscheidung verbittert zu sein? Hatte er sich schuldig gemacht? Er hatte doch nur das Beste für seine Schwester gewollt. Sie hatten gestritten. Er war so erbost gewesen, dass er nicht zur Hochzeitsfeier erschien. Die ganze Nacht kreisten seine Gedanken um Maria und die Ereignisse vor langer Zeit. Im Morgengrauen fasste Masoph einen Entschluss.

Er verabschiedete sich von seiner Frau und zog mit zwei Eseln Richtung Osten. Auf dem einen Tier saß er, das andere trug den Reiseproviant. Vor vielen Jahren war er zuletzt in Sur gewesen, er kannte den Weg durch die Wildnis. Es war höchste Zeit, sich mit seiner Schwester zu versöhnen.

Die ersten vier Tage kam Masoph gut voran. Am fünften Tag würden sie einen Fluss erreichen, an dem er die

Wasserschläuche wieder auffüllen könnte. Aber der Fluss war vollständig ausgetrocknet. Vergeblich grub er im trockenen Flussbett in der Hoffnung, auf Grundwasser zu stoßen. Nichts. Unter sengender Sonne trieb er die Esel an, weiter zu gehen. Das Land war nicht mehr so, wie er es in Erinnerung hatte. Kein Grün, nur noch vertrocknetes Buschwerk. Einen Tag ohne Wasser würden sie gut überleben, auch einen zweiten. Aber dann sollten er und die Esel frisches Wasser trinken. Masoph erinnerte sich an einen kleinen See. Er trieb die Tiere an und erreichte am dritten Tag nach dem trockenen Flussbett das Gewässer. Der See war geschrumpft und nur noch ein winziger Teich. Die Esel hatten das Wasser bereits gerochen, bevor er es sah. Sie stürmten voran. Doch als sie am Ufer ihre Schädel zum Saufen senkten, schreckten sie auf und wichen einige Schritte zurück.

Masoph stieg von seinem Tier und schöpfte eine Hand voll Wasser. Er hielt das Nass unter die Nase. Es roch faulig und unangenehm. Entsetzt schüttelte er seine Hand aus. Dann setzt er sich ans Ufer und sah auf das verdorbene Wasser. Der Teich lag ruhig da, doch sein Inhalt war offenbar ungenießbar. Die Esel hatten sich sofort geweigert zu saufen, obwohl sie am Verdursten waren. Deshalb sollte auch er nicht davon trinken. Womöglich würde er sogleich tot umfallen, oder unter qualvollen Schmerzen sterben.

Masoph dachte nach. In etwa zwei oder drei Tagen würde er wieder auf Wasser stoßen. Doch so weit kämen er und seine Esel nicht mehr. Verdammt, was sollte er tun? Er dachte an Maria. Wie sehr wünscht er sich nun, sich mit ihr zu versöhnen. Sollte sein Vorhaben wirklich so kläglich scheitern? Die Sonne erreichte den Horizont. Gleich würde die kühlende Nacht hereinbrechen. Masoph band die Esel an und legte sich hin. Erschöpft schlief er sofort ein.

Im Traum erschien ihm Maria, eine junge und hübsche Frau. So, wie er sich an sie erinnerte. Sie sagte nur ein Wort zu ihm: „Bete." Masoph erwachte aus dem Traum und richtete sich auf. Es war immer noch dunkle Nacht, unzählige Sterne über ihm. Ein halber Mond spendete etwas Licht. Die Esel lagen friedlich neben ihm.

„Bete". Das Wort verfolgte ihn. Worum sollte er beten? Um Wasser? Am Himmel stand nicht die kleinste Wolke. Er lagerte an einem Teich mit verdorbenem Wasser. Ein Schluck könnte ihn umbringen. Da sah er einen Vogel am Ufer stehen. Der tauchte seinen Schnabel in den Teich, hob den Kopf und trank. Das machte er dreimal. Dann breitete er die Flügel aus und flog lautlos davon. Starr schaute Masoph auf die Stelle, wo der Vogel gestanden hatte. Zweifel stiegen auf. Hatte er wirklich einen Vogel gesehen, jetzt, mitten in der Nacht? Träumte er noch?

„Bete." Nun hörte er das Wort zu dritten Mal. Masoph kniete sich hin und begann zu beten: „Gott im Himmel, ich weiß nicht, worum ich beten soll. Ich brauche Wasser. Hilf mir." Stille. Keine Stimme von Himmel. Kein Tropfen fiel auf seinen Kopf. Er erinnerte sich an den Vogel. Wieso hatte der das verdorbene Wasser getrunken und war quicklebendig davon geflogen? Wenn er einen Magen wie der Vogel hätte, dann, ja dann könnte er das faulige Wasser ebenfalls trinken. Verzweifelt sagte er: „Herr, stärke meinen Magen, damit er das verdorbene Wasser verträgt wie jener Vogel." Augenblicklich verschwanden Unruhe und Verzweiflung. Erleichtert öffnete er die Augen. Am Horizont ging die Sonne auf. Er fühlte sich wohl, nahm einen Becher und ging zum Ufer des Teichs. Er füllte ihn und trank ihn vollständig leer. Das

Wasser roch immer noch unangenehm, aber nichts passierte. Er trank einen zweiten und einen dritten Becher.

Die beiden Esel hatten sich erhoben und sahen zu Masoph hinüber. Sie standen still da und bewegten sich nicht von der Stelle. Masoph sank wieder auf die Knie. „Herr, ich danke dir. Ich vertrage das Wasser. Und nun mach, dass meine Esel das Wasser ebenfalls saufen können, dass ihre Mägen es genauso vertragen wie meiner. Jedenfalls so lange, bis wir wieder gutes Wasser finden."

Dann schöpfte er erneut einen Becher, ging damit zu den Eseln und trank ihn vor ihnen aus. Die Esel hoben die Köpfe, sahen sich gegenseitig an und stapften langsam zum Ufer. Dort senkten sie die Köpfe und schlürften gierig das Wasser. Gestärkt setzte Masoph mit den Eseln die Reise fort. Nach einem Tag kamen sie an einen Fluss, an den sich Masoph nicht erinnern konnte. Er füllte seine Schläuche mit frischem Wasser und badete sogar im rauschenden Fluss. Gekräftigt und munter ritt er wenige Stunden später in Sur ein.

Glücklich schloss er seine Schwester in die Arme. Keine Worte waren nötig, um die Versöhnung zu bekräftigen.

„Du erinnerst Dich", sagte Suvork. „Milwida liebte Lyrik. Deshalb fügte sie nach der Geschichte noch ein kurzes Gedicht hinzu."

*Erfreu dich an dem,
was Gott dir geschenkt.
Auch wenn's ein Problem,
er liebt unbeschränkt.*

Er weiß, was du brauchst
und mag, wenn du denkst.
Nicht still untertauchst,
dich selber anstrengst.

Er hilft dir in Not,
er hört deine Bitt'
mach dein Angebot.
Du hast stets Kredit.

Ägyptus fürchtet sich

„Wie du wahrscheinlich weißt, war die Arche aus Holz gebaut", begann Suvork zu erzählen. „Manchmal gab es etwas größere Wellen auf dem Wasser. Die Arche schaukelte dann ebenfalls heftiger. Bei einigen drehte sich dann der Magen um. Meistens glich das Schaukeln eher einem sanften Wiegen und machte gelegentlich müde. Unheimlich war hingegen das Knacken in den hölzernen Balken und Brettern. Holz ist ja nicht so starr wie Beton. Es gibt bei Belastung nach, biegt sich ein wenig und manchmal knackt es dann.

An so einem Morgen, als es in der Nacht heftig geknackt hatte, saßen alle beisammen und frühstückten, oder versuchten es wenigstens. Ägyptus starrte ganz verstört vor sich hin. Sie zitterte am ganzen Körper und aß keinen Bissen. Ham, ihr Ehemann fragte, was los sei. Sie antwortete nicht. Er fragte noch einmal. Sie blickte auf, sah an ihm vorbei und schaute Noah an. ‚Ich habe Angst', hauchte sie kaum hörbar. Dann holte sie tief Luft und schrie, so laut sie konnte: ‚Ich habe Angst!'

Alle schraken zusammen. Ich hatte den Ausbruch auch nicht erwartet und reflexartig die Flügel ausgebreitet. Noah stand auf, setzte sich neben sie und legte seinen Arm um ihre Schultern. ‚Erzähle, was ist passiert.'

Ägyptus atmete nach ein paar Minuten langsamer und berichtete, dass sie geträumt habe. Am Boden der Arche sei ein dicker Balken mit einem ohrenbetäubenden Knall gebrochen. Wasser sei eingeströmt und flutete das untere Deck. Alle Tiere wären ertrunken. Aber das Wasser stieg immer noch höher. Sie sei ins oberste Deck gestolpert und schweißgebadet erwacht.

‚Ich weiß', sagte sie, es war nur ein Traum. ‚Aber was, wenn wirklich ein Balken bricht und Wasser in die Arche strömt? Ich habe Angst.'

‚Ach was', warf Haikal kühl ein. ‚Mach dir keine Sorgen. Du und ich, wir sind doch Frauen. Und Frauen werden immer zuerst von einem sinkenden Schiff gerettet. Ich lass dir auch den Vortritt.'

Ägyptus quittierte die schnippische Bemerkung mit einem verachtenden Blick und zitterte wieder heftiger. ‚Ich habe Angst!'

Nachdem Ägyptus ihre Angst erneut geäußert hatte, besänftigte Noah sie mit folgenden Worten."

„Beruhige dich", sagte Noah bedächtig. „Es wird kein Wasser eindringen. Ich habe die Arche nach Gottes Anweisungen gebaut. Er hat mir versprochen, dass wir gerettet und die Erde wieder betreten werden."

„Aber was, wenn doch ein Balken bricht?", begann Ägyptus erneut.

„Pass mal auf", Noah nahm seinen Arm von ihrer Schulter und breite seine Hände vor ihr aus. „Nehmen

wir an, es bricht wirklich ein Balken. Dann gibt es mindestens zwei Möglichkeiten. Erstens, wir sehen einfach zu, wie Wasser hereinläuft. Zweitens, wir sind hier vier kräftige Männer an Bord. Wir machen uns an die Arbeit und stopfen das Leck. Anschließend schöpfen wir das eingelaufene Wasser aus und alles ist gut."

"Aber wenn ihr das Loch nicht verschließen könnt?", zitterte Ägyptus.

"Dann gibt es wieder zwei Möglichkeiten", sagte Noah geduldig. "Entweder wir warten, bis das Wasser über unsere Köpfe gestiegen und wir ertrunken sind. Oder wir gehen einfach ein Deck höher, wo das Wasser nicht hinkommt."

"Aber irgendwann wird auch die zweite Ebene geflutet", wandte Ägyptus ein. "Die Arche wird immer tiefer sinken."

"Das ist vorstellbar", sagte Noah, "aber kein Grund zur Sorge. Denn es gibt wieder zwei Möglichkeiten, entweder wir sterben, oder wir gehen ins obere Deck und leben."

"Aber das ist doch nur eine vorübergehende Lösung", erwiderte Ägyptus mit aufgerissenen Augen. "Das Wasser wird auch das obere Deck überschwemmen."

"Da bin ich mir nicht so sicher", fuhr Noah in seinem unaufgeregten Ton fort. "Aber nehmen wir an, dass obere Deck wird ebenfalls geflutet. Dann haben wir wieder zwei Möglichkeiten. Entweder wir ertrinken, oder wir gehen aufs Dach der Arche, wo wir sicher sind."

"Wieso sicher? Wie kannst du das behaupten, Schwiegervater? Was, wenn die ganze Arche im Wasser versinkt?"

"Das wird sie nicht", sagte Noah besänftigend. "Denn sie ist aus Holz gebaut. Holz, das auf dem Wasser schwimmt und nicht untergeht. Selbst einzelne Holz-

stämme schwimmen auf dem Wasser. Falls es ganz unten wirklich ein Leck gibt, wird ein Teil der Arche im Wasser versinken, aber nicht alles. Es gibt also überhaupt keinen Grund sich darüber zu sorgen, dass wir alle ertrinken müssten. Kommt, lasst uns ein fröhliches Lied singen, welches alle finsteren Gedanken vertreibt."

„Noahs Argument, das Holz von Natur aus schwimmt, beruhigte Ägyptus endlich. Sie schaute Noah lächelnd an, umarmte ihn und sang übermütig im angestimmten Lied mit. Auch ich trällerte dazu", schloss Suvork seinen Bericht.

Leuchtende Steine

„Wie habt ihr euch eigentlich zurechtgefunden in der Arche?", fragte ich Suvork bei der nächsten Begegnung. „Die Arche hatte doch keine Fenster, nicht einmal Bullaugen wie bei den modernen Schiffen. Du erwähntest zwar, dass es oben unter dem Dach Scharten für die Lüftung gab. Aber durch die fiel höchstens Licht ins oberste Deck. Darunter muss es total finster gewesen sein. Steckten überall Fackeln?"

„Auf keinen Fall", krächzte Suvork, „dass wäre viel zu gefährlich gewesen. Die Arche war doch aus Holz konstruiert. Schon vergessen? Eine ungeschickte Bewegung und alles hätte in Flammen gestanden."

„Ich erinnere mich, es gab früher kleine Öllampen. Hattet ihr die?"

„Ja, die hatten wir an Bord. Die kamen jedoch kaum zu Einsatz. Denn auch mit denen musste man sehr vorsichtig umgehen. Das waren ja auch kleine Feuerflammen. Nein, wir hatten etwas viel Moderneres auf der Arche: leuchtende Steine."

„Leuchtende Steine? Du willst mir wohl einen Bären aufbinden. Woher?"

„Noah hat sie angefertigt. Die Anweisungen dafür erhielt er von Gott. Jeder Stein war etwa so groß wie eine Zwetschge und hatte auch deren Form. An einem Ende befand sich eine Art Halterung aus Kupfer mit einem Loch darin. Daran konnte man sie an beliebigen stellen mit einem Bindfaden aufhängen."

„Und die Steine leuchteten?" Ich wurde das Gefühl nicht los, dass Suvork mir eine unverschämte Lüge auftischte. „Wurden sie heiß, so dass man sie nicht anfassen konnte? Woher kam die Energie, die sie zum Leuchten brachten, die Wundersteine?"

„Nein, sie wurden nicht heiß. Noah und die anderen nahmen sie einfach in die Hand. Woher sie ihre Energie bezogen, weiß ich nicht. Die leuchtenden Steine erinnern mich an die heutigen LED-Lampen. Die sehen doch auch oft wie leuchtende Steine aus."

„Strahlten sie sehr hell?"

„Nein, sie leuchteten recht schwach. Das war wohl auch so beabsichtigt. Denn die vielen Tiere in der Arche schliefen fast die ganze Zeit und sollten nicht durch helles Licht irritiert oder gar geweckt werden. Die leuchtenden Steine hingen in den Gängen und sorgten dafür, dass wir uns mühelos orientieren konnten. Niemand wurde davon geblendet."

„Ihr lebtet demnach die ganze Zeit mit dem glimmenden Licht?"

„Genau. Im Gemeinschaftsraum und an einigen anderen Stellen gab es allerdings mehrere der leuchtenden Steine nebeneinander, wodurch es dort sehr viel heller war. Außerdem brannte im Gemeinschaftsraum ständig ein Feuer. Das gab je nach Flammengröße Licht und diente zum Kochen und Grillen. Die Glut befand sich in einer Mulde, die sorgfältig mit Steinen ausgelegt war. Bei starkem Seegang deckte man die Feuerstelle mit einer großen Kupferscheibe ab, damit keine glühenden Kohlen herauskullerten."

Meine Gedanken kreisten immer noch um die leuchtenden Steine. Wie sollte das funktioniert haben? „Kannte Noah die Wirkung des eklektischen Stroms?", fragte ich.

„Keine Ahnung. Wir haben nicht darüber geredet. Es gab jedenfalls nirgends elektrische Leitungen, falls du das meinst, Karl. Jeder Stein leuchtete für sich allein."

„Waren es Lampen mit Batterie?", fragte ich.

„Weiß ich nicht."

Während ich gedanklich nach einer glaubwürdigen Erklärung für das Leuchten suchte, schwieg Suvork kurz. Anschließend berichtete er von einer Geschichte, die Leilani eines abends erzählte.

Der geheimnisvolle Fremde

Es regnete, nicht nur ein paar Tropfen, sondern heftig. Ich hatte die Dachterrassentür geschlossen, weil ich nicht wollte, dass der starke Wind die Tropfen hinein wehte. Draußen war es richtig ungemütlich. Deshalb rechnete ich nicht damit, das Suvork sich auf den Weg zu mir machen würde. Ich saß vor dem Fernseher und hätte das Pochen fast überhört. Suvork saß auf dem Fenstersims und klopfte mit seinem Schnabel gegen die Scheibe. Ich sprang auf und ließ ihn ein. Er sprang auf den Teppich und schüttelte sich, dass die Regentropfen nur so durch die Wohnung flogen.

„Entschuldigung", sagte er. „Das musste sein. Jetzt bin ich etwas leichter. Du hattest wohl nicht mit mir gerechnet?"

„Stimmt."

„Die paar Tropfen steckt ein echter Rabe locker weg. Also, heute eine Geschichte von Leilani."

Makia kaufte ihre Lebensmittel gerne selber auf dem Markt der Stadt ein. Zwar begleitete ihre Magd sie, die sie allein zum Einkaufen hätte schicken können. Doch die Magd war nicht geschickt in der Auswahl der Waren und vor allem mangelte es ihr beim Verhandeln und Feilschen. Dafür kochte sie vorzüglich und hielt das Haus beispielhaft sauber. Sie war recht kräftig gebaut und trug den Einkauf mühelos heim. Beide zusammen ergaben ein stimmiges Team.

Dennoch war Makia nicht glücklich. Denn sie war noch jung aber bereits Witwe. Aus dem letzten Feldzug des Fürsten kehrte ihr Mann nicht mehr zurück, weil er in der Schlacht gefallen war. Zwar ging der Feldzug erfolgreich aus, und Makia hatte den Anteil aus der Beute erhalten, der ihrem Mann zustand. Aber sie war nun ohne Ehemann und das Vermögen begann zu schrumpfen. Sie sehnte sich nach einem neuen Partner, einem Ehemann. Mit dem wollte sie auch Kinder haben, womit sie in der ersten Ehe nicht gesegnet worden war. Im Familien- und Freundeskreis fand sich niemand, der in Frage kam.

Auch deshalb ging sie gerne zum Marktplatz. Denn dort tauchten immer mal wieder neue Gesichter auf.

Makia war keine Schönheitskönigin, aber auch nicht grottenhässlich. Sie wertete sich selber als durchschnittliche Schönheit, obwohl ihre Magd sie als überaus bezaubernd bezeichnete, wenn sie sich für den Markt zurechtgemacht hatte.

Vor dem Obststand überlegte Makia, ob sie Äpfel oder Orangen kaufen sollte. Als sie sich entschlossen hatte, von beiden je drei zu nehmen, trat ein großer Mann neben sie. Er griff nach einer Melone und hob sie hoch. Obwohl er eine recht große Hand hatte, entglitt ihm die Frucht und fiel zu Boden. Makia hüpfte mit einem kleinen Satz zur Seite.

„Oh, tut mir sehr leid", sagte der Hüne.

Offenbar hatte er den Eindruck, dass die Melone auf Makias Fuß gefallen sei.

„Nicht der Rede wert", erwiderte Makia.

Die Melone war durch den Sturz aufgeplatzt und die Marktfrau bestand darauf, dass der Hüne sie bezahlen müsse. Unwillig zahlte er. Dann lud er Makia ein, die Frucht gemeinsam zu verspeisen. Sie setzten sich unter einen großen Feigenbaum, nachdem Makia ihre Magd mit den eingekauften Waren nach Hause geschickt hatte.

Der Hüne stellte sich als Demas vor. Er sei neu in der Stadt und stamme aus einer entfernten Gegend. Makia mochte nicht fragen, ob er verheiratet sei. Sie hatte jedoch den Eindruck, dass es keine Frau an seiner Seite gab. Demas war ihr sympathisch. Sie plauderten und viel zu schnell war die Melone scheibchenweise verspeist.

„Das sollten wir wiederholen", sagte Demas und erhob sich.

„Gerne."

„Ich lass von mir hören." Mit den Worten verschwand er in den belebten Straßen der Stadt.

Makia sah ihm versonnen nach. Ja, das könnte er sein, dachte sie. Der Mann meiner Träume.

„Du strahlst ja so", begrüßte die Magd ihre Herrin zu Hause und zwinkerte mit einem Auge.

Makia ging nicht darauf ein. Aber im Stillen freute sie sich, Demas wieder zu sehen. Gleich am nächsten Tag ging sie wieder zum Markt, ohne die Magd. Doch Demas war nirgends zu sehen. Auch an den beiden folgenden Tagen, keine Spur von Demas. Aber als sie heimkam, stand ein Bote vor der Tür.

„Demas schickt mich, ich soll ausrichten, dass er dich morgen auf dem Markt treffen möchte. Welche Antwort soll ich ihm bringen?"

„In Ordnung, antworte Makia." Wie hat er mein Haus gefunden?, wollte sie noch fragen. Aber der Bote war schon verschwunden.

Herausgeputzt ging Makia am nächsten Tag zum Markt. Er saß unter dem Feigenbaum, neben ihm zwei Pferde. Gemeinsam ritten sie aus der Stadt und ließen sich an einem munteren Bächlein nieder. Er hatte alles dabei, was man zu einem eleganten Picknick brauchte. Sie lachten, scherzten, schlemmten und tranken und kamen sich immer näher. Eigentlich hatte Makia nicht vor gehabt, ihn gleich beim ersten Treffen zu küssen. Doch dann konnte sie nicht widerstehen. Sie verabredeten sich für den übernächsten Tag und trafen sich danach noch zwei Tage später. Makia schwebte im siebenten Himmel.

Doch gerade, als Makia sich auf den Weg zum dritten Treffen machen wollte, traf Demas' Bote mit der Nachricht ein, dass sein Herr nicht kommen könne. Seine

Mutter sei erkrankt und er müsse unbedingt zu ihr. Er melde sich, wenn er zurück sei.

Drei Tage später trafen sie sich wieder und Makia war erneut glücklich. Auch das fünfte Treffen war herrlich. Kurz vor dem sechsten Treffen stand wieder der Bote vor der Tür. Sein Herr müsse absagen, weil seine Mutter Hilfe im Haus brauche.

Makia wurde nachdenklich. Was war mit seiner Mutter? Hätte er sie ihr nicht schon längst vorstellen sollen? Wo wohnte er überhaupt? Auf ihre Frage hatte er ausweichend geantwortet. Und welcher Tätigkeit ging er nach? Woher hatte er die vielen Goldmünzen? Makia wurde bewusst, dass sie recht wenig über Demas wusste. Er plauderte bezaubernd, aber ohne konkret sein Leben zu offenbaren. War sie nur eine von vielen Frauen in seinem Leben. Wollte er sie nicht mehr sehen? Hatte er eine andere gefunden, mit der er sich jetzt vergnügte? Unangenehme Gefühle stiegen in Makia auf, beim nächsten Treffen wollte sie ihm auf den Zahn fühlen.

Demas schickte wieder seinen Boten und ließ ausrichten, dass er sie am nächsten Tag kurz nach der Mittagsstunde abholen würde. Und wahrhaftig, er fuhr mit einer Kutsche vor ihr Haus.

Doch kaum war Makia eingestiegen, da kam der Bote angerannt. Er deutete an, dass er nur mit seinem Herrn sprechen wolle. Demas stieg von der Kutsche und entfernte sich einige Schritte. Sein Bote flüsterte ihm aufgeregt ins Ohr. Makia konnte nichts verstehen. Mit düsterer Mine kam Demas zurück zur Kutsche.

„Es tut mir furchtbar leid, aber meiner Mutter geht es wieder schlechter. Ich muss sofort zu ihr."

„Schon gut", antwortete Makia kurz und stieg von der Kutsche. Innerlich kochte sie. Schon wieder seine Mutter. Ständig war etwas mit seiner Mutter. Sollte sie sich ernst-

haft mit einem Mann einlassen, der ständig zu seiner Mutter rannte? Enttäuscht und allein ging sie zum Marktplatz in der Hoffnung, Zerstreuung zu finden.

In der Stadt, kurz vor dem Marktplatz, sah sie in einer Nebengasse die Kutsche stehen, mit der Demas vor ihr Haus gefahren war. Nein, war das tatsächlich seine Kutsche? Das Fahrzeug stand vor einem Gasthof, welches einen zweifelhaften Ruf hatte. Makia ging zur Kutsche. Die zwei Pferde waren noch angespannt, mit einem Hafersack vor dem Maul. Es hätte eine ähnliche Kutsche sein können, nicht die von Demas. Aber die Pferde, das eine schwarz mit weißen Flecken, das andere weiß mit braunen Flecken. Kein Zweifel, das war Demas Kutsche mit seinen Pferden. Die Tür zum Gasthaus stand einen Spalt offen. Langsam näherte Makia sich und schaute durch den Spalt. Was sie im Innern sah, verschlug ihr die Sprache. Da saß Demas mit einer stark geschminkten brünetten Frau an einem Tisch. Er redete auf die Frau ein, die auf den Becher vor sich stierte. Makia hatte genug gesehen, ohne dass er sie bemerkte. Sie fand ihre schlimmsten Befürchtungen bestätigt. Mit Tränen in den Augen stolperte sie Heim.

Zwei Tage später kam Demas' Bote zu Makia und fragte, ob sie einem Treffen am nächsten Tag zustimme. Sie wies ihn kühl ab und sagte: „Ich habe ihn in der Spelunke mit der Brünetten gesehen. Es ist aus!"

Der Bote machte große Augen und verschwand.

Wenig später fuhr Demas mit der Kutsche vor: „Ich muss etwas erklären, sagte er der Magd, die die Haustür geöffnet hatte. Bitte, es ist wichtig!"

Die Magd verschloss wieder die Tür und ließ Demas draußen stehen. Nach einer gefühlten Stunde öffnete Makia und ließ ihn ein.

„Ich kann verstehen, dass du enttäuscht bist", sagte

Demas. „Aber es ist nicht so, wie es scheint. Ich hätte es dir viel früher sagen wollen. Aber ich konnte nicht. Um dich zu schützen. Ich bin hier in geheimer Mission für den Fürsten. Ich sollte die Rebellen ausfindig machen, damit sie vor das Gericht gestellt werden können. Gestern ist es gelungen. Der größte Teil der Bande wurde ergriffen. Damit ist auch gleichzeitig mein Auftrag erledigt und ich kann darüber sprechen. Die Frau im Gasthaus hat wesentlich zu meinem Erfolg beigetragen. Aber zwischen uns ist nichts gewesen. Nicht einmal ein Kuss. Du bist meine große Liebe, Makia!"

„Wie kann ich sicher sein, dass deine Geschichte wahr ist?", fragte sie.

„Geh auf den Markt", erwiderte er. „Die Leute reden über nichts anderes, als die gefassten Rebellen. Wie unschuldige Bürger hatten sie in der Stadt gewohnt und einen erneuten Raubzug geplant. Sie wurden inzwischen schon weggebracht. Ich brauche mich jetzt nicht mehr verstellen. Mein wirklicher Name ist übrigens Thola. Ich bin froh, dass alles vorbei ist. Ich konnte ja nicht ahnen, dass ich dich hier treffe und mich in dich verliebe, Makia."

„Thola", hauchte Makia mit leuchtenden Augen.

„Ach ja, ehe ich es vergesse: Meine Mutter ist kerngesund und möchte dich unbedingt kennenlernen. Sie diente mir nur als Alibi, um meine geheimen Einsätze nicht zu gefährden."

Fünf Söhne

„‚Wie schön, endlich mal wieder Bohnen', sagte Noah einmal beim Abendessen", begann Suvork seinen Bericht. „Es gab oft Bohnen. Denn davon hatte Noah reichlich in der Arche gebunkert. Die Frauen mühten sich ab, sie stets anders zuzubereiten. Aber es waren halt immer wieder Bohnen. Jeder in der Runde registrierte Noahs Bemerkung nicht als Kompliment, sondern als das genaue Gegenteil. Haikal, Noahs Frau, hatte an jenem Tag das Essen zubereitet. Sie fühlte sich angegriffen und giftete zurück: ‚Wenn dir meine Bohnen nicht schmecken, brauchst du sie ja nicht zu essen.'

Noah hob beide Hände: ‚Schon gut, schon gut. Kein Grund, sich aufzuregen.' Doch seine bedächtige Art brachte Haikal erst recht in Fahrt.

‚Du hättest anstatt so vieler Bohnen auch etwas anderes einlagern können! Da racker ich mich Tag für Tag ab, damit niemand verhungert. Und was machst du? Meckerst über das Essen. Es hat mich viel Zeit gekostet, den Schwiegertöchtern gutes Kochen beizubringen. Leilani lässt immer noch alles anbrennen. Und Ägyptus wirft zu viel Salz in die Pfanne. Ganz zu schweigen von Milwida, die mit Paprika und Pfeffer umgeht, als wolle sie uns innerlich verbrennen. Da sagst du nichts. Aber wenn ich Bohnen mache, dann klagst du, als habe ich ein Schwerverbrechen begangen!'

Haikals Ausbruch war unerwartet gekommen. Alle saßen stumm da, teilweise mit weit aufgerissenen Augen. Noah legte beruhigend seine Hand auf Haikals Schulter. ‚Entschuldige bitte. Ich wollte dich nicht beleidigen. Aber Bohnen sind nahrhaft und lassen sich lange lagern.'

Haikal hörte nicht zu: ‚Ich bin diejenige, die hier in der Arche am härtesten arbeitet. Die Herren Söhne spazieren nur durch das ihnen zugewiesene Deck und streicheln hier und da einige Tiere. Die Schwiegertöchter lungern faul herum, wenn sie nicht mit Kochen dran sind. Nur ich darf mir mit dem Speiseplan täglich den Kopf zerbrechen.'

Sie begann zu weinen. Noah wollte sie in die Arme nehmen. Aber sie schüttelte ihn ab. Alle Versuche, sie zu beruhigen, waren vergeblich. Immer wieder stieß sie neue Anklagen hervor. Ihr Vorrat schien unermesslich. Da war etwas aufgestaut, was hinaus musste. Noah hatte mit seiner unbedachten Äußerung das Tor aufgestoßen. Nach und nach sprachen auch die anderen Familienmitglieder beruhigend auf Haikal ein. Sem sagte letztlich: ‚Für Sonntag schlachten wir ein Lamm. Niemand kann Lamm so schmackhaft zubereiten wie du, Mutter. Da freue ich mich schon drauf.'

Haikal wischte die Tränen aus ihrem Gesicht und begann wortlos Bohnen zu essen. Auch die anderen wandten sich dem Abendessen zu. Für eine Weile sagte keiner ein Wort."

„Moment, griff ich in Suvorks Bericht ein. Sie schlachteten ein Lamm? Sollten die Tiere nicht die Flut überleben? Und gab es nicht nur zwei von jeder Gattung, männlich und weiblich?"

„Im Prinzip ja. Aber für die Ernährung der Menschen hatte Gott von einige Tieren mehr als zwei erlaubt. Dazu gehörten die Schafe, Hühner, Enten, Ziegen und ein paar andere.

Erinnere dich, Ham führte Leilani zu den frisch geschlüpften Entenküken. Enten hatten wir eine ganze Schar an Bord. Sie zählten zum Proviant, der sich immer wieder vermehrte. Von Zeit zu Zeit gab es Entenbraten. Bei acht Personen mussten für eine Mahlzeit mindestens drei Tiere geschlachtet und gerupft werden, damit jeder etwas abbekam. Deshalb gab es Entenbraten nicht so oft. Ham war für die Fütterung zuständig. Er fütterte gewissenhaft und liebte Entenbraten. Sie füllten sein Bäuchlein, welches immer dicker wurde."

„Aha, das war mir nicht bewusst", sagte ich. „Ihr hattet also lebende Verpflegung an Bord."

„An jenem Abend", nahm Suvork den Faden wieder auf, „erzählte Noah folgende Geschichte."

Ein Mann hatte fünf Söhne. Sie alle arbeiteten auf den Feldern, in den Wäldern und in den Weinbergen des Vaters. Der Mann grübelte, wie er den Besitz aufteilen sollte. Seine Söhne waren unterschiedlich und nicht jeder gab sich dieselbe Mühe bei der Arbeit. Wie konnte er verhindern, dass die Söhne nach seinem Tod mit dem zugewiesenen Anteil unzufrieden waren?

Eines Tages rief der Mann seine fünf Söhne zu sich. „Ich bin alt geworden und werde nicht mehr lange Leben", sagte er. „Deshalb möchte ich meinen Besitz gerecht an Euch verteilen. Es wäre nicht angemessen, wenn jeder gleich viel bekommt. Derjenige, der am meisten in der Vergangenheit geleistet hat, soll den größeren Anteil bekommen. Und die anderen je nach ihrer Arbeit entsprechend kleine Anteile. Ich habe hier einhundert Kieselsteine." Er schüttete die Steine aus einem Krug auf den Boden.

„Diese einhundert Steine stehen stellvertretend für eure geleistete Arbeit auf meinem gesamten Besitz. Geht nun hinaus und sammelt so viele Steine, wie ihr glaubt, dass sie eurem Arbeitseinsatz entsprechen. Aber bedenkt meine Söhne, ihr alle fünf habt hart gearbeitet. Jeder hat etwas geleistet. Wägt deshalb ab, wie viel eure Leistung gegenüber der des Bruders wert ist. Der eine kommt vielleicht auf 15 Steine, ein anderer auf 20, je nach Leistung.

Wenn ich dann alle Steine von euch zusammenzähle, sollen es einhundert sein. So viele, wie hier vor euch liegen. Kommt morgen zurück und breitet eure Steine vor mir aus. Zeigt mir mit den Steinen, was jeder einzelne glaubt, geleistet zu haben und wie viel sein Anteil an der gesamten Arbeit ist."

Am nächsten Tag traten die fünf Söhne vor ihren Vater, jeder mit einem Beutel voll Kieselsteinen. Sie setzten sich im Kreis und jeder breitete seine Steine vor sich aus. Der Vater sah auf den ersten Blick, dass alle Söhne unterschiedlich viele Steine mitgebracht hatte. Einen nach dem anderen fragte er, nach der Anzahl seiner Steine. Er notierte die fünf Aussagen und zählte zusammen.

„Insgesamt habt ihr 178 Steine vorgelegt, sagte der Vater. Das sind 78 zu viel. Es hätten 100 sein sollen. Ich stelle fest, jeder von euch glaubt, erheblich mehr geleistet zu haben als sein Bruder. Geht hinaus, denkt noch einmal über eure Leistung nach und kalkuliert euren Anteil. Kommt morgen zurück und legt mir dann die korrekte Anzahl von Steinen vor."

Am nächsten Tag breiteten die fünf Söhne wieder ihre Steine vor dem Vater aus. Nachdem er zusammengezählt hatte, kam er auf 158 Steine.

„Das sind zwar weniger als gestern, sagte der Vater. Aber immer noch zu viele, mehr als 100. Ich stelle fest, dass es schwierig ist, die persönliche Leistung gegenüber der von anderen einzuschätzen. Immer noch glaubt jeder von euch, mehr geleistet zu haben, als sein Bruder. Hütet euch, die Leistung des anderen als gering zu werten!"

Erneut schickte der Vater die Söhne fort mit dem Auftrag, am nächsten Tag wieder zu kommen. Abermals ermahnte er sie, dass es insgesamt einhundert Kieselsteine sein müssen. Auf keinen Fall mehr. Als die Brüder am darauf folgenden Tag wiederum im Kreis vor ihm saßen, griff jeder in seinen Beutel und legte einen Stein vor sich.

„Was soll das?", fragte der Vater. „So klein braucht ihr euch nicht zu machen. Jetzt ergibt die Summe nur fünf Steine. Zu wenig."

Der älteste Sohn ergriff das Wort: „Wir haben uns beraten und sind zu dem Schluss gekommen, dass wir unfähig sind, die eigene Leistung gegenüber der von den übrigen Brüdern genau zu bewerten. Du bist ein gerechter Mann. Teile jedem von deinem Besitz zu, was er verdient. Wir anerkennen dein Urteil."

Zufrieden blickte der Vater in die Runde. Seine Söhne hatten begriffen. Nun waren sie bereit, seine Aufteilung des Besitzes zu akzeptieren.

Milwidas Trauma

„Heute werde ich dir von Milwidas Trauma erzählen", begann Suvork, nachdem er ein paar Sonnenblumenkerne geknabbert hatte.

„Du erinnerst dich? Milwida war Sems Ehefrau. Anfangs nahm es niemand erst. Alle glaubten, es gäbe einfach nur Eheprobleme zwischen Milwida und Sem, die sich von alleine auflösen würden. Ich schenkte den Wortgefechten zwischen den beiden auch keine wirkliche Beachtung. Denn in der Arche befanden sich alle wie in einem Gefängnis. Da wurde der eine oder andere wegen einer Kleinigkeit schon mal laut. Haikal, Noahs Frau, warf sogar mit einem kleinen Tonkrug nach Jafet, weil er ihn sorglos auf einem Schemel hatte stehen lassen, anstatt ihn ins Regal zurückzustellen. Sie verfehlte Jafet und der Krug zerschellte an einem Balken. Aber zurück zu Milwida. Ich belauschte folgendes Gespräch zwischen Sem und Noah."

„Es wird immer unangenehmer mit Milwida. Früher rastete sie nur gelegentlich aus. Aber jetzt jeden zweiten oder dritten Tag. Das ist doch nicht normal." Er sah seinen Vater Noah an, als könne der ihm die Lösung präsentieren.

„Dass es ab und an zwischen euch kriselt, ist mir auch schon aufgefallen", erwiderte Noah. *„Womöglich verträgt sie die Enge in der Arche nicht."*

„Nein, das kann nicht der Grund sein. Es endet immer mit ihrer Behauptung, dass ich ihr untreu sei. Erst jammert sie grundlos und sagt dann, dass ich mit allen Frauen in der Arche Sex hätte. Sogar mit meiner Mutter, mit Haikal. Sie wisse es genau. Eines Tages würde sie mich dabei erwischen. So ein Blödsinn."

Noah sah seinen Sohn nachdenklich an. „Das ist merkwürdig. Wie kommt sie darauf? Dass du hier alle vier Frauen erkennst, ist doch totaler Unsinn. Davon hätte ich doch auch schon etwas mitbekommen."

„Sag ich doch."

„Was hältst du davon, wenn ich mich mal allein mit ihr über ihr Benehmen unterhalte?"

„Ja bitte, tu das", bat Sem.

„Was dann tatsächlich zwischen Noah und Milwida besprochen wurde, kann ich leider nicht berichten", sagte Suvork. „Denn Noah hatte mir verboten, ihm zu folgen. Er wollte wirklich ganz alleine mit seiner Schwiegertochter sein. Ich glaube, sie sprachen drei Stunden miteinander, oder noch mehr. Als sie dann in den Gemeinschaftsraum ans Feuer traten, machte Milwida einen zufriedenen, fast fröhlichen Eindruck. Alle sahen die beiden erwartungsvoll an. Nachdem Noah sich auf seinen Stammplatz gesetzt hatte, sprach er leise und bedächtig, als müsse er jedes Wort abwägen."

„Milwida hat ein Trauma", sagte Noah. „Ihr Verhalten wird durch einen Trigger, einen Reiz, ausgelöst, der sie an ein äußerst unangenehmes Ereignis erinnert. Für einige Zeit ist sie dann nicht mehr in der Gegenwart, sondern fühlt sich in jene Zeit versetzt. Deshalb verhält sie sich in gewissen Situationen so merkwürdig und völlig unverständlich. Sie reagiert nicht auf das Jetzt, sondern auf das, was sie früher einmal erlebt hat. Sie kann ihr Verhalten nicht einfach abstellen. Sie leidet darunter. Wir haben eingehend über ihr Trauma gesprochen. Sie hat nichts zurückgehalten und versteht ihr Problem. Deshalb ist sie nun auf einem guten Weg, den Reiz zu erkennen und ihre Reaktion darauf besser hinzubekommen. Damit Milwida wieder mehr Freude am Leben hat, wollen wir sie segnen. Jafet, Ham und Sem, ich habe euch schon vor einiger Zeit das Priestertum übertragen. Nun ist eine gute Gelegenheit es auszuüben. Wollt ihr beim Segen mitwirken?"

„Die drei Söhne nickten," unterbrach Suvork seinen Bericht. „Milwida kniete sich nieder, Noah erhob sich und trat dicht an sie heran. Er legte seine Hände auf ihren Kopf. Die drei Söhne folgten seinem Beispiel, legten Ihre Hände jedoch auf Noahs Hände. Dann nannte Noah Milwidas Namen und segnete sie. Was er genau sagte, kann ich nicht wiedergeben. An einige Sätze erinnere ich mich."

„Unser himmlischer Vater kennt dich und deine Probleme. Er liebt dich und möchte, dass es dir wieder besser geht ... Wir segnen dich mit der Vollmacht Gottes ... Du wirst dich nicht mehr ohnmächtig fühlen, wenn unangenehme Erinnerungen aufsteigen ... Wir segnen dich mit Kraft, die Gegenwart zu erkennen ... Erfreue dich am Leben und dass Gott uns in der Arche schützt ..."

„Etwa drei Monate nach dem Segen sagte Sem zu Noah, dass Milwida keine Anfälle mehr habe. Es sei nach dem Segen nur noch zweimal vorgekommen."

Der Räuber

„An einem Abend erzählte Sem eine Geschichte, die sich in der heutigen Zeit abspielt," begann Suvork. „Du erinnerst dich, Sem, der Sohn Noahs, der das Erstgeburtsrecht erhielt. Während seiner Visionen konnte er in die Zukunft sehen. Zwar verstand er nicht immer alles, was er sah, aber er berichtete oft darüber, was geschehen würde. Heute begreife ich oft erst, was er gesehen hat. Er erzählte zum Beispiel folgendes."

Es wird eine Zeit geben, in der sehr viele Menschen auf der Welt leben. Oft werden sie Kriege führen und ganze Völker zugrunderichten. Aber nicht nur Völker werden gegeneinander kämpfen. Auch einzelne Menschen werden rauben und morden, um besser leben zu können, wie sie glauben. Einige werden erwischt und bestraft, andere kommen davon. Heute will ich von einem Mann erzählen, der nicht gefasst und verurteilt wurde, aber dennoch nach einem Raubüberfall sein Leben lassen musste.

In jener Zeit werden etliche Menschen extrem reich sein. Sie werden so viel Gold und Schätze besitzen, dass sie diese nicht in ihrem Hause haben möchten, weil es ihnen dort nicht sicher erscheint. Deshalb deponieren sie viele wertvollen Güter wie Gold, Silber, Edelsteine und weiteres in einem Gebäude, wo es geschützt und bewacht wird. Und es wird Menschen geben, die in jene Gebäude einbrechen oder sie auf andere Weise ausrauben. Meine Geschichte handelt von so einem Mann, der Banken ausraubte. Bank nennt man jene Gebäude, wo die Menschen in der Zukunft ihre Schätze aufbewahren. Die Schätze bestehen überwiegend aus Schmuck, Geld und Wertpapieren. Die Wertpapiere und das Geld kann man bei Bedarf umtauschen und dann alles kaufen, was einem fehlt.

Der Mann, den ich in der Vision gesehen habe, geht in eine Bank und schießt umher. Die Bewacher werden getötet oder wagen keinen Widerstand. Schießen tut man mit einer Waffe aus Metall. An ihr sitzt ein Rohr, aus der eine kleine Kugel hervorschnellt. So ähnlich wie bei Pfeil und Bogen. Nur, dass der Pfeil eine Kugel ist. Wer von so einer Kugel getroffen wird, ist meistens auf der Stelle tot. Wie das genau funktioniert, konnte ich in der Vision nicht erkennen. Es werden noch einige tausend Jahre vergehen, bis die Menschen derartige Waffen erfinden.

Der Mann, von dem ich erzähle, hatte solch eine gefährliche Waffe. Er ging einfach in eine Bank, schoß und bedrohte die Leute. Man gab ihm dann ohne sich zu wehren alles Geld der Bank. Der Mann steckte es in eine große Tasche und ging. Vor der Bank hatte er ein Fahr-

zeug stehen, das von alleine fuhr. Man nennt es Auto. Der Mann fuhr aus der Stadt heraus und folgte der Straße, bis es Abend wurde. Als er in ein kleines Dorf kam, hielt er vor einem Gasthaus, um dort zu übernachten. Die Wirtin freute sich, mal wieder einen Gast zu beherbergen. Denn ihr Geschäft lief armselig. Es kamen nur noch selten Menschen, die in ihrem Gasthaus essen und schlafen wollten.

Als die Wirtin dem Mann das Zimmer zeigte, in dem er übernachten könnte, fiel ihr auf, dass sein Schnurrbart nicht echt war. Er hatte sich einen künstlichen Bart auf die Oberlippe geklebt, um sein Gesicht zu verändern. Die Wirtin sagte nichts, prägte sich seine Gesichtszüge gleichwohl gut ein.

„Möchten Sie zu Abend essen?", fragte sie den Mann.

„Ja, ich bin hungrig", sagte er. „Ein Stück gebratenes Fleisch und etwas Brot, bitte. Das reicht."

„Gerne."

Die Wirtin ging in die Küche. Doch bevor sie mit der Zubereitung des Essens begann, blätterte sie in alten Zeitungen. Zeitungen sind in jener künftigen Zeit große Papiere, in denen Nachrichten und Mitteilungen geschrieben stehen. Auch Bilder werden darin gezeigt. Nachdem die Wirtin einige Zeitungen durchgeblättert hatte, las sie einen Artikel vom Überfall auf eine Bank in einer fernen Stadt. Auch ein Bild des gesuchten Räubers war zu sehen. Sie erkannte den Mann, obwohl er ohne Bart gezeigt wurde. Es war derselbe, der nun in ihrem Hause essen und schlafen wollte. Er habe sehr viel Geld geraubt, stand in der Zeitung. Die Frau erinnerte sich an die große Tasche, die der Mann bei sich hatte. Darin musste das viele Geld sein. Sie machte sich daran, das gewünschte Essen zuzubereiten.

Nach einiger Zeit klopfte die Wirtin an die Zimmertür

des Mannes. Er öffnete und war überrascht, was er zu sehen bekam. Die Frau des Hauses brachte ein großes Tablett mit herrlich duftendem Bratenfleisch, Brot, Salat, Käse und einer Portion Kefir. Auch ein Krug mit Wein und ein Becher standen darauf. Sie stellte alles auf den Tisch und wünschte guten Appetit.

„Das wäre aber nicht nötig gewesen", sagte der Mann. „Danke, dass Sie sich so viel Mühe gemacht haben."

Die Wirtin lächelte freundlich: „Ich möchte, dass Sie sich wohl fühlen und wieder kommen."

„Aha", dachte der Mann. „Sie erhofft sich wohl ein großzügiges Bakschisch. Schauen wir mal."

Dann ließ die Wirtin den Mann in seinem Zimmer allein. Vor der Tür blieb sie stehen und lauschte. Deutlich hörte sie, wie der Mann den Wein in den Becher goss. Nach kurzer Zeit fiel etwas Schweres zu Boden. Die Wirtin betrat wieder das Zimmer, ohne anzuklopfen. Der Mann war mit dem Stuhl umgekippt und lag reglos auf den Holzdielen. In seiner Hand hielt er noch den Becher mit dem vergifteten Wein. Zufrieden grinste die Wirtin. Sie kniete sich nieder und schaute unter das Bett, wo sie die große Reisetasche des Räubers sah und hervorzog.

Das geraubte Geld steckte in der Tasche. Doch die Wirtin sah es nur einen kurzen Augenblick. Denn als sie die Tasche öffnete und nach dem Geld griff, blitze es grell auf und ein ohrenbetäubender Knall erfüllte den Raum. Eine Flamme schoss aus der Tasche, verbrannte ihr Gesicht und tötete sie augenblicklich.

Der Bankräuber hatte zum Geld einen weiteren Gegenstand in seine Tasche gesteckt, den ich nicht kannte. Ich sah bloß, dass etwas Gefährliches explodierte.

„Aus heutiger Sicht denke ich", fügte Suvork nach

dem Bericht hinzu, „dass der Bankräuber seine Geldtasche mit einer Sprengladung gesichert hatte. Nur er selber wusste, wie man die Sprengung verhindern und den Zünder ausschalten konnte, um Beutegeld zu entnehmen. Er wollte nicht, dass sich irgendjemand an seiner Tasche bediente und mit dem Geld davon kam."

„Das wäre eine Erklärung für die plötzliche Explosion", sagte ich.

Suvork wiegte seinen Kopf hin und her. „Möglich", sagte er. Damit war die Sache für ihn erledigt.

Adams Altar

„Heute Abend eine Geschichte von Ham über Adams steinernen Altar", sagte Suvork und wollte loslegen.

„Da habe ich gleich eine Frage", unterbrach ich Suvork. „Hat es Adam wirklich gegeben? Bist du ihm begegnet? Von wissenschaftlicher Seite zweifelt man die Figur Adam stark an. Da wird von einem Mythos gesprochen. Als Beweis müssen Knochenfunde herhalten, die von irgendwelchen Frühmenschen stammen, sprich Affen."

„Ja, ich weiß", sagte Suvork mit seufzender Stimme. „Die Wissenschaftler. Die tun so, als hätten sie bei der Schöpfung der Erde vom Mond aus oder von sonst irgendwo mit einem Superfernglas zugeschaut. Dass es sich bei ihren Aussagen um pure Hypothesen, also Annahmen handelt, wird gerne unter den Teppich gekehrt. Und Leute, die selber nie geforscht haben, plappern es nach, als sei es klar wie frisches Quellwasser. Nach dem Urknall, wird gerne behauptet, sei die Erde und alles Leben darauf durch reinen Zufall entstanden. Humbug! Durch Zufall entsteht nur Chaos. Das herrschte ja, bevor Gott die Erde und unzähliges mehr formte.

Ich habe Adam zwar nie persönlich getroffen, aber für Noah und seine Zeitgenossen, gab es keine Zweifel, dass er gelebt hat. Einst begleitete ich Noah zu Methusalem, also seinem Großvater. Methusalem plauderte über Adam, als wäre gestern noch mit ihm ausgeritten. Da gab es keine Zweifel über Adams Existenz. Nicht einmal die Ungläubigen und Gesetzesbrecher zweifelten zu jener Zeit an, dass Adam der erste Mensch auf Erden war.

Doch nun zu der Geschichte, die Ham erzählte."

Einst zog ein wohlhabender Mann mit drei Wagen durch das Land. Auf dem Bock jedes Fuhrwerkes saß ein Diener, der das prächtige Pferdegespann lenkte. Der Wohlhabende selber saß meistens neben dem Diener des ersten Wagens. Als sie zu einem abgelegenen Gehöft kamen, fragte er den Bauern nach dem Weg.

„Ich suche das Tal, in dem Adam den Altar baute, nachdem er und Eva aus dem Paradies vertrieben worden waren. Sind wir auf dem rechten Weg? Ist es bis dahin noch weit?"

„Du bist schon da", erwiderte der Bauer. „Das Tal ist hier."

„Und wo ist der Altar?"

„Dort drüben." Der Bauer deutete auf eine kleine Anhöhe.

„Der große flache Stein dort?"

„Genau."

Der reiche Mann ging zur Anhöhe. Der Bauer folgte ihm. Dort blieben beide stehen und sahen auf den großen

Stein herab. Der Mann kniete nieder und strich mit der flachen Hand über die glatte Oberfläche.

„Und das war wirklich der Altar, an dem Adam und Eva gebetet haben?", fragte er mit einer senkrechten Falte zwischen den Augenbrauen. „So niedrig?"

„Nun ja", der Bauer kniff die Lippen zusammen und sagte dann: „Ursprünglich ruhte die Platte auf zwei Steinen und lag nicht auf dem Boden. Eben ein richtiger Altar."

„Ich sammle historische Gegenstände", sagte der vermögende Mann. „Wem gehört der Stein?"

„Mir", antwortete der Bauer. „Ich habe ihn von meinem Vater geerbt. Der von seinem Vater und so weiter. Bis zu Adam. Es ist für mich ein heiliger Stein."

„Ich will ihn kaufen. Was soll er kosten?"

„Unverkäuflich", behauptete der Bauer. „Wie ich schon sagte, der Stein ist ein kostbares Erbstück."

„Ich biete zehn Goldmünzen", erwiderte der Sammler unbeeindruckt.

„Auf keinen Fall."

„Fünfzehn große Goldstücke."

Der Bauer wiegte den Kopf. „Darf ich mal sehen?"

Der wohlhabende Mann winkte einem Diener, der mit einem kleinen Lederbeutel zu den beiden kam.

„Zeig ihm drei Goldmünzen."

Der Diener griff in den Lederbeutel. Als er die Hand herauszog, lagen darin drei glänzende goldene Münzen, jede etwa so groß wie ein Pfirsichkern im Durchmesser, aber eben platt. Der Bauer strich mit seinen Fingern über die Goldmünzen.

„Du kannst sie auch in die Hand nehmen", sagte der reiche Mann. „Ich sehe, du bezweifelst, ob es echtes Gold ist."

Der Bauer ergriff sogleich die Münzen, betrachtete sie

eingehend und wog sie in seiner Hand. Dann sagte er: „Zwanzig Goldmünzen von dieser Art für den Altarstein."

„Abgemacht."

Der Diener zählte siebzehn weitere Münzen ab, die er auf den Altarstein legte. Der Bauer nahm sein Tuch vom Hals, breitete es auf dem Stein aus, deponierte die Goldmünzen darauf und verschnürte alles. Während der reiche Sammler die beiden anderen Diener herbei rief, ging der Bauer in seine Hütte. Gemeinsam luden die Diener den Stein auf einen der herangeholten Wagen. Nachdem das geschehen war, ging der Sammler noch einmal zum Bauern, der zufrieden auf der Bank neben dem Eingang seiner Hütte saß.

„Wo sind eigentlich die beiden Steine geblieben, auf denen die Altarplatte ruhte?", fragte er.

„Die eine dient als Türschwelle der Hütte", er deutete mit dem Kopf zur Eingangstür neben sich. „Die zweite liegt vor dem Eingang zum Ziegenstall."

„Wie bitte, du trampelst jeden Tag auf die Altarsteine? Schämst du dich nicht?" Der reiche Mann schien böse zu werden.

„Nein", sagte der Bauer schlicht. „Jedes Mal, wenn ich über die Schwelle trete, erinnere ich mich an unseren Urvater Adam und welch wichtige Gebote er uns gegeben hat, damit wir alle in Frieden leben können."

Das Wort „Frieden" betonte er mit der Absicht, den Reichen indirekt um Mäßigkeit zu bitten.

„Wie dem auch sein", erwiderte der Sammler. „Ich kaufe dir die beiden Steine ebenfalls ab."

Abermals begann der Bauer zu handelt, weil ihm nur zwei Goldmünzen geboten wurden. Nach zähem Ringen einigten sie sich auf acht Münzen für die beiden Stütz-

steine. Die Diener luden die Steine auf und der reiche Mann fuhr davon.

Nach zwei Tagen kam er mit seinen drei Wagen in ein Dorf, durch das er auch auf der Hinreise gefahren war. Die Leute grinsten und kicherten. Einige lachten sogar laut und eilten davon.

„Was ist hier heute los?", fragte der gut gekleidete Mann den Diener neben sich auf dem Kutschbock.

Der zuckte mit den Schultern: „Keine Ahnung."

Auf dem Dorfplatz hielten sie an. Es war gerade Markttag. Bauern und Händler boten ihre Waren an.

„Na, willst du Adams Altarstein verhökern?", grinste ein feistes Bauernweib den Reichen an, als er vom Wagen gestiegen war.

„Nein!", antwortete er barsch und wendete sich von dem Weib ab. Doch er konnte nicht überhören, dass hinter ihm lautes Gelächter ausbrach.

„Was soll das!", fuhr er herum.

Man erzählte ihm, dass in den Monaten zuvor schon zweimal Männer mit den Altarsteinen von Adam durch das Dorf gefahren seien. Er sei nun der Dritte. Tatsächlich wisse aber niemand, ob Adam an jenem Altar gebetet habe. Außerdem sei es höchst unwahrscheinlich, dass Adam in jenem Tal einen Altar errichtet habe, wo er die Steine gekauft habe. Denn laut Überlieferung habe Adam nördlich vom Dorf gesiedelt, etwa eine Woche wäre ein Reiter dorthin unterwegs. Mit den drei Wagen würde er mindestens doppelt so lange brauchen. Außerdem gäbe es dort nicht einmal Reste von einem Altar.

Ungläubig darüber, was er gehört hatte, kehrte der Sammler um und erreichte nach zwei Tagen wieder das abgelegene Gehöft. Schon von weitem sah er, dass an der Stelle, wo einst sein Altarstein gelegen hatte, ein anderer, ähnlicher Stein lag. Allem Anschein nach hatte der Bauer ihn betrogen. Vermutlich kannten die Leute im Dorf die Wahrheit und wussten, dass der Bauer beliebige Steine als Altarsteine von Adam verkaufte. Erbost sprang der reiche Mann vom Wagen und eilte auf den Bauern zu, welcher breitbeinig vor seiner Hütte stand.

„Du Betrüger!", brüllte er. „Gib mir sofort die Goldmünzen zurück!"

„Warum?"

„Weil der Stein, den du mir verkauft hast, eine Fälschung ist!"

„Wer sagt das?"

„Die Leute im Dorf. Alle Augenblicke verkaufst du einen Altarstein von Adam! Herr mit dem Gold!"

„Moment", beschwichtigte der Bauer. „Ich habe dir wirklich Steine vom Altar Adams verkauft. Daran hat Adam mit Eva gebetet ..."

„Von wegen, du Betrüger. Adam hat gar nicht hier gewohnt, sondern in einem Tal weiter nördlich."

„Stimmt, da hat er auch gewohnt."

„Wie, hier und da?" Der wohlhabende Mann beruhigte sich.

„Ganz recht. Hier und da. Und um genau zu sein, auch im Süden. Du bist auf die Dörfler reingefallen. Wie ich schon sagte, hat Adam nach dem Rauswurf aus dem Paradies hier gesiedelt. Aber nachdem seine Schafe und Ziegen alles abgefressen hatten und der Weizen auf dem Acker auch nicht mehr ordentlich wuchs, ist er an einen anderen Platz gezogen. Dort hat er eine neue Hütte errichtet und einen neuen Altar gebaut. Bedenke, Adam wurde 930 Jahre alt. Unmöglich, dass er all seine Tage am selben Fleck verbrachte."

Der reiche Sammler schwieg kurze Zeit und zweifelte dann erneut: „Aber wie kann ich sicher sein, dass die Steine wirklich von Adams Altar sind? Und wieso hast du *da schon einen neuen Stein hingelegt? Woher kommt der?"*

„Von Adams Altar", sagte der Bauer geduldig. „Ich erzählte doch bereits, dass Adam viele Altäre an verschiedenen Orten errichtet hat. Insgesamt sollen es über tausend gewesen sein. Mein Vater hat mir fünfzig vererbt. Die meisten stehen an Orten, wo nie ein Reisender seinen Fuß hinsetzt. Deshalb hole ich die Steine hier her, wo immer mal wieder jemand vorbeikommt."

„Faszinierend", brummte der Sammler und strich sich über seinen Bart. „Aber du sagtest doch, dass hier Adams erster Altar erbaut worden war. Wie kannst du dir da sicher sein?"

„So haben es mir mein Vater und mein Großvater erzählt. Willst du behaupten, die hätten gelogen? Dort drüben, etwa eine Tagesreise hinter dem See, lebt mein Vater. Du kannst ihn selber fragen."

„Aber warum behaupten die Dörfler dann, du seist ein Betrüger?"

„Weil sie keine echten Altarsteine besitzen, die sie verkaufen könnten. Sie hoffen, dass ein Reisender wie du, so wütend wird, dass er die Steine im Dorf vom Wagen wirft und ohne sie davon prescht. Einmal soll das schon vorgekommen sein. Die Steine haben die Dörfler dann teuer verkauft."

„So ein gemeines Pack", sagte der reiche Sammler, stieg auf seinen Wagen und fuhr heimwärts.

„Ob es sich nun wirklich um einen Stein von Adams Altar handelte, ließ Ham offen", sagte Suvork nach der Erzählung. „Es bereitete ihm auch Freude, die Zuhörer im Ungewissen darüber zu lassen, wer gelogen und wer betrogen hatte. So war er, Ham, der jüngste Sohn Noahs. Immer hart an der Grenze von Rechtschaffenheit."

„Hat Adam denn wirklich einen Altar aus Stein gebaut?", hakte ich nach.

„Ganz sicher", antwortete Suvork. „Es ist auch sehr wahrscheinlich, dass er mehrere Altäre aufgestellt hat. Aus jener Zeit stammt ja der Brauch, zur Gottesverehrung an Opferstätten oder in Gotteshäusern einen Altar zu errichten."

Sucht Wasan!

Suvork hatte es sich wieder bequem gemacht, nachdem er auf seinem Lieblingssessel gelandet war, und erzählte von den Hunden an Bord der Arche.

„Eines Morgens kam Jafet ganz aufgeregt in den Gemeinschaftsraum. ‚Komm Leilani, das musst du dir ansehen.' Er griff nach der Hand seiner Frau und wollte mit ihr davon rennen. ‚Hat das nicht Zeit bis später? Wir wollen doch gerade frühstücken.' Sie war damit beschäftigt, Getreidekörner zu zerquetschen. ‚Nein', sagte Jafet knapp, wie es seine Art war, und zerrte sie mit sich.

Es war früh am Morgen. Außer Leilani, hatten sich nur Noah und ich an der großen Tafel eingefunden. Die übrigen Familienmitglieder würden bald hinzukommen.

‚Dann wollen wir mal schauen, was da passiert ist', sagte Noah und erhob sich. Langsam ging er Jafet nach, der bereits verschwunden war. Ich folgte Noah, der die Stufen ins untere Deck nahm. Denn Jafet war nach wie vor für die Tiere im untersten Deck zuständig und hatte dort offenbar bereits einen Rundgang gemacht. Wir hatten die beiden noch nicht eingeholt, als wir Leilani jauchzen hörten. Sie stand mit Jafet vor der Box, in der die riesengroßen Hirtenhunde untergebracht waren.

‚Wie süß!', sagte Leilani. ‚Sechs Stück.'

Ich flatterte auf einen Balken und schaute hinunter. Dort lag die Hündin. An ihren Zitzen saugten sechs kleine und pechschwarze Welpen. Der Rüde schlief, wie seit beginn der Flut. Die Hündin war offensichtlich aus ihrem Dauerschlaf erwacht und hatte den Nachwuchs zur Welt gebracht. Still schaute sie die Besucher aus ihren dunklen Augen an.

‚Die muss unmittelbar vor der Flut gedeckt worden sein', sagte Noah, strich sich über seinen Bart und zu Jafet gewandt: ‚Die musst du nun anständig füttern, damit die Jungen genug Milch bekommen.'

‚Kein Schlafkraut?'

‚Nein, erst wieder, wenn die Jungen feste Nahrung vertragen.'

‚Darf ich sie mit nach oben nehmen?', fragte Leilani.

‚Noch nicht,' erwiderte Noah. ‚Erst, wenn sie die Augen aufmachen. Dann brauchen sie auch ein wenig Bewegung, damit sie sich gesund entwickeln.'

Mit sich überschlagender Stimme berichtete Leilani noch vor dem Frühstück im Gemeinschaftsraum, was sich in der vergangenen Nacht zugetragen hatte. Alle gingen hinunter und bestaunten die sechs jungen Hunde. Seit beginn der Flut war es das erste Mal, dass eine Hündin in der Arche Junge bekam.

Am Abend erzählte Jafet dann eine Geschichte, die von einem Hund handelte."

Ein Kaufmann verreiste immer mit seinem Hund Wasan. Wenn sie in ein Dorf oder eine Stadt kamen, ging er auf den Marktplatz und bot dort seine Waren an. Der

Hund beschnupperte alle Leute, die an den Verkaufsstand kamen. Der Kaufmann beobachtete das Verhalten seines Hundes genau. Wenn der Vierbeiner um den möglichen Kunden herum ging, ihn ausführlich beschnupperte und sich dann einem anderen Kunden zuwandte, wusste er, dass der Mann oder die Frau nur wenig Geld besaßen. Mit denen würde er kein nennenswertes Geschäft machen können. Aber wenn der Hund um den künftigen Kunden herum tapste, ihn beschnupperte und abschließend seine Schnauze gegen die Schuhe oder Sandalen des Fremden stupste, dann war das ein sicheres Zeichen, dass der Mann oder die Frau Goldmünzen bei sich trugen. Bei denen pries der Kaufmann dann seine Waren an, als handele es sich um exklusive Produkte. Er bemühte sich, alle Vorzüge herauszustellen, und behauptete, dafür nur einen Spottpreis zu verlangen.

Denn er hatte seinen Hund Wasan darauf trainiert, Gold zu erschnuppern. So verschwendete er keine Zeit mit zahlungsunwilligen Leuten. Er konzentrierte sich auf die reichen und hatte gelernt, ihnen das Gold aus den Taschen zu locken. Seine Geschäfte liefen blendend. Der Hund war goldwert.

Es traf den Kaufmann deshalb fast wie ein Schlag, als der Wasan plötzlich nicht mehr da war. Er rief ihn, aber er kam nicht. Womöglich war er müde und ist schon zur Herberge gelaufen, dachte der Kaufmann. Er packte seine Sachen zusammen und machte sich auf den Weg zur Herberge am Rande der Stadt. Doch der Hund war nicht in der Herberge. Nachts bekam der Kaufmann kein Auge zu und ging früh morgens gleich zum Marktplatz. Dort waren die Bauern und Händler just damit beschäftig, ihre Stände herzurichten.

„Hat jemand meinen Hund gesehen?!", rief der Kaufmann über den Platz, damit es jeder hörte. Doch es kam

keine Antwort. Er machte einen neuen Versuch: „Er hört auf den Namen Wasan!" Unbeirrt gingen die Leute auf dem Marktplatz ihren Geschäften nach. Entmutigt wollte der Kaufmann den Handelsplatz verlassen. Er blieb noch einmal stehen und rief: „Wer mir meinen Hund zurückbringt, bekommt zehn Goldmünzen als Belohnung!"

Anschließend ging er wieder zur Herberge. Womöglich hatte sich der Hund dort inzwischen eingefunden. Doch Wasan war immer noch nicht in der Herberge. Der Kaufmann trauerte, weil der Hund für ihn gewinnbringend war. Sie beide bildeten ein unübertreffliches Team. Es würden Monate ins Land ziehen, bis er einen neuen Hund entsprechend trainiert hatte. Und manche Vierbeiner hatten so wenig Grips im Kopf, dass sie es nie kapierten. Dann kam ihm der Gedanke, dass die Leute den Hund vielleicht nicht erkennen würden. Denn Wasan folgte nicht jedem, der seinen Namen rief. Der Kaufmann ging wieder zum Marktplatz. Er wollte den Leuten zeigen, wie groß sein Hund war und dass er ein hellbraunes Fell und einen schwarzen Schwanz hat. Doch als er auf dem Platz eintraf, befand sich dort kein Mensch. Alle Marktstände waren weggeräumt, weit und breit niemand. Dabei stand die Sonne noch lange nicht im Zenit. Wieso waren alle verschwunden?

In einem schattigen Hauseingang entdeckte der Kaufmann einen alten Mann sitzen, der keine Beine mehr hatte und vom Betteln lebte.

„Was ist hier los? Wo sind die Leute?", fragte er den Alten.

Der Alte hob den Kopf: „Die suchen alle deinen Hund."

Irritiert, aber doch zufrieden schaute der Kaufmann umher: „Halte die Augen offen, ich komme heute Nachmittag wieder." Er warf dem Alten zwei Kupfermünzen in dessen Hut, drehte er sich um und schritt Richtung Herberge davon.

Etwa eine Stunde nachdem der Kaufmann sich entfernt hatte, holperte ein Kesselflicker mit seinem Wagen auf den Marktplatz. Erstaunt über die Leere, sah er sich um und entdeckte den beinlosen Alten im Hauseingang. Er fuhr zu dem Krüppel und hielt unmittelbar vor ihm sein Gefährt an.

„Hier, nimm das!", sagte er und reichte dem alten Mann vom Kutschbock herab einen abgenutzten kurzen Strick. „Binde den Köter daran und halte ihn gut fest. Das Vieh verfolgt mich schon zwei Tage. Ich weiß, meine Hündin ist läufig. Aber ich lass sie nicht von jeder dahergelaufenen Töle bespringen."

Der beinlose Mann erkannte den Hund des Kaufmanns hinter dem Wagen. Sehnsüchtig schaute das Tier hinauf. Dort oben hatte der Kesselflicker seine Hündin angebunden. Wasan duckte sich und machte Anstalten, auf den Wagen zu springen. Der Kesselflicker sah es und schwang die Peitsche. Sofort wich Wasan zurück, denn offenbar hatte er die Knute schon zu spüren bekommen.

„Hier, damit kannst du ihn locken". Der Mann auf dem Kutschbock warf dem Beinlosen ein kleines Stück Wurst zu.

Wasan hatte das Geschehen verfolgt und schnupperte. Langsam tappte er auf den behinderten Mann zu, der das Stück Wurst in der Hand hielt. Er zog es zurück, als Wasan sich bis auf eine Armlänge genähert hatte. Der Hund schnupperte erneut und kam noch näher. Da ließ der Alte die Wurst zu Boden fallen, schlang blitzschnell das Seil um den Hals des Hundes und zog es fest. Hasan schnappte gierig nach der Wurst. Offenbar hatte er schon längere Zeit nichts gefressen. Erst nachdem er den Brocken verschlungen hatte und wieder zum Wagen wollte, bemerkte er seine Gefangenschaft. Der Kesselflicker knallte mit der Peitsche und preschte mit dem Wagen davon. Jaulend zerrte Hasan am Strick und sah der Hündin auf dem Wagen nach. Es dauerte einige Zeit, bis sich der Hund beruhigte und vom beinlosen Mann streicheln ließ.

Endlich kamen auch wieder einige Stadtbewohner zurück auf den Marktplatz. Sie entdeckten Wasan bei dem Krüppel und wollten wissen, wie der Alte es geschafft hatte, den Hund zu fangen, obwohl er nicht laufen konnte. Der Beinlose zuckte nur vielsagend mit den Schultern und sagte: „Aber meine Herrschaften, könnt ihr schweigen? – Ich auch."

Kaum hatte er es ausgesprochen, da schob der Kaufmann die Leute beiseite. Wasan sprang auf und sein Herr umarmte ihn liebevoll. Das Wiedersehen von Mensch und Tier war herzlich. Anschließend gab der Kaufmann dem beinlosen Mann die angekündigten zehn Goldmünzen. Wie er es fertig gebracht hatte, den Hund einzufangen, wollte er gar nicht wissen.

„Manche Leute haben einfach Glück in ihrem Leben", schloss Suvork seinen Bericht. „Obwohl sie im Nachteil zu sein scheinen, fliegt es ihnen einfach zu."

Das geschmorte Kaninchen

„Auch Kaninchen hatten wir mehrere an Bord der Arche", begann Suvork am folgenden Abend zu erzählen. „Sie gehörten ebenfalls zum lebenden Proviant und bekamen kein Schlafkraut zu fressen. Denn sie sollten sich vermehren, was sie auch leidenschaftlich taten. Haikal, die Frau Noahs, war Meisterin darin, Kaninchen zu schmoren. Die Augen aller glänzten, wenn sie mal wieder Kaninchen zubereitet hatte. Je nach Größe der Tiere schmorte sie zwei bis drei Stück, damit sich jeder sattessen konnte. Nach so einem Schmaus lobten alle Haikals Kochkünste. Sie strahlte dann immer. An einem Abend erzählte sie folgende Geschichte, in der es um ein Kaninchen ging."

„Hast du Kaninchen?", fragte der Kaufmann den Wirt einer Herberge.

„Ja, haben wir."

„Ich bin ungeheuer heißhungrig auf ein geschmortes Kaninchen."

„Kein Problem, ich werde eines schlachten und für dich zubereiten", sagte der Wirt und wollte in die Küche gehen.

Doch der Kaufmann hielt ihn zurück. „Da gibt es ein Problem. Meine Geschäfte liefen in den letzten Tagen nicht gut. Ich kann das Kaninchen nicht bezahlen. Aber auf dem Markt in Nethamua werde ich anständige Umsätze machen, wie jedes Jahr. Auf der Rückreise komme ich ja wieder hier vorbei und bezahle das Kaninchen. Du kennst mich doch. Ich habe schon oft bei dir gespeist."

Der Wirt sah den Kaufmann stirnrunzelnd an: „Na gut, bezahle auf der Rückreise."

„Und zum geschmorten Kaninchen hätte ich gerne

große weiße Bohnen. Die schmecken bei dir auch immer einsame Spitze."

„Geschmortes Kaninchen mit großen, weißen Bohnen", wiederholte der Wirt. „Geht in Ordnung."

Er holte ein Kaninchen aus dem Stall und schlachtete es. Denn er bereitete alle Speisen selber zu. Eine dreiviertel Stunde später servierte der Wirt das gewünschte Menü. Der Kaufmann ließ es sich schmecken, war rundum zufrieden und lobte den Wirt. Er verabschiedete sich und versicherte noch einmal, dass er bei der Rückkehr die Rechnung bezahlen werde.

Wie erwartet, machte der Kaufmann auf dem Markt in Nethamua günstig Geschäfte. Auch in zwei weiteren Städten lief der Handel bestens. Was er an einem Ort kaufte, konnte er in der nächsten Stadt mit Gewinn verkaufen. Auf der Rückreise kehrte er bei demselben Wirt ein, der ihm das köstliche Kaninchen zubereitet hatte.

„Heute werde ich meine Rechnung bezahlen", sagte er gleich bei der Begrüßung. „Ich habe Appetit auf ein Rebhuhn. Ich hoffe, du hast Rebhuhn im Angebot?"

„Gewiss."

„Wunderbar! Dann bitte ein gebratenes Rebhuhn mit Semmelklößen. Nachher bezahle ich dann beide Speisen zusammen."

Der Kaufmann ließ es sich wieder gut schmecken und war zufrieden mit den Kochkünsten des Wirts. Gesättigt strich er über seinen gefüllten Bauch und verlangte die Rechnung. Der Wirt bat um Geduld und verschwand in der Küche. Nach einer Viertelstunde legte er dem Kaufmann die Rechnung auf den Tisch.

„Entschuldige, dass es so lange gedauert hat."

Der Kaufmann riss die Augen auf: „Wie bitte?! Fünfzig Goldtaler. Ich gebe dir für jedes Essen einen Gold-

taler und trage es dir nicht nach, dass du dich verrechnet hast. Einverstanden?"

"Es tut mit leid, es handelt sich um kein Versehen. Ich habe mich nicht verrechnet und bestehe auf die 50 Goldtaler."

"Aber es waren doch nur ein Kaninchen mit weißen Bohnen und ein Rebhuhn mit Semmelklößen!"

"Ich habe sorgfältig zweimal nachgerechnet", sagte der Wirt. „50 Goldtaler."

"Das musst du mir erklären."

"Du warst lange weg", begann der Wirt. „Inzwischen hätte das Kaninchen zweimal Junge bekommen können. Etwa acht Kaninchen pro Wurf. Die weißen Bohnen hätte ich aussähen können. Das hätte eine ordentliche Ernte ergeben. Mit dem Verkauf der Kaninchen und der Bohnen hätte ich ein lohnendes Geschäft gemacht. Weil du aber das Kaninchen und die Bohnen gegessen hast, ist mir ein Verlust entstanden. Und der beträgt zusammen mit den beiden Mahlzeiten 50 Goldtaler. Du kannst gerne nachrechnen."

Der Kaufman war entrüstet und weigerte sich zu bezahlen. Das Wortgefecht ging hin und her. Letzten Endes standen sie vor einem Richter. Der ließ sich den Sachverhalt genau berichten. Sowohl der Wirt, als auch der Kaufmann berichteten übereinstimmend, was geschehen war. Nur mit der Rechnung war der Kaufman nicht einverstanden.

"Und du hast das Kaninchen und die weißen Bohnen serviert?", fragte der Richter den Wirt.

"Ja."

"Und du hast das Kaninchen und die weißen Bohnen gegessen?", fragte er den Kaufmann.

"Ja."

Der Richter legte seine Stirn in Falten. „Bevor du die

Bohnen gegessen hast, einigtet ihr beide euch auf den Kaufpreis?"

Die Streithähne verneinten die Frage. Der Kaufmann hatte den Eindruck, dass der Richter in seinem Urteil dem Wirt recht geben würde. Schnell bat er um eine Unterbrechung der Verhandlung. Der Richter fragte ihn warum.

"Ich bin ohne Verteidiger vor Gericht erschienen, weil ich dachte, ich sei im Recht", sagte der Kaufmann. "Ich glaube nun, es ist angebracht, mich in dieser Sache von einem Verteidiger beraten zu lassen."

Der Richter gewährte den Wunsch des Kaufmanns und vertagte die Verhandlung auf den nächsten Tag. Er belehrte den Wirt, dass er auch einen Verteidiger beibringen dürfe. Doch der lehnte ab.

Am nächsten Tag erschien der Kaufmann mit seinem Verteidiger vor dem Richter. Auch der Wirt war pünktlich zur Stelle. Der Verteidiger hatte einen schlichten Käfig mit einem kleinen Vogel darin mitgebracht. Der Vogel flatterte aufgeregt hin und her.

"Hast du dich mit dem Sachverhalt vertraut gemacht?", fragte der Richter den Verteidiger.

"Gewiss."

"Dann lasse bitte deine Verteidigungsrede hören. Warum hast du den Singvogel im Käfig mitgebracht? Was soll das?"

"Der gehört zu meiner Verteidigung", erwiderte der Advokat ruhig. "Dieser Singvogel ist einen achtel Goldtaler wert. Ich öffne nun den Käfig."

Kaum hatte er das getan, da flatterte der Singvogel davon und ward nicht mehr gesehen.

"Kann jemand diesen Singvogel nun noch verkaufen?", fragte der Verteidiger die Anwesenden. "Nein", beantwortete er dir Frage selber. "Einen Vogel,

der nicht mehr da ist, kann man nicht mehr verkaufen. Und ein Kaninchen, das nicht mehr da ist, kann keine Jungen mehr bekommen. Das Gleiche gilt für die Bohnen. Weil sie gegessen wurden, können sie nicht mehr ausgesät werden. Der Wirt war doch damit einverstanden, dass seine Speise gegessen wird. Oder? Von diesem Mann verlangt er jedoch, dass er für etwas bezahlen soll, was nicht mehr da ist."

Verblüfft sah der Richter den Verteidiger an. Er urteilte, dass der Kaufmann für die beiden Speisen weiter nichts als zwei Goldtaler zu bezahlen habe.

Versiegte Quelle

"Als Milwida mal wieder an der Reihe war, begann sie mit einem kurzen Gedicht", erzählte Suvork. „Danach folgte dann eine Geschichte, welche die Aussage der Verse vertiefte."

Schonungslos das Schicksal waltet.
Gnadenlos es sich entfaltet.
Viele mögen heftig klagen,
schlimmstenfalls sogar verzagen.

Doch Ereignisse sind wichtig.
Ärgerlich, wenn kostenpflichtig.
Unerwartet oft im Leben
fördern sie das Vorwärtsstreben.

Darum blicke wach und heiter
auf die Chance als Wegbereiter.
Denn die Welt braucht für die Beute
mutige und coole Leute.

Täglich holten vier Jungfrauen aus einem kleinen Dorf frisches Wasser von einer Quelle. Das Wasser sprudelte aus einer Felsspalte weit außerhalb des Dorfes. Sie brauchten nur ihre großen Krüge darunter zu stellen, ein wenig zu warten und schon waren die Behälter gefüllt. Zufrieden und auf dem Kopf balancierend trugen sie die Krüge den weiten Weg zurück in ihr Dorf.
Als die jungen Frauen eines Tages zur Quelle kamen, sprudelte kein Wasser aus dem Felsspalt. Ungläubig starrten sie auf den Felsen. Wo blieb das quirlige Nass? Sie wartete stundenlang und hofften, dass bald wieder

Wasser käme. Doch es floss kein Wasser. Der Felsspalt blieb trocken, als wäre dort niemals auch nur ein Tropfen heraus gehüpft. Betrübt und mit leeren Krügen eilten sie am Ende des Tages zurück ins Dorf. Der Abendstern leuchtete schon am dunkelblauen Himmel, als sie die ersten Häuser in der Ferne sahen. Gleich am nächsten Tag würden sie wieder hinaus gehen, um frisches Wasser zu holen.

Die Dorfbewohner rümpften die Nase und bezweifelten, dass wirklich kein Wasser mehr aus der Quelle käme. Denn seit vielen Jahren sprudelte es aus jener Felsenspalte, jeden Tag, immer.

„Vermutlich habt ihr getrödelt", sagte ein alter Mann. „Und als es dann zu dunkeln begann, hattet ihr Angst zur Quelle zu gehen und seid schnell wieder heimgelaufen."

Einige Dörfler nickten zustimmend. „So wird es gewesen sein." Wie heftig die vier Jungfrauen ihre Aussage auch beteuerten, die Bewohner blieben misstrauisch.

Gleich beim ersten Sollenstrahl hasteten die vier Frauen am nächsten Morgen zur Quelle. Der Wasservorrat im Dorf würde zur Neige gehen. Es war ihre Aufgabe, täglich für frisches Wasser zu sorgen. Fassungslos starrten sie auf den Felsspalt. Es sprudelte immer noch kein kostbares Nass daraus hervor. Sie warteten Stunde um Stunde. Kein Wasser.

„Was sollen wir nur machen", jammerte Ester, eine der Jungfrauen. „Das glauben uns die im Dorf nie." Sie begann zu weinen.

„Ohne Wasser können wir nicht zurück gehen", stellte Lydia kühl fest. „Nicht nur wir, dass ganze Dorf wird verdursten, wenn wir kein Wasser bringen." Sie sah sich um. Dichter Wald, ein üppiger Dschungel umgab die Quelle.

„Komm bloß nicht auf die Idee, in den Urwald zu gehen, um dort nach einer anderen Quelle zu suche",

sagte Ester mit aufgerissenen Augen und zitternder Stimme. „Dort sind gefährliche Tiere. Tiger, Löwen, Schlangen und was weiß ich noch alles!"

„Absolut! Im Dschungel lauern unbekannte Gefahren", stimmte Lydia zu. „Hoffen wir, dass morgen wieder Wasser hervorsprudelt."

Mit leeren Krügen gingen sie zurück ins Dorf. Dort wurden die Jungfrauen noch feindseliger empfangen als am Tag zuvor.

„Ich sehe es schon kommen", schimpfte der alte Mann. „Vermutlich erwarten die jungen Weiber, dass ich mich in meinem hohen Alter auf den beschwerlichen Weg zur Quelle mache, während sie Blumen pflücken, mit den Bienen um die Wette summen und sich in die Sonne legen!"

Die vier Jungfrauen waren verzagt, weil man ihnen nicht glaubte, dass die Quelle versiegt sei. Ganz gleich, was sie auch sagten. Sie ernteten argwöhnische Gesichter. Am folgenden Tag rannten sie sofort zur Quelle, jede mit ihrem Krug. Doch der Felsspalt war trocken wie tags zuvor.

„Wer von euch hat gesündigt?", fragte Ester und schaute jede Jungfrau durchdringen an.

„Wie kommst du darauf?", wollte Lydia wissen.

„Es ist doch offensichtlich. Gott straft uns und hat die Quelle austrocknen lassen. Eine oder mehrere von uns haben etwas Unrechtes getan. Warum sollte Gott uns sonst auf diese Weise strafen?"

Hanna hatte sich bisher im Hintergrund gehalten. Aber dass Ester ihr unterstellte, gesündigt zu haben, regte sie auf. „Ich war es nicht! Und für Lydia und Ruth lege ich meine Hand ins Feuer! Womöglich warst du es, die gesündigt hat!"

"Jetzt komm mir nicht so!", brüllte Ester. Sie setzte sich auf einen Stein und begann hemmungslos zu heulen.

"Beruhige dich." Lydia legte ihren Arm um Esters Schultern. Nachdem das Schluchzen verklungen war, erhob sie sich und verkündete: "Ich gehe eine neue Quelle suchen! Wer kommt mit?"

"In den Dschungel?", fragten Hanna und Ruth wie aus einem Mund.

"Habt ihr eine bessere Idee? Wo sonst könnten wir eine neue Quelle finden, als im Urwald. Wenn wir hier weiterhin warten, werden wir vor Durst sterben. Unter Umständen tun wir den letzten Schnaufer auch im Dschungel. Aber wir könnten erfolgreich sein und dort eine neue Quelle finden. Also, wer kommt mit?"

"Ich auf keinen Fall", sagte Ester. "Das ist viel zu gefährlich."

Ruth erhob sich und sagte mit leiser Stimme: "Ich komme mit."

"Was ist mit dir, Hanna?"

"Ich geh zurück ins Dorf."

"Die werden dich totschlagen!", kreischte Ester. Und dann etwas leiser: "Noch einmal ohne Wasser gehe ich nicht zurück."

Die Dörfler würden Hanna vermutlich nicht töten, aber die angesprochene blickte erschrocken auf. Offenbar begriff sie erst jetzt den Ernst der Lage und sagte, dass sie auch die neue Quelle suchen wolle.

Lydia, Ruth und Hanna verließen den Felsen, aus dem einst Wasser gesprudelt war und gingen in den Dschungel. Ester blieb allein zurück. Nachdem die vier Jungfrauen drei Tage ausgeblieben waren, sorgten sich einige Dörfler. Es gab auch kein frisches Wasser mehr im Ort. Deshalb machten sich zwei Männer auf den Weg zur Quelle. Dort fanden sie Ester. Sie lag tot neben der

Felsenspalte und war offenbar verdurstet. Aus dem Felsen sprudelte immer noch kein Wasser. Die Männer schauten sich um. Wo waren die anderen drei Jungfrauen?

Da knackte es im Urwald. Die Männer griffen nach ihren Dolchen, bereit, um mit einem Raubtier zu kämpfen. Doch aus dem Dickicht sprang kein Tiger, auch kein Löwe. Lydia und Ruth schoben Sträucher beiseite und bahnten sich einen Weg auf die Lichtung am Felsen. Auf ihrem Kopf trug jede einen großen Krug.

„Wir haben eine neue Quelle gefunden", verkündeten sie stolz, nachdem sie die mit frischem Wasser gefüllten Krüge abgesetzt hatten.

„Wo ist Hanna?", fragte einer der Männer.

Die beiden Frauen senkten den Kopf: „Die ist bei unserer Suche abgerutscht und in eine Schlucht gestürzt. Wir konnten ihr leider nicht mehr helfen. - Aber wir haben eine neue Quelle gefunden. Probiert das Wasser! Es ist köstlich und schmeckt besser als aus dem alten Felsenloch."

Angeltag

„Magst du gerne Fisch?", fragte Suvork mich.

„Ja, gelegentlich. Wenn er gut zubereitet ist."

„Ich hatte ja schon davon berichtet, dass der Sturm an einem Tag Fische in die Arche spülte. Alle hofften, dass das noch einmal passieren würde. Denn so ein frischer Fisch ist schon etwas Leckeres. An Bord hatten wir nur

Landtiere, nichts, was im Wasser lebt. Die Arche dümpelte so vor sich hin. Der Sturm hatte sich gelegt und lieferte keine frischen Fische. Als Sem dann eines Abends seine Bohnen löffelte, sagte er beiläufig: „Jetzt ein gebratener Fisch. Das wär's'. Allen lief sofort das Wasser im Mund zusammen, obwohl sie köstliche Bohnen futterten. Jafet blickte auf und sagte: ‚Ich hab da eine Idee. Wir haben doch noch die Wolle von den Schafen. Daraus könnten wir eine Angelschnur spinnen.'

‚Wer weiß, ob die stark genug ist, und hält', sagte Ham mit aufgeblasenen Wangen. ‚Wenn du einen Strick ins Wasser hältst, beißt definitiv kein Fisch an. Die Angelschnur muss so dünn sein, dass die Fische sie nicht sehen, jedenfalls nicht gleich.'

‚Wir probieren es aus!' Jafets Augen blitzen, als habe er bereits einen Fisch an der Angel.

Es gab nur eine Spindel an Bord. Aber die Frauen machten sich sofort an die Arbeit. Sie wechselten sich an dem Gerät ab. Schon nach einem Tag präsentierten sie feine Schnüre. Noah nahm eine Schnur zur Hand und zog an beiden Enden. Sie zerriss, ohne dass er viel Kraft anwenden musste.

‚Verdrillt drei Schnüre miteinander', sagte Noah. ‚Mal schauen, wie reißfest sie dann ist.'

Die Frauen verdrillten je drei der feinen Schnüre miteinander. Als Noah die neue Schnur zerreißen wollte, hatte er echt Mühe. Es gelang ihm zwar, aber alle waren der Meinung, dass sie nun eine reißfeste Angelschnur hatten, an der ein großer Fisch hängen konnte.

Emsig schnitzten die Männer aus Knochen und Zedernholz Angelhaken. Alle hofften, dass man damit Fische fangen könnte. Vor ein paar Tagen hatte Noah ein Schaf geschlachtet. Dessen Knochen eigneten sich genial für die Angelhaken. Später zeigte sich, dass die Haken aus Holz weniger Belastung aushielten. Am liebsten hätte Noah die Angelhaken aus Eisen gemacht. Aber dafür wurde das Feuer in der Arche nicht heiß genug. Die Temperatur zu erhöhen, war zu gefährlich. Die gesamte Arche war aus Holz und hätte womöglich Feuer gefangen. Als Köder kneteten sie aus Mehl mit einem Ei und etwas Wasser einen festen Teig, den sie um die Haken klebten."

„Moment", unterbrach ich Suvork. „Soll das heißen, dass Noah Eisen verarbeiten konnte."

„Ja, wieso?"

„Die Gewinnung von Eisen aus Erz wurde von den Menschen doch erst ein paar tausend Jahre später erfunden. Eisen lag doch nicht ohne weiteres so in der Gegend wie beispielsweise Gold."

„Aha", dehnte Suvork dieses eine Wort. „Ich weiß, so steht es in den gegenwärtigen Geschichtsbüchern. Steinzeit, Bronzezeit, Eisenzeit. Und die Eisenzeit wurde auf etwa 800 vor Christi datiert."

„Dafür gibt es eindeutige Beweise", sagte ich.

„Richtig ist, dass die Verarbeitung von Eisen wiederentdeckt wurde. Noah kannte das Verfahren bereits. Es ging verloren. Einmal durch die große Flut. Alle Schmiede und deren Gehilfen ertranken. Noah gab das Wissen zwar an seine Nachkommen weiter. Aber unter denen gab es dann immer wieder Kriege. Um den Gegner zu schwächen, brachte man gegenseitig die Fachleute für die Anfertigung von Schwertern um, die Schmiedemeister und deren Gesellen. Man habe ja ausreichend Waffen, dachten jene Menschen. Aber Eisen rostet und es lebten nach wilden Kämpfen mit vielen Toten keine Schmiede mehr, die ihr Wissen weitergeben konnten. Niemand wusste mehr, wie scharfe Klingen für Dolche und Schwerter aus Eisen, besser gesagt Stahl, hergestellt werden. Die Steinzeit brach an. – Was glaubst du, was heute passiert, wenn Gott den elektrischen Strom auf der ganzen Welt abschaltet? Steinzeit! Aber das macht er nicht, glaube ich."

Suvorks Erklärung klang zwar einleuchtend, aber mehr oder weniger weit hergeholt. Mit fiel kein brauchbares Gegenargument ein. Als ich schwieg, setzte Suvork seinen Bericht fort.

„Nachdem vier Angeln vorbereitet waren, stiegen Noah und seine drei Söhne hinauf zu den Lüftungsschlitzen. Durch die warfen sie ihre Angeln hinaus. Sie verwendeten keine elastischen Angelstöcke, wie es heute bei Fischern üblich ist. Sie banden die Enden der Schnüre einfach an einen Balken. Die Angelleine hielten sie locker in der Hand, um zu erspüren, ob ein Fisch angebissen hat.

Nach etwa einer Stunde rief Ham aufgeregt: ‚Ich hab einen!', stürmisch zog er an seiner Schnur, die in die Hände schnitt.

‚Langsam', verlangte Noah. ‚Sonst reißt die Leine.'

‚Hoffentlich ist der Fisch nicht zu groß', gab Jafet zu bedenken. ‚Wäre zu schade, wenn er nicht durch den Lüftungsschlitz passt.'

‚Boa, ist der schwer', stöhnte Ham und zog kräftig. Seine Augen blitzten. Er hatte den ersten Fisch gefangen und zog und zog an der Leine. Plötzlich fühlte er kein Gewicht mehr. ‚Verdammt! Die Schnur ist gerissen!' Enttäuscht hielt er das Ende des Fadens in der Hand und sah durch den Lüftungsschlitz. Der Fisch war offenbar zurück ins Wasser gefallen.

‚Vermutlich war er zu groß, oder er hat die Angelschnur durchgebissen', sagte Noah und legte eine Hand tröstend auf Hams Schulter. ‚So etwas kommt vor. Versuch es erneut.'

‚Und wenn wir die Lüftungsschlitze erweitern? Aus zwei mach einen?'

‚Kommt nicht in Frage, Ham', erwiderte Noah kühl. ‚Die Schlitze bleiben, wie sie sind. Wir wollen die Stabilität der Arche nicht gefährden. Los binde einen neuen Haken an die Schnur und klebe den Köder dran.'

Eine halbe Stunde später zuckte es an Noahs Angelschnur. Langsam und vorsichtig zog er den zappelnden Meeresbewohner an Bord. Der Fisch maß genau so viel, wie seine Hand vom Handgelenk bis zu den Fingerspitzen. Ein kleiner Fisch, aber dick. Zufrieden zeigte er seine Beute den Söhnen.

Auch die fingen anschließend Fische. Jafet zog den größten an Bord. Er maß eine Elle. Gegen Abend hatten sie zehn Fische gefangen. Zufrieden stiegen sie von den Lüftungsschächten hinab und präsentierten den Frauen ihren Fang.

Danach genoss man die zubereiteten Fische. Einige wurden gebraten, etliche gegrillt und stets lecker gewürzt. Auch ich bekam einen großzügigen Happen ab", sagte Suvork.

Er neigte den Kopf. Offenbar hing er der bemerkenswerten Szene nach und spürte den Fisch noch einmal auf seiner Zunge. Ob seine Augen leuchteten, konnte ich nicht erkennen. Denn sie schimmerten rabenschwarz, wie immer. Auch der hauchdünne silberfarbene Rand um den Augapfel verriet nichts.

„Hast du jetzt Appetit auf einen Fisch", fragte ich.

„Oh, ja! Was hast du da?"

„Heringe in Tomatensoße und Sardinen in Öl, beides in Blechkonserven."

„Keine große Auswahl", brummte Suvork. „Aber eine oder zwei Sardinen. Das wäre super."

Ich stieg in den Keller hinab, holte eine Konservendose Sardinen und servierte sie auf einem Frühstücksteller. Offenbar hatte Suvork schon lange keinen Fisch gespeist. Denn er schnappte gierig zu. Es blieb nicht bei einer Sardine. Den Inhalt der ganzen Dose stopfte er in sich hinein. Danach erzählte er eine Geschichte, die Ägyptus vorgetragen hatte.

Der geheimnisvolle Job

Johannes lebte in einer bescheidenen Hütte. Täglich ging er zum Marktplatz und sprach dort Leute an, die einen Arbeiter suchten. Durchweg gleich, was sie ihm boten: auf dem Feld, in der Scheune oder in der Schreibstube. Er nahm jede Tätigkeit an. Hauptsache, sie wurde angemessen bezahlt.

An einem Markttag zog ihn eine Frau in einen dunklen Winkel zwischen zwei Marktständen. „Ich möchte nicht, dass die Leute sehen, dass ich dich angesprochen habe", sagte die Frau. „Es geht um einen Job, den ich anständig bezahle. Niemand darf davon erfahren. Bist du der richtige Mann für so etwas?"

Johannes sah die Frau von oben bis unten an. Er hatte sie noch nie auf dem Markt bemerkt. Sie war gut gekleidet und schien wohlhabend zu sein.

„Um was geht es?", fragte er.

„Nicht hier. Das werde ich dir erklären, nachdem du zu mir gekommen bist."

„Wo wohnst du?"

„In der Nachbarstadt im Osten."

"Das sind fast zwei Stunden Fußweg", gab Johannes zu bedenken.

"Ist das zu weit für dich?"

"Nein, keineswegs. Schaff ich locker."

Die Frau erklärte ihm, wo sie wohnte und dass er erst kurz nach Mitternacht zu ihrem Haus kommen solle. Es dürfe ihn keine Menschenseele am Domizil sehen und er dürfe auch mit niemandem über den ehrenhaften Job sprechen. Er solle auch nicht am Haupteingang klopfen, sondern auf der Rückseite durch ein Fenster einsteigen. Sie würde dort eine Leiter in den Garten legen und das Fenster unverschlosen lassen. So könne er ganz bequem ins Haus kommen, ohne gesehen zu werden, weil hinter dem Haus große Bäume und dichte Büsche stünden. Sie würde oben im Zimmer auf ihn warten und dann genau erklären, was er zu tun habe.

Johannes stimmte dem Auftrag zu, obwohl er kein gutes Gefühl dabei hatte. Aber er brauchte das Geld. Denn er beabsichtigte, seine geliebte Debora zu heiraten. Doch ihr Vater wollte erst zustimmen, wenn Johannes genügend Gold für seine Tochter auf den Tisch legte. Dass er seit geraumer Zeit eine kleine Hütte besaß, zählte nicht beim zukünftigen Schwiegervater. Es war im Ort üblich, dass der künftige Schwiegersohn vor der Hochzeit für seine Frau bezahlte.

Johannes überlegte: Was sollte schon passieren? Er war ein junger und kräftiger Mann. Abends hatte er sich mit Debora verabredet. Den Termin sagte er ab. Sie wollte wissen, warum. Johannes druckste herum. Er dürfe nicht darüber sprechen. Das machte Debora erst recht wissbegierig. Sie bohrte weiter und hörte erst auf, als er erklärte, dass er keinen Lohn erhielte, wenn jemand von dem geheimen Auftrag erführe. "Kein Wort! Zu niemand. Bitte!" Debora nickte.

Rechtzeitig machte Johannes sich auf den Weg zur Stadt im Osten. Kurz nach Mitternacht traf er dort ein. Er fand das Haus und ging zur Rückseite. Die Leiter war nicht zu übersehen. Er stellte sie an die Hauswand und kletterte empor. Das Fenster stand offen wie angekündigt. Er schwang sich in das dunkle Zimmer. Darin konnte er nichts erkennen. Unvermittelt öffnete jemand eine Tür und trat mit einer brennenden Öllampe in den Raum. Die Flamme zuckte nervös und verbreitete nur wenig Helligkeit. Nachdem sich Johannes' Augen an das spärliche Licht gewöhnt hatten, erkannte er im flackernden Lichtschein die Frau vom Markt, seine Auftraggeberin. Sie stellte die Lampe auf einen kleinen Tisch neben der Tür und griff nach einem Gegenstand, den Johannes nicht sogleich identifizierte. Dann sah er ihn, den Bogen in ihren Händen, wie er beim Jagen oder im Krieg verwendet wird. Sie legte einen Pfeil an die Sehne und richtete ihn auf Johannes.

„Ich werde dich jetzt erschießen", sagte die Frau in kühlem Ton, als habe sie es einstudiert. „Denn du bist ein Räuber und hast dich von hinten in mein Haus geschlichen. Mein Mann hat dich überrascht. Aber er war nicht schnell genug. Du hast ihn erstochen."

„Was habe ich?"

„Da." Die Frau deutete mit der Nasenspitze auf den Boden des Zimmers.

Dort lang ausgestreckt ein Mann, den Johannes noch gar nicht bemerkt hatte bei dem geringen Licht der Öllampe. In seiner Brust steckte ein Dolch. Ein Blutfleck hatte sich um die Einstichstelle gebildet. Der Mann rührte sich nicht.

„Niemand wird auf die Idee kommen, dass ich ihn tötete", sagte die Frau. „Und nun bist du dran, der Mörder meines Mannes."

„Und mein Job ...", Johannes hatte noch nicht begriffen.

„Das war dein Job", sagte die Frau eisig und spannte den Bogen.

Im selben Augenblick als die Frau schoss, traf ein kräftiger Schlag Johannes von hinten in den Rücken. Er wurde auf den Boden geschleudert. Der Pfeil zischte an ihm vorbei in den Fensterrahmen.

„Hilf mir!", brüllte Deboras Bruder, der plötzlich im Zimmer stand.

Er stürzte sich auf die Frau, die schon einen neuen Pfeil in der Hand hatte und schlug ihren Arm zur Seite. Das Geschoss fiel zu Boden. Die Frau holte mit dem Bogen aus und schlug auf ihn ein. Inzwischen hatte Johannes sich aufgerappelt und griff nach dem Bogen. Wortlos nahmen die beiden Männer ihr die Waffe ab.

„Gib mir den Strick! Drüben auf dem Regal!"

Gemeinsam fesselten sie das zappelnde Weib.

„Wo kommst du denn plötzlich her?", fragte Johannes keuchend seinen künftigen Schwager, nachdem sie die am Boden liegende Frau an Händen und Füßen festgeschnürt hatten.

„Debora hat mir von deinem geheimnisvollen Job erzählt. Sie vermutete allerdings, dass du dich mit einer heimlichen Geliebten triffst und bat mich, dir zu folgen. Ich bin ebenfalls die Leiter hoch und sah, was sich hier abspielte. Die Alte bemerkte mich nicht, weil ich hinter dir stand. Gerade noch rechtzeitig konnte ich dich mit einem brutalen Stoß zu Boden werfen. Dass ich dir heute Nacht das Leben retten würde, hatte ich im Traum nicht erwartet."

Die bösen Schwiegertöchter

„Einmal belauschte ich ein Gespräch zwischen Noah und seiner Frau Haikal", begann Suvork den Abend.

„Ich werde ein ernstes Gespräch mit unseren Schwiegertöchtern führen", sagte Haikal. „So geht das jedenfalls nicht weiter."
„Was ist passiert?"
„Passiert? Merkst du gar nicht, wie mich die Frauen meiner Söhne fertig machen wollen?"
„Es sind auch meine Söhne."
Haikal überhörte Noahs Einwand und setzte ihre Klage fort.
„Wenigstens hätten sie uns schon Enkel schenken können", zeterte Haikal. „Aber nein, nicht einen einzigen Enkelsohn, geschweige Enkeltochter. Ohne Kinder wird die Menschheit aussterben."
„Die kommen schon noch", sagte Noah. „Hab bitte Geduld."
„Geduld, Geduld, hinter meinem Rücken tuscheln sie miteinander. Manchmal habe ich das Gefühl, sie hecken etwas aus."
„Was denn?"
„Keine Ahnung. Aber ich komm schon noch dahinter. Früher haben wir vor dem Einschlafen immer noch im Bett miteinander geplaudert. Jetzt sind sie müde, behaupten sie, und reden kein Wort mit mir."

„Wie?," unterbrach ich Suvork. „Schlief Noahs Frau mit den Frauen seiner Söhne in einem Bett?"
„Nein, jede hatte ihr eigenes Bett. Aber sie schliefen alle im selben Raum, die Frauen. Noah hatte in der Arche zwei Schlafräume eingerichtet, einen für die Frauen und

einen für die Männer. Der eine lag auf der einen Seite der Arche, der andere auf der gegenüberliegenden. Wäre die Arche ein Schiff gewesen, mit Bug und Heck, dann hätte man sagen können, dass die einen an Backbord und die anderen an Steuerbord schliefen. Aber wie ich schon erzählte, die Arche war kein Schiff. Es gab kein hinten oder vorn. Eben ein rechteckiger Kasten, besser gesagt eine riesige Truhe."

„Hm," machte ich nachdenklich. „Sollten die Ehepaare einander nicht zu nahe kommen? Ich meine, keinen Sex miteinander haben?"

„Doch, Sex hatten die Paare schon. Aber eben nicht in den Schlafräumen. Es gab genügend dunkle Ecken an Bord, wo sie ungestört waren. Beachte, dass jeder Sohn Noahs für eine Etage, beziehungsweise für ein Deck zuständig war."

„Warum dann die getrennten Schlafräume?"

„Es war in jener Zeit nicht üblich, dass Eheleute im selben Bett schliefen", erklärte Suvork. „Das gab es nur bei armen Leuten. Noah war jedoch ein wohlhabender Mann mit einem großen Haus. Er und seine Frau Haikal, die hatten jeder ihr eigens Schlafgemach. Das war vermutlich der Grund, weshalb er nicht für jedes Ehepaar ein Schlafzimmer einbaute. Ich empfand nichts dabei. Wir haben nicht darüber gesprochen. Und es beklagte sich auch niemand über die getrennten Schlafstätten. – Möchtest du nun noch wissen, was weiter an jenem Tag geschah, von dem ich zu erzählen begann?"

„Ja, bitte. Entschuldige meine Unterbrechung."

„Kann es sein, dass du eifersüchtig bist?", fragte Noah.

„Eifersüchtig? Wie kommst du darauf?"

„Es sind deine Söhne, wie du eben noch betontest. Du

warst die erste Frau in ihrem Leben. Aber nun hat jeder eine andere Frau und bespricht mit ihr Dinge, mit denen er früher vermutlich zu dir gekommen wäre."

„Unfug!", sagte Haikal barsch.

„Mir fiel auf, dass du unseren Schwiegertöchtern immer wieder Anweisungen gibst, weil du denkst, dass sie irgendetwas nicht richtig machen."

„Na und, die sollen froh sein, dass sie von einer erfahrenen Frau lernen können."

„Ich könnte mir denken", sagte Noah bedächtig, „dass unsere Schwiegertöchter das als Einmischung empfinden. Natürlich haben sie nicht so viel Lebenserfahrung wie du und machen Fehler, die dir nicht mehr passieren. Gib ihnen die Zeit, selber zu lernen und Erfahrungen zu machen."

„Ja, ja, stell dich nur hinter die Frauen meiner Söhne und fall mir in den Rücken!", protestierte Haikal.

„Du hast schon wieder, ‚meine Söhne', gesagt", flüsterte Noah. „Sie gehören dir nicht."

„Jetzt werde nicht spitzfindig."

„Und bedenke", sagte Noah, „unsere Schwiegertöchter haben keine Mutter mehr, zu der sie bei Problemen gehen könnten. Weil die in der Flut ertrunken sind. Du bist ihnen noch fremd. Sie sind erst dabei, sich an dich zu gewöhnen. Das braucht seine Zeit."

„Stell dir vor", sagte Haikal, ohne auf Noahs Begründung einzugehen. „Da hat die kleine Leilani mich brutal von der Feuerstelle gestoßen. Einfach so, als habe ich da nichts zu suchen."

„Nun mal langsam. Was ist genau geschehen."

„Sie war am Kochen. Eintopf. Ich tauche den Löffel in den Tiegel und probiere. Fad. Es fehlte schlicht und ergreifend Salz. Also sage ich ihr, dass da noch Salz hineingehört. Und mit etwas Pfeffer würde der Eintopf besser

schmecken. Da packt die mich wortlos an den Schultern und schiebt mich einfach weg. Beinahe wäre ich gestolpert und gefallen. Tut man so etwas? Behandelt man so seine Schwiegermutter, wenn die einen gutgemeinten Rat gibt?"

„Sie hat dich also nicht gestoßen, sondern sanft aus ihrem Tätigkeitsfeld geschoben?"

„Ja, ja, nimm sie nur wieder in Schutz."

„Ich versuche nur, mir ein Bild davon zu machen, was geschehen ist", sagte Noah.

„Aus der Ferne beobachtete ich dann, dass sie wirklich Salz und Pfeffer nachwürzte", sagte Haikal triumphierend.

„Dann ist doch alles gut. Sie hat deinen Rat befolgt."

„Nichts ist gut. So behandelt man seine Schwiegermutter nicht", zeterte Haikal erneut.

„Der Dialog hätte womöglich nie geendet", unterbrach Suvork seinen Bericht, „wenn nicht plötzlich Jafet mit lauten Schritten in den Gemeinschaftsraum gekommen wäre. Er schaute seine Eltern stumm an und setzte sich auf seinen Lieblingsplatz. Haikal und Noah schwiegen wie verabredet. Später, nach dem Abendessen, als es Zeit für die Geschichte war, wurde der Abend überraschend anders gestaltet."

Ohrfeigen vor Gericht

„An jenem Abend war Leilani, die junge und bildschöne Frau Jafets, mit einer Geschichte dran", krächzte Suvork, nachdem er einige bereitgestellte Popcorns gefuttert hatte. „Leilani erklärte, dass sie ihre Erzählung nicht einfach vortragen wolle. Sie habe Milwida und Ägyptus überzeugt, die Geschichte gemeinsam zu spielen. Ein kleines Theaterstück hätten sie in den letzten Tagen einstudiert. Und weil es eine Überraschung werden sollte, hätten sie es heimlich geprobt.

Haikal saß wie erstarrt da. Ich konnte sehen, wie sie begriff, weshalb ihre Schwiegertöchter sie in letzter Zeit nicht an allen Gesprächen teilnehmen ließen und sie nicht eingeweiht hatten.

Bevor sie mit der Aufführung begannen, zogen sich die drei Frauen zurück, um ihre Kleidung für das Theaterstück zu wechseln. Noah, Haikal und ihre drei Söhne warteten gespannt, was geschen würde.

Dann traten sie auf. Leilani hatte sich einen aus schwarzer Wolle gefertigten Bart ins Gesicht gebunden und ein weißes Tuch um den Kopf gewunden. Es sah aus wie ein mächtiger Turban. Um den Bauch trug sie eine breite, rote Schärpe über dem schwarzen Gewand. Sie spielte einen Richter. Milwida spielte die Klägerin und Ägyptus die Angeklagte. Beide Frauen trugen vornehme, weiße Gewänder. Mit Perlenketten und goldenen Ringen an Händen und Ohren zeigten sie ihren Wohlstand. Ich gebe jetzt den Text der Rollen wieder", sagte Suvork.

Klägerin (Milwida): Herr Richter, ich werfe der Angeklagten vor, dass sie mir grundlos eine Ohrfeige gegeben hat.

Richter (Leilani): Angeklagte, was sagen Sie dazu?

Angeklagte (Ägyptus): Die Ohrfeige war nicht grundlos. Weder die erste, noch die dritte.

Richter: Sie meinen, weder die erste noch die zweite Ohrfeige?

Angeklagte: Nein, ich meine die erste und die dritte Ohrfeige.

Richter: Und was ist mit der zweiten Ohrfeige?

Klägerin: Die zweite Ohrfeige erhielt die Angeklagte von mir.

Richter: So, so. Zwei zu eins.

Klägerin: Ich verlange fünfzehn Goldmünzen als Entschädigung.

Angeklagte: Ich verlange ebenfalls fünfzehn Goldmünzen als Entschädigung.

Richter: Sie haben doch nur eine Ohrfeige bekommen. Wieso verlangen sie auch fünfzehn Goldmünzen als Entschädigung?

Angeklagte: Die Ohrfeige der Klägerin zählt für zwei, weil sie so heftig war.

Klägerin: Stimmt gar nicht!

Richter: Es geht also um drei Ohrfeigen? Nicht um weitere Schläge, fünf, zwanzig, fünfzig oder noch mehr?

Klägerin: Eine von mir.

Angeklagte: Und zwei von mir.

Richter: Schade. Sonst hätte ich sie beide als unzurechnungsfähig fortgeschickt. – Kommen wir zur ersten

Ohrfeige. Angeklagte, warum gaben Sie die erste Ohrfeige?

Angeklagte: Sie hat gesagt, mein Ehemann sei ein Faulpelz. Und deshalb gab ich ihr eine Ohrfeige.

Richter (an Klägerin): Stimmt das? Ist ihr Mann ein Faulpelz?

Klägerin: Keinesfalls! Er ist fleißig und korrekt.

Richter: Angeklagte, wie kommen Sie dazu, den Ehemann der Klägerin als Faulpelz zu bezeichnen?

Angeklagte: Unsere beiden Männer arbeiten in der Schreibstube des Bürgermeisters. Mein Mann arbeitet jeden Tag von Sonnenaufgang bis Sonnenuntergang. Seit fünf Jahren. Er hat noch nie eine Lohnerhöhung bekommen. Er wurde auch noch nie in eine höhere Position befördert. Der Ehemann der Klägerin nimmt sich ständig frei, wurde zum Aufseher in der Schreibstube befördert und hat eine Lohnerhöhung bekommen. Man munkelt, dass er Ratsherr werden soll. Da stimmt doch was nicht.

Richter: Klägerin, warum nimmt sich Ihr Mann ständig frei?

Klägerin: Weil er so hart arbeitet.

Richter: Weil er so hart arbeitet?

Klägerin: Ja, natürlich. Deshalb braucht er ab und zu eine Erholungspause. Das ist der Beweis. Nicht mein Mann, sondern der Ehemann der Angeklagten ist ein Faulpelz. Sonst würde er auch Erholungspausen brauchen und würde befördert werden.

Richter: Hm. – Merkwürdige Logik. Gibt es noch

andere Gründe, weshalb Sie die Anklägerin geohrfeigt haben?

Angeklagte: Ja, aus liebe zur Wahrheit. Meine Eltern haben mich zur Ehrlichkeit angehalten. Und da kann ich keine Lüge dulden.

Richter (krault seinen Bart): Schön. Kommen wir zum eigentlichen Anliegen zurück. Klägerin, wenn die Angeklagte sich bei Ihnen entschuldigt ...

Klägerin: Das ist ja wohl selbstverständlich. Außerdem erwarte ich die drei Goldmünzen.

Richter: Warum bestehen Sie auf die Zahlung des Geldes?

Klägerin: Weil ich mir dafür bereits einen Mantel beim Schneider bestellt habe.

Angeklagte: Aha! Jetzt verstehe ich. Sie hat mich absichtlich provoziert, um mich dann anzuklagen. Wie hinterhältig ist das denn?

Richter: Klägerin, stimmt das. Haben Sie absichtlich provoziert?

Klägerin: So ein Unfug! Durch die zwei Ohrfeigen kam ich erst auf die Idee, mir einen Mantel mit hohem Kragen schneidern zu lassen.

Richter: Klägerin und Angeklagte, ist dass ihr erster Streit miteinander?

Angeklagte: Ja. Wir waren bisher beste Freundinnen. Und deshalb weiß ich, dass die Klägerin zu allem fähig ist.

Richter: Klägerin, wenn Sie beide beste Freundinnen

sind, verstehe ich nicht, weshalb ich Sie hier vor Gericht sehe.

Klägerin: Weil ich recht habe und der Sachverhalt sonnenklar ist.

Richter: Es mag schon sein, dass der Sachverhalt für Sie sonnenklar ist. Aber vor Gericht ist es mit der Klarheit schnell vorbei. - Zurück zu den Ohrfeigen. Die Angeklagte behauptet, eine Ohrfeige erhalten zu haben, die doppelt zählt, also wie zwei Ohrfeigen. Gibt es beweise dafür?

Angeklagte: Aber sicher! Die Klägerin hätte mir eine weitere Ohrfeige gegeben. Das konnte sie aber nicht, weil sie sich beim ersten Schlag die Hand verstaucht hat.

Richter: Stimmt es? Haben Sie sich die Hand verstaucht?

Klägerin: Ja.

Richter: Wie lange waren sie arbeitsunfähig?

Klägerin: Zehn Tage.

Richter: Dann muss die Ohrfeige wirklich sehr heftig gewesen sein.

Angeklagte: Sag' ich doch!

Richter: Ich stelle fest, dass sich beide Parteien schon gegenseitig abgestraft haben. Weitere Forderungen auf Schadenersatz erübrigen sich deshalb.

Klägerin: Herr Richter, ich bestreite Ihre Entscheidung ganz entschieden.

Richter: Sie haben hier gar nichts zu bestreiten, außer den Gerichtskosten. Die betragen für Sie, die Klägerin, drei Goldmünzen. Weil sie diesen läppischen Fall vor Ge-

richt gebracht und meine kostbare Zeit verschwendet haben. Die Sitzung ist geschlossen!

„Noah, seine Frau und seine Söhne applaudierten anerkennend und lautstark nach dem kurzen Einakter", endete Suvork seinen Bericht. „Vereinzelt lachten sie während der Vorstellung sogar. Jafet war so begeistert, dass er sich ein weiteres Theaterstück wünschte."

Die untreue Schwester

Ein Ehepaar lebte glücklich und zufrieden mit seinen beiden Kindern. Einem Jungen und einem Mädchen. Sie bewirtschafteten ein Stück Land, das genügend abwarf, um sie zu ernähren und zu kleiden.

Doch in einem Jahr fiel mehr Regen als üblich. Schon im Frühjahr standen die Felder unter Wasser. Sie konnten nichts säen und im Herbst keine Ernte einlagern. Der Bauer machte sich keinerlei Sorgen. Denn er hatte genügend aus den Vorjahren eingebunkert. Davon würden sie ein Jahr essen können. Doch das Jahr war kaum um, als das Land von einer großen Dürre heimgesucht wurde. Die ausgebrachte Saat ging nicht auf. Selbst das Unkraut verbrannte in der glühenden Sonne.

Die Familie verkaufte alles, was sie entbehren konnte, um teure Lebensmittel zu erwerben. Selbst das Haus und das Land verkauften sie und lebten dann als arme Pächter in ihrem ehemaligen Haus. Die Dürre hielt an und wollte kein Ende nehmen. Eines Tages erkrankte die Frau des Bauern und starb. Nun waren sie nur noch zu dritt. Auch der Bauer wurde sterbenskrank. Er rief seine Kinder zu sich und sagte ihnen, dass auch er bald sterben würde. Die beiden sollten dann die Ziege, ihren einzigen Besitz, schlachten und das Fleisch essen. Aus dem Fell der Ziege sollte der Junge einen Sack nähen, und auf die Wanderschaft mitnehmen, nachdem sie alles Fleisch der Ziege aufgegessen hätten.

Nach dieser Anweisung starb der Bauer. Die Kinder taten, wie ihnen geheißen. Sie schlachteten die Ziege und der Junge nähte einen Sack aus dem Fell. Bettelnd zogen sie durch das Land, nachdem alles Fleisch der Ziege verspeist war. In den Beutel aus Ziegenfell steckte sie die erbettelten Reste, die sie nicht gleich verspeisen konnten.

An einem heißen Sommertag gelangten sie an den Fuß eines Berges. Das Mädchen hatte Durst. Doch sie hatten kein Wasser dabei. Sie sahen auch keinen Bach, aus dem sie hätten schöpfen können.

„Bleibe du hier", sagte der Junge. „Ich werde oben am Berg nachsehen. Dort gibt es bestimmt eine Quelle. Dann bringe ich dir den ganzen Ziegensack voll Wasser."

Er stieg den Berg hinauf und fand schon nach kurzer Zeit eine Quelle mit frischem Wasser. Mit dem gefüllten Ziegensack machte er sich auf den Rückweg. Doch kaum war er ein paar Schritte gegangen, da sah er einen zappelnde Gestalt im Gebüsch. Beim Brombeerpflücken hatte sich der Bart des Zwergs in den Dornen verfangen. Er konnte sich nicht selber befreien. „Hilf mir hier heraus", jammerte der Zwerg.

Vor dem Gestrüpp sah der Junge den Rucksack des Wichtes. Der war zwar klein, aber prall gefüllt. Vermutlich mit Essbarem, überlegte der Junge. Wenn er den nähme und davon liefe, hätten er und seine Schwester zu essen. Der Zwerg würde sich schon irgendwann selber befreien. Er könnte den Gnom auch töten, damit er ihn nicht verfolgte. Weit und breit kein Mensch, keine Zeugen. Der kleine Mann schien die Gedanken des Jungen zu erraten.

„Lass den Rucksack liegen und hilf mir hier heraus. Dann zeige ich dir etwas viel Wertvolleres."

Dem Jungen tat der Zwerg leid. Er wollte ihn auch nicht herzlos berauben. Deshalb befreite er ihn aus seiner misslichen Lage.

Der Gnom führte den Jungen in ein felsiges Tal. „Dort!", sagte er. „In dem Brunnen liegt ein prächtiger Säbel. Er ist aus feinem Stahl geschmiedet und mit einem goldenen Griff versehen. Auch der Klingenrücken ist an der Spitze geschärft. Damit kannst du alle deine Feinde besiegen."

Sie gingen zu dem Brunnen und sahen den Säbel am Grund liegen. Es gab nur wenig Wasser im Brunnen.

„Wenn du mich an diesem Seil hinunter lässt, ergreife ich den Säbel. Du brauchst mich dann nur wieder heraufziehen und die Waffe gehört dir." Der Zwerg hatte ein Seil aus seinem Rucksack gezogen und band es sich um den Leib. Schnell ließ der Junge den Gnom hinab und zog ihn wieder herauf.

Als der Junge den Griff des Schwertes erfasste, murmelte der Zwerg unverständliche Worte. Die Waffe fühlte sich leicht an. Die Schneide glänzte in der Sonne. Der Säbel war sorgfältig und edel gearbeitet. Das Werk eines Schmiedemeisters.

Überglücklich, Wasser und eine exzellente Waffe erhalten zu haben, verabschiedete sich der Junge von dem Zwerg und lief zu seiner Schwester. Nachdem sich beide gestärkt hatten, setzten sie ihre Wanderung fort.

Die Sonne stand schon recht tief, als beide ein altes Haus erreichten. Sie klopften an die Tür. Niemand öff-

nete. Sie gingen in das Haus, denn die Tür war unverschlossen. Drinnen sah es recht unordentlich und unsauber aus. Becher und Krüge lagen auf dem Boden. Aus dem Herd quoll kalte Asche. Der Junge und das Mädchen räumten ein wenig auf und legten sich schlafen. Den Säbel deponierte der Junge neben sich im Bett. Mitten in der Nacht wurden sie brutal geweckt.

„Was habt ihr hier zu suchen? Das ist meine Hütte!", polterte ein kräftiger Mann. „Los! Tötet sie! Dieses Gesindel! Aber draußen. Ich will kein Blut in meinem Bett."

Zwei Männer neben dem Anführer zogen ihre Krummdolche aus dem Gürtel und wollten den Jungen und das Mädchen packen. Doch der Junge ergriff seinen Säbel und hieb auf sie ein. Beide fielen tot zu Boden. Nun zog der Anführer sein Schwert und wollte den Jungen erstechen. Der Junge hielt ihm seine Waffe entgegen. Das Schwert des Angreifers zersplitterte daran in zwei Teile. Aus der Stube stürmten drei weitere Männer der Räuberbande. Der Junge stach auf den Räuberhauptmann ein und tötete seine ganze Bande.

In der Stube hatte die Räuberbande das Diebesgut des letzten Raubzugs auf dem Tisch aufgehäuft. Goldene und silberne Becher, Armreifen, Halsketten, Edelsteine und Ringe. Ein riesiger Berg.

„Lass uns die Räuber vor das Haus werfen", sagte der Junge. „Morgen begraben wir sie. Es ist Mitten in der Nacht." Er öffnete die Haustür. Alle Leichen warfen sie hinaus. Dann versuchten sie, wieder zu schlafen. Doch es wollte nicht gelingen. Als der Morgen graute, sagte der Junge: „Ich geh uns zum Frühstück einen Hasen oder ein Rebhuhn schießen." Und schon hatte er das Haus verlassen.

Das Mädchen stand auf und betrat die Stube. Entsetzt

bemerkte sie, wie sich die Haustür leise öffnete und der Räuberhauptmann seinen Kopf hervorstreckte.

„Hab keine Angst, ich tu dir nichts", sagte der Räuberhauptmann. „Ich bin kein Geist, sondern am Leben. Dein Bruder hat mich zwar erwischt. Aber ich war nur bewusstlos."

Das Mädchen wusste nicht, was es machen sollte. Wie angewurzelt starrte es den Mann an. Der redete sanft auf sie ein. Er sagte schmeichlerische Worte über ihr bildhübsches Gesicht, ihr glänzendes Haar und ihre betörende Figur. Dem Mädchen gefielen die Worte. Noch nie hatte jemand sie so bewundert, seit sie mit ihrem Bruder bettelnd durchs Land zog. Der Mann kam ihr gar nicht mehr wie ein Räuber vor. Wer so wohltuende Worte sagte, der könne doch kein böser Mensch sein, dachte sie. Bereitwillig verband sie seine Wunde. Anschließend half er ihr, abseits des Hauses eine Grube auszuheben. Dort hinein warfen sie die Leichen der Räuber und schaufelten das Loch mit Erde zu. Kaum hatten sie damit begonnen, als sie den Namen des Mädchens rufen hörten. Der Bruder war von der Jagd zurückgekommen.

„Versteck dich hier, sagte sie zum Räuberhauptmann. Ich hole dich später. Mit dem Säbel ist er unbesiegbar."

Der Junge staunte, dass seine Schwester ganz alleine die Grube ausgehoben und die Räuber hineingeworfen hatte. Er half ihr, das Loch mit Erde zu füllen. Anschließend öffnete er die Luke zum Keller. Er schaute hinein, um zu überprüfen, ob sich dort niemand versteckt hätte.

„Leider habe ich nur ein Rebhuhn erwischt. Ich bin müde und lege mich ein wenig hin. Wenn du das Rebhuhn gerupft und gebraten hast, wecke mich bitte, falls ich noch nicht wach bin. Ich habe einen Mordshunger. Gold und Silber haben wir zwar genug. Aber das kann man nicht essen."

Als der Junge am nächsten Tag wieder auf die Jagd ging, redete der Räuber erneut mit schmeichlerischen Worten auf dass Mädchen ein.

"Es wäre viel schöner, wenn ich nicht vor deinem Bruder Angst haben müsste. Dann könnten wir glücklich bis ans Ende unserer Tage sein."

Dem Mädchen gefiel die Aussicht auf eine angenehme Zukunft. Deshalb stimmte sie dem Plan des Räubers zu.

"Stell dich krank und bitte deinen Bruder, dir einen Tee aus einem Heilkraut aufzugießen. Durch den Tee würdest du schnell wieder gesund. Das Kraut soll er von einem Kaufmann holen, der sieben Meilen von hier gen Osten wohnt. Der Mann hat einen riesigen Kräutergarten. Gib ihm diesen Beutel mit. Darin soll er das Kraut stecken und zu dir zurückkommen. Auf dem Weg dort hin muss er durch ein Tal mit Wölfen. Er wird vor ihnen fliehen. Vielleicht haben wir Glück, er verläuft sich und findet nicht mehr hierher zurück. Dann brauche ich keine Angst mehr vor deinem Bruder zu haben und wir können vollauf glücklich sein."

Das Mädchen stellte sich krank und bat ihren Bruder zu dem Kaufmann zu laufen. Von dort solle er das Kraut mitbringen, dessen grüne Blätter mit vier roten Punkten gekennzeichnet seien. Der Junge war sehr bekümmert um den Gesundheitszustand seiner Schwester und machte sich sogleich mit dem Beutel auf den Weg. Er wusste nicht, dass der Beutel aus einem Raub bei dem Kaufmann stammte. Der Kaufmann würde den Beutel wiedererkennen, den Jungen für einen Räuber halten, ihm eine Falle stellen und töten.

Bereitwillig holte der Kaufmann das erwünschte Kraut aus seinem Garten. Der Junge bezahlte mit einem Edelstein aus der Beute der Räuberbande und steckte das Kraut in den Beutel.

„Woher hast du den Beutel?", fragte der Kaufmann, als er den kleinen Sack aus seinem Lager erkannte.

„Den hat mir meine kranke Schwester gegeben. Ich muss schnell zu ihr zurück, damit sie wieder gesund wird."

Nachdem der Junge gegangen war, rief der Kaufmann einen Knecht zu sich: „Folge dem Burschen unauffällig. Ich will wissen, wo er wohnt." Er hatte den Säbel des Jungen bemerkt und nicht gewagt, ihn anzugreifen.

Nach dem ihr Bruder zurück war, trank das Mädchen den Tee und war auf der Stelle gesund. Der Räuber saß derweil im Keller und ärgerte sich, weil der Kaufmann den Jungen nicht getötet hatte.

Deshalb überredete er das Mädchen erneut, sich krank zu stellten. Diesmal solle sie den Bruder fortschicken, um rote Bohnen von einem Bauern zu holen, der 17 Meilen in Richtung Westen seinen Hof habe. Die Bohnen würden Sie gesund machen.

„Gib ihm diesen goldenen Armreif zum Bezahlen der Bohnen", sagte der Räuber. „Der Bauer wird ihn erschlagen, wenn er den Armreif sieht."

Der Junge machte sich sofort auf den Weg. Er wusste nicht, dass der Räuber den Armreif bei jenem Bauern gestohlen hatte. Bei dem Überfall wollte die Bäuerin den Armreif nicht hergeben. Erst als er mit dem Schwert ausholte, um ihr die Hand abzuschlagen, streife sie den Ring schnell über das Handgelenk. Wenn der Junge mit dem Armreif bezahlte, würde der Bauer ihn wiedererkennen und den Jungen auf der Stelle umbringen.

Doch der Bauer verkaufte dem Jungen die roten Bohnen und fragte nur, woher er den Armreif habe. „Von meiner Schwester." Und schon lief er mit den Hülsenfrüchten heim.

Der Bauer hatte den Säbel des Jungen gesehen und

nicht gewagt, Hand an ihn zu legen. Er hatte einen getreuen und gelehrigen schwarzen Hund. Den rief er zu sich und sagte: "Folge dem Burschen und merk dir den Weg. Dann komm zurück."

Wiederum war die Schwester sofort gesund, nachdem sie die Suppe mit den roten Bohnen gegessen hatte. Der Räuber im Keller ärgerte sich, weil der Junge immer noch lebte und er nichts gegen ihn ausgerichtet hatte. Er grübelte über einen geeigneteren Plan, um den Jungen zu beseitigen. Ihm fiel nichts Besseres ein, außer ihn selber zu töten. Er musste eine Gelegenheit abpassen, ihm den Säbel zu entwenden.

Diese Gelegenheit kam schneller, als der Räuber zu hoffen gewagt hatte. Denn als der Junge eines Tages auf die Jagd ging, vergaß er, den Säbel mitzunehmen. Denn für die Jagd von Hasen, Rebhühnern und Fasanen, brauchte er nur Pfeil und Bogen.

"Komm, er hat den Säbel vergessen", rief die Schwester, nachdem sie die Luke zum Keller geöffnet hatte. "Hier ist er."

Der Räuber ergriff den Säbel und stellte sich in die Haustür. Entsetzt begriff der Junge seinen Fehler, als er von der Jagd zurückkam. Zunächst blieb er in sicherer Entfernung vor dem Haus stehen, doch als der Räuber mit dem Säbel auf ihn zukam, rannte er in den Wald. Als er sicher war, nicht von dem Räuber verfolgt zu werden, ruhte er sich auf einem Stein aus.

Der Junge begriff, was geschehen war und begann zu weinen. Er hatte das grinsende Gesicht seiner Schwester im Fenster gesehen, als der Räuber mit dem Säbel siegessicher auf ihn zuschritt. Seine eigene Schwester hatte ihn betrogen.

Plötzlich schnupperte ein schwarzer Hund an den

Schuhen des Jungen. Er blicke auf und sah in das Gesicht des Bauern, von dem er die roten Bohnen gekauft hatte.

„Warum heulst du?", fragte der Bauer.

Der Junge erzählte ihm, was geschehen war. Der Räuber habe nun den Säbel und sei unbesiegbar. Gemeinsam überlegten sie, wie sie den Räuber überlisten könnten. Da stand der Kaufmann plötzlich vor den beiden, bei dem der Junge das Heilkraut gekauft hatte. Er hatte hinter einem dicken Baum versteckt und gelauscht. Zu dritt überlegten sie, wie sie den Räuber reinlegen könnten. Unvermittelt knurrte der schwarze Hund des Bauern und stellte die Nackenhaare auf.

„Vorsicht, da ist jemand", sagte der Bauer und griff nach seinem Dolch. Auch der Kaufmann umfasste den Griff seines Krummdolches, bereit für einen Angriff. Alle drei hatte sich erhoben und sahen in die Richtung, in die der Hund blickte.

„Keine Sorge, ich bin's nur", ertönte eine friedvolle Stimme. Aus dem Unterholz trat ein Zwerg hervor. Es war jener Zwerg, den der Junge einst aus den Dornen befreit hatte und der ihn zu dem Säbel geführt hatte.

Nachdem der Gnom gehört hatte, was passiert war, rief er entsetzt: „Was, der Räuber hat den Säbel! Auf, nehmen wir ihm die Waffe weg!"

„Aber wie?", fragten der Junge, der Bauer und der Kaufmann gleichzeitig. „Er ist unbesiegbar."

„Das schon, aber nur, wenn er den Säbel in der Hand hat. Wir brauchen ihm den nur wegzuschnappen, bevor er danach greifen kann. Und sogleich sind wir unbesiegbar. Warten wir bis Mitternacht. Wenn der Räuber und das Mädchen schlafen, schleichen wir uns in das Haus und nehmen den Säbel. Ganz simpel."

Kurz nach Mitternacht schlichen der Junge, der Bauer, der Kaufmann und der Gnom um das Haus. Die Tür war verschlossen. Auch die Fenster waren fest verriegelt. Durch einen Spalt im Fensterladen sahen sie den Räuber und das Mädchen im Bett liegen und schlafen. Der Säbel hing an einem Haken an der Wand gleich neben dem Räuber.

"Und nun?", flüsterte der Junge. "Wenn wir ein Fenster oder die Tür aufbrechen, gibt es Lärm. Der Räuber erwacht und hat den Säbel in der Hand, bevor wir an seinem Bett stehen."

"Kein Problem", behauptete der Zwerg. "Ich bin klein genug. Ich steige ganz leise durch den Kamin ins Haus und öffne euch von innen die Haustür. Junge, du kannst dann lautlos ins Zimmer schleichen und den Säbel ergreifen. Für mich hängt er zu hoch. Und ihr beide", er deutete auf den Bauern und den Kaufmann, "ihr postiert euch an der Haustür. Dort schnappt ihr den Räuber, falls er fliehen will."

Der Zwerg stieg auf das Dach und verschwand im Kamin. Wenig später öffnete er die Haustür von innen. Der Junge ging hinein und ergriff den Säbel. Als er ausholte, um den Räuber zu töten, riss dieser die Augen auf, rollte sich zur Seite, sprang aus dem Bett und rannte zur Tür. Dort wartete der Bauer mit dem Dolch und der Kaufmann mit seinem Krummdolch. Es war dunkel und der Räuber lief direkt in die spitzen Klingen der beiden Männer. Er sank auf der Stelle tot zu Boden.

Das Mädchen war ebenfalls erwacht. Zitternd stand sie in einer Ecke des Zimmers und erwartete den Todesstoß ihres Bruders. Der holte mit dem Säbel aus, um seiner treulosen Schwester den Kopf abzuschlagen.

"Halt!", ertöte scharf die Stimme des Zwergs. "Versündige dich nicht. Töte nicht deine Schwester. Schick sie fort."

Der Junge hielt inne und schickte seine Schwester aus

dem Haus. Sie lief in die Nacht hinaus. Man hat nie wieder etwas von ihr gehört.

Dem Bauern und dem Kaufmann zeigte der Junge das Diebesgut der Räuberbande. Sie nahmen, was ihnen gehört hatte und gingen beim Morgengrauen heim.

Einige Tage später bellte ein Hund am Nachmittag vor der einsamen Hütte, in der der Junge nun allein lebte. Als er aus dem Fenster sah, erkannte er den schwarzen Hund des Bauern, bei dem er mit einem goldenen Armreif bezahlt hatte. Freudig öffnete er die Haustür und streichelte den Hund mit der Erwartung, dass sogleich der Bauer erscheinen würde. Doch statt des Bauern tappte eine junge Frau um die Ecke. Es war die Tochter des Bauern.

Sie erzählte unter Tränen, dass ihr Vater und ihre Mutter vom Blitz getroffen und getötet wurden. Es sei ganz plötzlich ein Unwetter aufgezogen. Beide seien schnell hinaus und auf die Wiese gelaufen, um den Esel in den sicheren Stall zu bringen. Aber womöglich sei das Tier störrisch gewesen, wie immer. Als das Gewitter nachließ, sei sie hinaus gegangen und habe die beiden auf der Wiese gefunden, den nassen Strick noch fest umklammernd. Dem Esel schien nichts passiert zu sein.

„Ich habe keine Geschwister und kann den Hof nicht allein bewirtschaften", sagte das Mädchen. „Willst du mir helfen?"

Der Junge suchte ein paar Sachen zusammen und begleitete die Tochter zu ihrem Bauernhof. Dort packte er kräftig mit an, verliebte sich in das Mädchen und heiratete es.

„Okay, genug für heute, Herr Karl Schmidt", sagte Suvork feierlich zu mir und flog davon.

Die Erben

„Wie schon erwähnt, hatte Sem immer wieder Visionen", sagte Suvork. „Einmal berichtete er über eine Vision, die in der heutigen Zeit spielt. Er gebrauchte dabei Begriffe aus seiner Zeit. Zum Beispiel sprach er von sich bewegenden Gemälden. Gemeint waren Bildschirme. Das war noch eine der harmlosen Bezeichnungen. Manchmal machte er viele Worte um Dinge, die wir heute mit einem Wort benennen, zum Beispiel Internet. Damit du nicht lange grübeln musst, was gemeint sein könnte, will ich nicht Sems Beschreibungen wiedergeben, sondern die heute üblichen Begriffe verwenden. Er berichtete davon, folgendes gesehen zu haben."

In einem schönen Garten stand ein prächtiges Schloss. Das Gebäude hatte drei Stockwerke und einen Turm, von dessen Spitze man weit über das hügelige Land sehen konnte. Alle Felder und Wälder, die man vom Turm sah, gehörte dem Herren des Schlosses. Im Laufe der Zeit war er sehr reich geworden, weil er die Ernten von seiner Landwirtschaft jedes Jahr gewinnbringend verkaufen konnte. Seine Frau und sein einziger Sohn verstarben früh. Im Alter von achtzig Jahren lebte er allein auf dem Schloss. In jener Zeit werden die Menschen nicht so alt wie heute, höchstens 80 und nur selten 100 Jahre.

Jener alte Herr, nennen wir ihn Baron Retlaw, lebte also allein in seinem Schloss. Nein, nicht ganz allein. Ein treuer Diener, auch nicht mehr der jüngste, und dessen Frau wohnten ebenfalls im Schloss. Die Frau des Dieners kochte für ihn. Von Zeit zu Zeit ließ der alte Herr Baron Retlaw aus der nahen Stadt Gärtner und Putzkräfte kommen, die den Garten pflegten und das Gebäude reinigten. Er selber hatte sich ein Labor eingerichtet und forschte leidenschaftlich gerne in den Bereichen Chemie und Elektronik. Für drei Erfindungen besaß er das Patent und kassierte regelmäßig Tantiemen von den Nutzern. Kurz, er war wohlhabend und bei bester Gesundheit. Dennoch spürte er, dass seine Zeit auf Erden dem Ende nahte und überlegte, wem er sein Vermögen vererben sollte.

Wenn er kein Testament hinterließ, würden sein Neffe und seine Nichte alles erben. Der Neffe war ein Sohn seiner verstorbenen Schwester, die leichtsinnig ihr Vermögen durchgebracht hatte. Die Nichte, eine Tochter seines Bruders. Mit undurchsichtigen Geschäften hatte jener versuchte, reich zu werden. Eines Tages fand man ihn erschossen in seiner Wohnung. Neffe und Nichte hofften, bald den reichen Onkel beerben zu können. Das hatte der treue Diener seinem Herrn erzählt. Ebenfalls hatte er ihm berichtet, dass sich der Neffe und die Nichte nicht ausstehen könnten und keiner von beiden einen vorbildlichen Lebenswandel führte.

„Wenn ich sterbe", sagte Baron Retlaw, „werden die beiden sich also um das Erbe streiten. Wenn ich alles einem vermache, wird der andere unzufrieden sein und den Erben möglicherweise umbringen, um selber an das Vermögen zu kommen. Was soll ich tun?"

Der Baron lud seinen Neffen Bernd und seine Nichte Beate zu sich ins Schloss. Der treue Diener empfing sie und und führte sie in den Salon, wo er beide bat, Platz zu nehmen. Der Hausherr werde in Kürze erscheinen. Bernd und Beate setzten sich in je einen bequemen Sessel, die vor dem Kamin standen.

„Es geht wohl um das Erbe", sagte Bernd. „Wenn er dich als Erbin einsetzt und mich leer ausgehen lässt, werde ich das Testament anfechten. Du wirst keine ruhige Minute mehr haben."

"Warum sollte er dir etwas vererben, bei deinem liederlichen Lebenswandel," fauchte Beate. "Ich kenne da Dinge von dir, wenn er davon erfährt, hast du keine Chance. Wenn er mir sein Vermögen vererbt, kriegst du keinen Groschen. Ich kenne einen guten Rechtsanwalt. Der sorgt schon dafür. Hättest dich halt um ihn kümmern sollen."

"Und? Hast du dich um ihn gekümmert? Wenn ich ihm von deinem Bastard erzähle, bist du aus dem Rennen."

"Wag dich ja nicht!", zischte Beate.

Bernd schaute sich um: "Unser Onkel muss steinreich sein. Aber immer noch diese uralten Möbel. Allein die sind ein Vermögen wert. Ich werde alles verscherbeln und mir eine Südseeinsel kaufen."

"Nichts da!", schäumte Beate. "Ich ziehe hier ein und es bleibt alles, wie es ist!"

Auf diese Weise beschimpften sie sich und sprachen dem jeweils anderen jedes Recht auf das Erbe ab. Was sie nicht bemerkten, war, dass der reiche Onkel und Schlossherr jedes ihrer Worte hörte und sie dabei sogar sah. Denn er saß in einem Raum neben seinem Labor, wohin Ton und Bild übertragen wurde. Dort gab es mehrere Bildschirme, auf die er das Bild jeder beliebigen Kamera schalten konnte. In jedem Raum des Schlosses war eine Videokamera eingebaut, im Salon sogar mehrere. Auch auf dem Dach des Herrschaftshauses hatte er Kameras montieren lassen, die ihm zeigten, wenn sich jemand dem Gebäude näherte.

Nachdem Baron Retlaw einige Zeit dem Disput seines Neffen und seiner Nichte zugehört hatte, ging er zu ihnen in den Salon. Er erkundigte sich, wie es ihnen gehe und sprach über belanglose Dinge. Dann verabschiedete er sich, weil er noch zu tun habe. Kein Wort über das Erbe. Aus seinem Kontrollraum beobachtete der Baron seine

Besucher vor dem Haupteingang. Sie klagten darüber, weshalb der Alte sie überhaupt zu sich kommen ließ. Nur einen Tee habe er ihnen angeboten. Sie betitelten ihn als Geizkragen und schrulligen und weltfremden Spinner, der sie nur schikanieren wolle.

Zufrieden, lehnte sich der Baron zurück, als sein Diener den Raum betrat: „Ich habe es nicht glauben wollen, was du mir über die beiden erzählt hast", sagte er. „Nun bin ich sicher, Bernd und Beate sollen nichts erben. Schicke mir den Detektiv, der schon gelegentlich für uns arbeitete. Er soll herausfinden, was es mit dem sogenannten Bastard auf sich hat, von dem Beate mir nichts erzählte."

Vom Detektiv erfuhr der reiche Schlossherr, dass der Bastard in einem Heim aufgewachsen sei, weil Beate nicht ausreichend für ihn gesorgt habe. Er heiße Christian und sei 23 Jahre alt. In der Schule habe er recht gute Noten bekommen, für ein Studium sei jedoch kein Geld vorhanden gewesen. Gegenwärtig arbeite er bei einem Handwerker, der Fernsehantennenschüsseln auf Häusern montierte.

„Das hört sich hochinteressant an", sagte Baron Retlaw. „Schicken sie ihn zu mir. Er soll die Antennen auf dem Dach kontrollieren. Bitte kein Wort darüber, dass ich sein Großonkel bin."

Christian kletterte auf das Dach des Schlosses und berichtete anschließend, dass die drei Antennen in bestem Zustand seien. Nur bei einer sei eine Befestigungsscheile angerostet gewesen. Er habe sie erneuert. Nach dem Bericht lud der Baron Christian in den Salon ein und ließ Gebäck und Tee servieren. Der junge Man gefiel ihm auf anhieb. Er gab sich zu erkennen und finanzierte Christians Studium.

„Am liebsten würde ich Bernd und Beate umbringen",

sagte der Schlossherr zu seinem Diener. „Aber das bringe ich dann doch nicht übers Herz. Christian soll mein gesamtes Vermögen erben. Aber wie schaffe ich es, dass die beiden nicht vor Gericht ziehen und Christian das Erbe streitig machen?"

„Sie müssen die beiden überleben", antwortete der Diener trocken.

Die Augen des Barons schienen in eine unendliche Ferne zu schauen: „Genau! So mache ich das. Ich werde länger leben als Bernd und Beate."

Als er 89 Jahre alt war, starb Bernd an Krebs. Als er 93 Jahre alt war, starb Beate an einer Lungenentzündung. Der Baron Retlaw schrieb ein Testament, in dem er Christian als Alleinerben einsetzte. Er bereitete ihn auf seine Position als neuen Schlossherren vor und starb im Alter von 103 Jahren.

„In jener künftigen Zeit", beendete Sem den Bericht über seine Vision, „spricht man von einem biblischen Alter, wenn jemand über 100 Jahre lebt."

„Und wie hat er das gemacht?", fragte ich Suvork, nachdem er geendet hatte. „Man wird doch nicht einfach so 103 Jahre alt?"

„Eiserner Wille", sagte Suvork trocken.

„Wie, eiserner Wille?"

„Glaube und eiserner Wille. Wer wirklich glaubt, dem ist alles möglich", sagte er, breitete seine Flügel aus und entschwand wie üblich in die dunkle Nacht.

Schmuckraub

"Gestern eine Geschichte von Sem, heute eine von Ham, die in jener Zeit kurz vor der großen Flut spielte", sagte Suvork zur Einleitung.

Ein Räuber drang nicht in dunkler Nacht, sondern bei Tag in das Schlafgemach der Fürstin ein und raubte ihren gesamten Schmuck. Ringe mit Edelsteinen, Perlenketten, goldene Ohrringe und vieles mehr. Der Fürst und die Fürstin waren ausgeritten, als sich der Räuber unter einem Vorwand Zugang zu den Gemächern verschaffte. Den gestohlenen Wagen eines fahrenden Händlers lenkte er vor die Burg, sprang vom Bock und sprach die Wache am Tor an.

"Ich traf deinen Herrn drüben im Tal. Die Fürstin hatte seltene Blumen gepflückt. Sie kaufte eine Vase von mir und bat mich, diese mit dem Strauß in ihr Schlafgemach zu stellen, damit sie nicht verwelken. Gib den Weg frei, auf dass ich meinen Auftrag ausführen kann."

Zum Beweis hielt der angebliche Händler eine kleine Vase aus Silber vor sich. In ihr steckten Blumen mit blauen und gelben Blüten. Dem Wächter kam das merkwürdig vor. Noch nie hatte der Fürst einen wildfremden Händler beauftragt, eine Blumenvase in das Schlafgemach der Fürstin zu stellen. Er beriet sich mit der Wachmannschaft und entschied, dass der Fremde den Auftrag ausführen sollte, wie vom Fürsten gewünscht.

"Ich werde dich ins Schlafgemach begleiten", sagte der Wächter. "Folge mir."

Als sie im Schlafgemach eintrafen, ergriff der Fremde blitzschnell eine steinerne Figur vom Kaminsims und schlug dem Wachposten damit auf den Kopf. Der Mann sank sofort zu Boden, ohne einen Laut von sich zu geben.

Hastig stopfte der Räuber den Schmuck der Fürstin in einen mitgebrachten Beutel, den er unter seinem weiten Gewand verbarg. Dann schritt er seelenruhig zum Tor der Burg.

„Wo ist unser Kollege?", fragte er Wachhabende.

„Der kommt gleich, wollte sich schnell noch einen Trunk in der Küche genehmigen."

Erst der Aufschrei der Fürstin brachte die hinterhältige Tat ans Tageslicht, als sie den bewusstlosen Wächter erblickte. Alle Wachsoldaten mussten antreten und dem Fürsten berichten, was vorgefallen war. Danach sprang der adelige Herr auf sein Pferd und versuchte mit einigen Soldaten den fahrenden Händler zu verfolgen. Dessen Wagen fanden sie nach einer Meile. Vom Räuber und dem Pferd, das den Wagen gezogen hatte, keine Spur. Ohne den Schmuck kehrten sie heim. Denn es dunkelte schon und sie hatten keinen Schimmer, in welche Richtung sich der Dieb davon gemacht hatte.

Am nächsten Tag schickte der Fürst jene fünf Wächter, die den Räuber gesehen hatten ins Land hinaus. An irgendeinem Ort musste er stecken und sie waren diejenigen, die ihn wiedererkennen würden. Nach drei Tagen erkannte einer der Wächter den Räuber auf einem Marktplatz. Er alarmierte die Ältesten der Stadt, die ihm sogleich zwei Soldaten zur Seite stellten. Bei der Festnahme schlug der Räuber dermaßen um sich, dass es aussah, als könne er entkommen. Ein Bauer, der dabei stand, ergriff einen Dreschschlegel und schlug dem Räuber damit auf den Kopf. Der war sofort kampfunfähig und wurde in das Burgverlies des Fürsten gebracht. Den geraubten Schmuck der Fürstin hatte er nicht bei sich.

Im Verlies behauptete der Räuber, dass er sich an nichts erinnern könne. Erst im Kerker sei er wieder zu sich gekommen und habe sich gewundert, weshalb man ihn hier gefangen halte. Von einem Raub beim Fürsten wisse er nichts. Deshalb könne er auch nicht sagen, wo der geraubte Schmuck versteckt sei. Ganz sicher handele es sich um eine Verwechslung. Doch alle Wachsoldaten des Fürsten waren sich darin einig, dass der Mann im Kerker derselbe Halunke war, der darauf bestanden hatte, persönlich die Vase mit den Blumen in das Schlafgemach der Fürstin zu stellen. Wie klug man ihn auch befragte, er blieb bei seiner Version, sich an nichts erinnern zu können.

Womöglich kann er sich wirklich nicht erinnern, dachte der Fürst. Aber er wollte den edlen Schmuck unbedingt wieder haben. Deshalb schickte er einen Boten in eine ferne Stadt. Dort gab es einen weisen Mann, der schon viele Geheimnisse gelöst und sich einen Namen als Heiler gemacht hatte. Von ihm erhoffte er sich, dass er herausfinden würde, ob der Räuber wirklich sein Gedächtnis verloren hatte oder nur frech log.

Der Diener würde drei Tage in die ferne Stadt unterwegs sein. Deshalb kehrte er am Abend des ersten Tages in einer Herberge ein, um dort zu übernachten. Beim Abendessen erzählte er den anderen Gästen von seinem Auftrag, den Weisen zum Fürsten zu holen. Er bekam nicht mit, dass ein Zuhörer seine Ohren ungemein spitzte und wie beiläufig nach Details fragte. Als er am nächsten Morgen seine Reise fortsetzte, eilte der Neugierige zu einem andren Gasthaus, das keinen guten Ruf hatte. Dort redete er auf eine aufreizende Frau ein.

„Du bist meine Gehilfin", sagte der neugierige Mann, der der Frau als Heber bekannt war. „Ich bin der Weise aus jener fernen Stadt. Alleine schaffe ich es nicht. Aber wenn du mit deinem verführerischen Augenaufschlag und deiner phänomenalen Figur die Wachen ablenkst, und ich

weiß, dass du das kannst, dann schaffen wir es. Natürlich machen wir halbe-halbe, keine Frage."

Der Mann reiste mit seiner angeblichen Gehilfin in einer Kutsche zur Burg des Fürsten. Dort führte ein Wachsoldat sie zum Verlies. Wie zu erwarten, hatte der Soldat nur Augen für die hübsche Gehilfin. Deshalb bekam er nicht mit, wie Heber hinter in trat und ihm mit dem Knauf eines Dolchs hart auf den Kopf schlug. Der Wachsoldat sank bewusstlos zu Boden. Heber zog einen Strick unter seinem Gewand hervor und fesselte ihn.

"Wird auch Zeit, dass du kommst, Heber", sagte der gefangene Räuber. "Hol' mich endlich hier raus. Du kriegst die Hälfte des Schmucks."

Der Gehilfin wurde bewusst, dass die beiden Ganoven sich kannten. Vermutlich dachten sie nicht daran, ihr etwas von der Beute abzugeben.

"Du kriegst selbstverständlich auch deinen Anteil", sagte der Räuber mit einem Blick auf die Gehilfin.

Aber sie glaubte es ihm nicht und machte heimlich eigene Pläne.

Der Räuber saß hinter Gittern in einem Loch des Kerkers. Der niedergeschlagene Wächter war wieder zu sich gekommen. Er habe den Schlüssel nicht, sagte er, die habe sein Kumpel am Eingang. Gemeinsam gingen Heber und seine Gehilfin zum Eingang des Verlieses. Dort überwältigten sie den Wächter und ließen den Räuber aus seinem Loch. Als die beiden Männer zum Ausgang eilten, blieb die Gehilfin zurück.

"Ich kontrolliere noch mal die Fesseln!", rief sie. "Bin gleich bei euch."

Am Burgtor musste die Gehilfin noch einmal ihre Reize einsetzen, damit der Räuber unbemerkt hinaus schlüpfen konnte. Mit Hebers Kutsche fuhren die drei zwei Stunden auf einem holperigen Pfad durch einen dichten Wald.

Letzten Endes gelangten sie an einen See, der teilweise mit senkrechten Felsenwänden umgeben war.

„Dort drüben habe ich den Schmuck versteckt." Der Räuber deutete auf eine Wand mit Büschen davor. Er schob einige Äste beiseite. Dahinter kam ein sehr niedriger Höhleneingang zum Vorschein. „Ich krieche hinein und hole den Schmuck", sagte er. Und schon war er auf allen vieren im schwarzen Loch der Felsenwand verschwunden.

Heber und seine Gehilfin warteten darauf, dass der Räuber wieder heraus kam. Aber er kam nicht.

„Verdammt!", brüllte Heber. „Die Höhle muss einen zweiten Ausgang haben."

„Stimmt!", ertönt die Stimme des Fürsten. „Meine Wachen kennen den zweiten Ausgang. Dort haben sie den Räuber gebührend empfangen. Und du Heber, darfst jetzt dass Loch in meinem Kerker mit ihm teilen."

Der Fürst öffnete den Lederbeutel, den er dem Räuber abgenommen hatte. Der Schmuck glitzerte im Sonnenlicht. „Scheint noch alles vorhanden zu sein", sagte er schmunzelnd. Dann löste er einen Beutel von seinem Gürtel und zählte daraus fünf Goldmünzen ab. „Hier", sagte er zu der Gehilfin. „Als Belohnung für deine Hilfe. Hättest du dem Wachsoldaten nicht die Fesseln gelöst und ihm gesagt, was er tun soll, als du beim Verlassen des Kerkers zurückbliebst, dann hätte uns der Räuber vermutlich nie zu seinem Versteck geführt. Von wegen, Gedächtnisverlust!"

Ein kleiner Bär will fischen

Nachdem das Erstgeburtsrecht von Jafet auf Sem übertragen worden war, machte er einen zufriedeneren, ja, fast glücklichen Eindruck. Man konnte deutlich sehen, dass eine Last von ihm genommen worden war. Er befolgte auch Noahs Rat, Leilanis Schönheit gebührend zu beachten und ihr täglich Komplimente zu machen. Als Reaktion himmelte sie ihn an und hing an seinen Lippen, als er die folgende Fabel erzählte.

Eine Braunbärin hatte zwei Kinder, zwei junge Bären männlichen Geschlechts, die recht lebhaft umhertollten. Nach dem Winterschlaf suchte Mutterbär mit ihren beiden Jungen im Wald nach geeigneter Nahrung, damit sie wieder zu Kräften kamen. Sie fraßen alles, was sie finden konnten, frisches Grün, Blüten, Insekten und manchmal auch Vogeleier. Einige Vögel waren so unvorsichtig, ihre Nester in niedrigen Sträuchern oder am Boden zu bauen. Der eine der beiden Jungen erinnerte sich, dass sie vor einem Jahr an einen Wasserfall gegangen waren, wo Lachse den Strom hinauf schwammen. Dort hatten sich viele Bären eingefunden und auf die Fische gewartet. Viele Fische sprangen aus dem Wasser, um den Wasserfall zu überwinden. Dabei sprangen sie den Bären oft direkt ins Maul. Aber etliche Lachse wurden nicht gefangen und landeten manchmal im seichten Wasser am Ufer. Dort hatten die jungen Bären mit den Fischen gespielt, sie aber nicht gefressen. Denn sie waren noch zu klein, um Lachse zu verspeisen. Ihre Mutter säugte sie. Das war damals ihre Nahrung gewesen.

Aber nun waren die kleinen Bären schon ein Jahr alt und der eine Junge bettelte, dass sie doch zu den Lachsen gehen sollten. Er wolle einen großen Fisch in sein Maul springen lassen. Mutter Bär sagte: "Später."

"Warum später", maulte der kleine Bär. "Ich habe jetzt Hunger. Ich mag nicht mehr am Boden nach Essbarem suchen. Und die süßen Blaubeeren sind noch nicht reif. So lange will ich nicht warten."

"Jetzt ist es zu gefährlich", sagte die Bärenmutter geduldig. "Wir müssen erst die großen Bärenmänner Fische fangen lassen. Wenn wir denen in die Quere kommen, werden sie böse. Aber wenn sie satt sind, ziehen sie sich zurück. Dann gibt es immer noch genug Fische für uns. Glaub mir. Sei geduldig. In ein paar Tagen gehen wir zu dem Wasserfall."

"Hast du Angst vor den Bärenmännern?"

"Nein, aber ich kann nicht ständig auf euch beide aufpassen. Gib jetzt endlich Ruhe!" Die Bärenmutter schob einen Stein zur Seite. Darunter lag ein fetter Wurm, den sie genüsslich verspeiste. "So macht man das", sagte sie zu ihren Jungen. Danach suchte sie weiter unter Steinen und Büschen nach Nahrung.

"Wo ist dein Bruder?", fragte die Bärin, als sie nach einiger Zeit um sich sah.

"Der ist zum Wasserfall gelaufen", antworte der dagebliebene kleine Bär.

"So ein dummer Junge! Komm, wir müssen ihn retten!"

"Retten, warum?"

"Weil er nicht weiß, wie gefährlich es für einen kleinen Bären ist, jetzt dort hinzulaufen. Die Bärenmänner werden ihn totschlagen, wenn er versucht, ihnen einen Lachs wegzuschnappen."

Der kleine Bär sah seine Mutter mit großen Augen an. Dann folgte er ihr in Richtung Wasserfall.

Sie hatten die Kaskaden noch nicht erreicht, sahen sie

aber aus der Ferne vom Waldrand. Auch den kleinen Ausreißer konnten sie deutlich erkennen. Langsam tappte er auf der Felsenkante, von der sich das flache Wasser in die Tiefe stürzte zu einem riesigen Bärenmann.

„*Oh nein!*", *schrie die Bärenmutter.*

Und dann geschah es auch schon. Der kleine Bärenjunge hatte sich direkt neben den großen Bärenmann gestellt. Der sah zu ihm hinunter und schlug ihm mit seiner Tatze gegen den Rücken. Der kleine Bär taumelte und stürzte den Wasserfall hinunter. Den Bärenmann kümmerte das nicht. Soeben sprang ein Lachs hoch, er öffnete sein Maul und schnappte ihn.

„*Das war gemein*", *sagte der kleine Bär, der neben seiner Mutter am Waldrand stand.*

„*So sind sie, die starken Bärenmänner*", *erwiderte seine Mutter.* „*Die lassen sich von niemandem ihre Mahlzeit streitig machen. Wer stört, kriegt eins hinter die Löffel, auch die kleinen. Lass uns zum Fluss hinunter rennen. Vielleicht hat dein Bruder den Sturz überlebt und braucht Hilfe.*"

Sie eilten in den Wald. Durch dichtes Gestrüpp und über felsige Abgründe erreichten sie bergab und auf einem großen Umweg den Fluss, der nach dem Wasserfall beschaulich durchs Land zog. Sie suchten das Ufer ab und fanden den Ausreißer angespült in einem flachen Uferbereich. Er lag leblos im Wasser, aber sein Kopf ragte hinaus. Mutterbär zog ihn an Land und beschnupperte in von allen Seiten. Blut sickerte aus dem Fell an einem Hinterbein und aus dem Kopf zwischen den Ohren.

„*Er lebt*", *sagte sie und begann, das Blut abzulecken.* „*Aber er ist bewusstlos. Wie es aussieht, wurde er gegen Felsen geschleudert. Gut, dass wir ihn gefunden haben. In diesem Zustand hätte ihn leicht ein Wolf fressen können. Wir müssen warten, bis er wieder zu sich kommt."*

Nach einer halben Stunde war der bewusstlose Kleine immer noch nicht zu sich gekommen. Dem anderen kleinen Bären wurde es langweilig. Er tappte am Ufer auf und ab.

„Geh nicht zu weit weg", rief die Bärenmutter, als er hinter einem großen Stein verschwunden war.

Wenig später kam der kleine Bärenjunge mit einem zappelnden Fisch im Maul hinter dem Felsbrocken hervor. Er legte den großen Lachs vor seine Mutter und sagte: „Ich hole noch einen."

Als er den zweiten Fisch vor seine Bärenmutter legte, fragte sie: „Wie hast du das gemacht? Hier ist das Wasser sehr tief. Es ist schwierig, hier Fische zu fangen."

„Hinter dem Felsen gibt es am Ufer eine niedrige Stromschnelle. Die meisten Fische schwimmen wohl im tiefen Wasser Richtung Quelle. Aber diese beiden dachten vermutlich, es sei eine Abkürzung, wenn sie über die kleine Felsenkante springen. Sie landeten dann in einer Pfütze, aus der sie nicht mehr heraus kamen. Ich brauchte sie nur zu schnappen."

Genüsslich speisten Mutterbär und ihr Junges die beiden Lachse. Köstlich, so ein frischer Fisch. Mutterbär wollte gerade sagen, lass uns etwas für deinen Bruder aufheben, als jener erwachte und benommen um sich schaute. Ohne zu fragen, biss er in das Stückchen Lachs, das seine Mutter vor ihn gelegt hatte. Gestärkt und zufrieden trotteten alle drei anschließend wieder in den Wald.

Blaue Blüten

"Nachdem Noahs drei Schwiegertöchter ein kurzes Theaterstück aufgeführt hatten, fühlten sich deren Ehemänner offenbar gedrängt, auch etwas besonderes darzubieten", begann Suvork an einem Abend seinen Bericht. "Schon Tage zuvor hörte man sie proben. Laut tönte es aus Männerkehlen durch die Arche. Noah sah sich in der Pflicht, sie zu ermahnen, leiser zu singen. Denn einige Tiere wären aus dem Schlaf erwacht, und hätten gereizt in ihrer Box gescharrt. Jafet, Sem und Ham verlagerten daraufhin ihre Gesangsübungen auf das oberste Deck, dort, wo Mäuse, Ratten, Erdmännchen und andere kleine Tiere schliefen. Sie trällerten auch deutlich leiser. Eines Abends stellten sie sich dann im Gemeinschaftsraum auf, und sangen drei Lieder. Nicht laut, angenehm melodisch und an einigen Stellen summten sie nur. Noahs Augen wurden beim Zuhören feucht. Der Gesang rührte ihn so sehr, dass er vorschlug, künftig öfter gemeinsam zu singen. Von da ab wurde nach dem Abendessen und vor der Geschichte stets ein Lied gesungen.

Haikal war auch ganz begeistert von dem musikalischen Vortrag ihrer Söhne. Sie bedauerte, dass sie keine Geschichte kannte, in der es um Gesang ging, oder Musik eine tragende Rolle spiele. In ihrer Sage gehe es um ein Verbrechen und die Farbe von Blüten, sagte sie mit einem Augenzwinkern und begann.

In einer kleinen Stadt rannte weit nach Mitternacht laut schreiend eine Frau aus ihrem Haus. Die Nachbarn wurden wach und eilten zu der Frau.

"Im Haus ist ein Mörder!", schrie sie und deutete auf ihr eigenes Anwesen. "Er hat meinen lieben Mann umgebracht!"

Drei kräftige Männer betraten das Haus und fanden den Hausherrn erstochen am Boden liegend. Sie durchsuchten das gesamte Gebäude, fanden den Mörder jedoch nicht. Auch im Garten schauten sie nach, keine Spur.

„Wurde etwas gestohlen", fragte einer der Männer.

„Ich weiß nicht", erwiderte die Frau zitternd. „Ich habe solche Angst."

„Es ist niemand im Haus, außer ihrem toten Mann. Schauen sie bitte nach."

Sie überredeten die Frau, in ihr Heim zu gehen. „Seine Waffen wurden gestohlen", stellte sie fest, nachdem sie sich umgesehen hatte. „Seine drei Dolche und die beiden Säbel. Es waren sehr gute und wertvolle Waffen. Er hat sie bei einem Schmied für sich anfertigen lassen."

„Ich kenne die Waffen", sagte ein herbeigeeilter Soldat des Statthalters. „Wahre Schmiedekunst. Die Klingen aus feinstem Stahl. Die Griffe mit Kupfer überzogen. Die Waffen kamen bei den Kämpfen gegen unsere Feinde oft zum Einsatz. Ihr Ehemann war ein ausgezeichneter Krieger. Wer immer die Dolche und die Säbel gestohlen hat, er kann sie nicht benutzen. Jeder Soldat des Statthalters würde sie erkennen."

Der ermordete Mann war bei den Soldaten beliebt gewesen. Alle suchten nach dem Mörder und den verschwundenen Waffen. Der Getötete gehörte zu den engen Beratern des Statthalters. Als man nach einigen Wochen immer noch keine Spur vom Mörder hatte, setzte der Statthalter eine hohe Belohnung für die Ergreifung des Verbrechers aus. Aber man fand ihn nicht. Die Witwe erhielt eine Rente, weil ihr Ehemann ein so herausragender Soldat und Kämpfer gewesen war. Davon konnte sie aber nur bescheiden leben, nachdem das Ersparte aufgebraucht war. Deshalb verkaufte sie einen Teil des großen Gartens hinter dem Haus. Der neue Eigentümer errich-

tete darauf ein Gebäude und legte einen neuen Garten an. Er pflanzte neben Sträuchern und Gemüse auch Blumen an. Als er eines Tages über den Zaun in den Garten der Witwe schaute, wunderte er sich darüber, dass die Hortensien blau blühten. Denn vor zwei Jahren, als er das Grundstück erwarb, hatten sie noch rosa geblüht. Auch in seinem Garten hatte er Hortensien gepflanzt, die rosa blühten. Er sprach die Witwe daraufhin an.

„Wie kommt es, dass Ihre Hortensien dieses Jahr blau blühen?"

Sie zuckte mit den Schultern. „Keine Ahnung."

„Haben sie die Hortensien mit einem Zusatz im Wasser gegossen?"

„Nein, ich gieße sie nur selten. Und dann mit Wasser aus dem Brunnen. Es regnet ja genügend."

„Merkwürdig, meine blühen nach wie vor rosa", sagte der Mann.

Später sprach er mit seiner Frau über die blauen Hortensien und sagte, dass er auch gerne blaue Blüten im Garten hätte. Aber dort, wo er die Hortensien gekauft habe, hätte es sie nur in Rosa gegeben.

„Sprich doch mit meinem Schwager darüber", sagte die Ehefrau. „Der kennt sich gut mit Pflanzen und Sträuchern aus."

Das tat der Mann und erfuhr, dass es von der Bodenbeschaffenheit abhänge, in welcher Farbe Hortensien erblühen.

„Wurde der Boden ausgetauscht?", fragte der Schwager.

„Nein, das hätte ich bemerkt. Die Hortensien standen dort schon, als ich das Grundstück erwarb. Und wenn ich deren Größe beachte, müssen sie dort schon jahrelang gestanden haben."

"Dann liegt im Wurzelbereich möglicherweise Metall, Eisen und Kupfer. Wenn das oxidiert, verändert sich die Bodenbeschaffenheit und das kann dazu führen, dass Hortensien nach einigen Jahren blau blühen."

Jene Information ließ den Mann aufhorchen. Er erinnerte sich an die Suche nach den Dolchen und Säbeln des ermordeten Ehemannes seiner Nachbarin. Er ging zum Statthalter und erzählte ihm von seiner Beobachtung.

"Wenn wir unter den Hortensien die verschwundenen Waffen finden, haben wir vielleicht auch bald den Mörder", sagte der Statthalter. "Und du hast Anspruch auf die Belohnung."

Der beauftragte Hauptmann marschierte mit zwei Soldaten und Spaten zum Haus der Witwe. Als sie erfuhr, was der Statthalter angeordnet hatte, erbleichte sie. Unter den Hortensien wurden die drei Dolche und die zwei Säbel gefunden. Sie waren in den Jahren seit ihrem Verschwinden stark verrostet und nicht mehr als Waffen zu gebrauchen.

Unter Tränen gestand die Wittwe, dass sie ihren Mann im Streit erstochen habe. Er sei gerade dabei gewesen, seine Waffen zu polieren, und habe gesagt, dass er sich einen neuen Säbel anfertigen lassen wolle. Er sei von dem Vorhaben nicht abzubringen gewesen, obwohl er längst genügend Waffen besaß. Da habe sie einen Dolch vom Tisch genommen und ihn erstochen. Die Mordwaffe und die anderen Dolche und Säbel habe sie anschließend unter den Hortensien vergraben.

Die kostbare Brosche

"Wie schon so oft, begann Milwida ihre Geschichte mit einem Gedicht." Suvork rang mit einem Popcorn, dass sich offenbar in seiner Kehle quer gestellt hatte. Ich überlegte, ob Popcorn die richtige Nahrung für ihn sei. Nachdem er den Übeltäter heruntergeschluckt hatte, fügte er hinzu: „Das kurze Gedicht hatte keinen Bezug zur folgenden Geschichte. Aber sie wollte es unbedingt vortragen. Und mir gefiel es."

Nach frevelhaften Taten,
sich Saul und Phil beraten.
Die Beichte soll es bringen,
um wieder frei zu schwingen.

„Was wurde dir befohlen?",
fragt Saul danach verstohlen.
„Ich soll nun dreimal täglich
Gebete sprechen, kläglich."

„Ich möcht den Priester töten.
Von mir verlangt er Kröten",
beschwert sich Saul mit Stöhnen:
„Eintausend soll ich löhnen!"

„Nun ja", sagt Phil tiefsinnig.
„Ich lästerte Gott innig.
Doch du riefst: ‚Blöde Herde,
die Priesterschaft der Erde'!"

„Moment, unterbrach ich Suvork, als er mit der Geschichte beginnen wollte. Gab es zu Noahs Zeiten schon Priester?"

„Aber sicher, Herr Schmidt", sagte Suvork und betonte meinen Familiennamen. „Bereits unter Adams Söhnen gründeten einige seiner Nachkommen ihre eigene religiöse Gruppe. Heute würde man wohl sagen: Kirche. Sie predigten und behaupteten, neue Offenbarungen von Gott erhalten zu haben. Dabei standen ihre Behauptungen oft im Gegensatz zu den Geboten, die Adam erhalten hatte. Ich berichtete ja schon, dass Gott Adam die Zehn Gebote gegeben hatte. Ich erinnere mich an einen der Söhne, von dem mir Noah erzählte. Er war schon vor meiner Geburt gestorben, weshalb ich ihm nie begegnet bin. Jener falsche Prophet hatte gepredigt, dass man Menschen, die nicht zur engeren Familie gehörten, belügen und betrügen dürfe, ohne dafür von Gott bestraft zu werden. Das stand im Gegensatz zu den Zehn Geboten, die nie geändert wurden."

„Wer gehörte denn zur ‚engeren Familie'?"

„Die Eltern, die Großeltern, die Urgroßeltern und deren Kinder und angeheiratete Ehepartner. – Aber nun Milwidas Geschichte an jenem Abend."

In Rubunussa, einer großen Stadt im Süden, lebte eine wohlhabende Witwe. Sie war so reich, dass sie sich alles kaufen konnte, was ihr Herz begehrte. Von ihren Eltern hatte sie drei Weinberge geerbt. Ihr Ehemann war kurz nach der Hochzeit gestorben, ohne einen Nachkommen gezeugt zu haben. Er hatte ihr fünf Weinberge hinterlassen. Sie besaß somit acht prächtige Weingärten, die Jahr für Jahr reichlich Frucht trugen und ihren Wohlstand mehrten. Da sie einen Verwalter und viele Arbeiter angestellt hatte, brauchte sie sich nicht um die täglichen Arbeiten kümmern. Damit ihr nicht langweilig wurde, ging sie mehreren Hobbys nach. Am liebsten sammelte sie geschmackvolle und seltene Broschen. Sie besaß eine große Sammlung von Broschen aus Holz, Kupfer, Silber und Gold. Alle waren hochwertig gearbeitet und reichlich verziert. Sie hatte aber auch einige, die anspruchslos und schlicht aussahen. Zu jenen gab es jeweils eine bedeutende Geschichte, meistens von historischer Tragweite.

Ein Halunke hatte von der Sammelleidenschaft der Witwe gehört und reiste deshalb nach Rubunussa. Er stieg im vornehmsten Gasthaus ab und mietete dort drei Zimmer, zwei für sich und eines für den Diener und den Kutscher. In seiner besten Kleidung stolzierte er mit einem silberbeschlagenen Spazierstock durch die Stadt und sprach auf dem Markt mit dem einen und andere Händler. Bei allen hinterließ er den Eindruck, sehr wohlhabend zu sein. Am darauf folgenden Tag schickte er seinen Diener los, um auf dem Marktplatz und in allen großen Straßen, den Verlust einer Brosche zu verkündigen:

„Mein Herr hat eine wertvolle Brosche in der Stadt verloren! Sie bedeutet meinem Herrn ausgesprochen viel! Denn es war ein Erbstück seiner Vorfahren! Die Brosche gehörte ursprünglich Sarianna, einer Schwiegertochter von Adam, dem ersten Menschen! Adam selbst fertigte sie zur Hochzeit seines Sohnes mit Sarianna an! Der Finderlohn für die Brosche beträgt eine hohe Anzahl echter Goldmünzen!"

In der Stadt begannen alle Leute den Boden abzusuchen in der Hoffnung, die Brosche zu finden. Auch die reiche Witwe schickte ihre Diener und Arbeiter los, um nach der Brosche zu suchen. Am Abend des selben Tages verkündete der Diener des Halunken auf dem Marktplatz, dass die Brosche gefunden worden sei. Sein Herr wäre sehr glücklich, dass ein ehrlichen Finder sie zurückbrachte.

Die reiche Witwe mit den acht Weinbergen war neu-

gierig geworden. Wie wohl die Brosche aussah? Sie hatte in ihrer Sammlung noch keine Brosche, die Adam angefertigt hatte. Sie suchte den Halunken auf und ließ sich die Brosche zeigen.

„Eine außergewöhnliche handwerkliche Arbeit ist es eher nicht", sagte sie enttäuscht.

„Nun ja, bedenken Sie", sagte der Halunke. „Adam fertigte sie an. Es war sicherlich eine seiner ersten handwerklichen Arbeiten. Vielleicht sogar die erste Brosche überhaupt, die ein Mensch kreierte."

„Aus welchem Metall ist die Platte?"

„Aus Gold natürlich! Reines Gold. Sehen Sie nur, wie es im Sonnenlicht glänzt." Der Halunke war zur Terrassentür gegangen, wo das Schmuckstück hell aufblitzte.

„Ich gebe Ihnen zwanzig Goldmünzen dafür", sagte die reiche Witwe.

„Oh nein, ich will die Brosche nicht verkaufen", log der Halunke. „Sie ist unverkäuflich."

„Fünfzig Goldmünzen", erhöhte die Witwe ihr Angebot.

„Auf keinen Fall! Von so einem Erbstück trennt man sich doch nicht für fünfzig Goldmünzen."

„Ich erhöhe auf einhundert."

„Ich sehe", sagte der Halunke, „Sie sind wirklich interessiert an der Brosche. Und bei Ihnen wäre sie wohl auch in guten Händen. Man trifft nicht täglich jemanden, der etwas Wertvolles zu schätzen weiß. Aber einhundert Goldmünzen, ich bitte Sie."

„Wie viel wollen Sie haben?", fragte die Witwe.

Der Halunke griff an sein Herz, beziehungsweise dort hin, wo er es vermutete: „Zweitausend."

„Zweitausend", die Witwe schnappte nach Luft und dachte kurz nach. Dann reichte sie dem Halunken die Hand: „Gut, abgemacht."

Sie rannte nach Hause, füllte eine Schatulle mit zweitausend Goldmünzen und ging begleitet von einem Diener zum Halunken. Glücklich eilte sie anschließend mit der neu erworbenen Brosche heim. Am nächsten Tag lud sie ihre sechs besten Freundinnen zum Tee. Denen präsentierte sie das neue Schmuckstück.

„Ich weiß", sagte sie entschuldigend, „es gibt schönere Broschen in meiner Sammlung. Aber das hier ist die älteste von allen. Adam, der erste Mensch, hat sie selber angefertigt."

Aufgeregt reichten die Freundinnen die Brosche von Hand zu Hand.

„Und die soll wirklich von Adam sein?", fragte Emmaria.

„Warum zweifelst du?"

„Auf der goldenen Grundplatte sind drei mittelprächtige Perlen angebracht. Woher soll Adam die gehabt haben? Er lebte nie am Meer. Perlen liegen nicht einfach so umher. Die echten Perlen wurden doch erst drei oder vier Generationen nach Adam entdeckt, als einige seiner Nachkommen sich am Meer niederließen."

„Das ist richtig", stimmte eine andere Freundin zu. „Adam ist zwar recht alt geworden, aber ob er je eine Perle gesehen hat?"

„Sarianne war seine dritte Schwiegertochter", ergriff Emmaria wieder das Wort. „Da war Adam höchstens vierzig Jahre alt. Es gab noch nicht viele Menschen auf der Erde. Kein Handlungsreisender hätte Adam Perlen verkaufen können. Die traten erst sehr viel später auf."

Entsetzt starrte die reiche Witwe auf die Brosche und begriff, dass sie hereingelegt worden war. Augenblicklich verließ sie ihre Freundinnen und eilte zum Gasthof. Doch der Halunke war schon am Abend zuvor abgereist, ohne eine Nachricht hinterlassen zu haben, wohin.

Glück und Gold

„Ägyptus erzählte folgende Geschichte", begann Suvork, nachdem er die dargebotene Nougatpraline verspeist hatte.

Ein Mann und eine Frau lebten glücklich an einem Bach in einem kleinen Haus. Der Mann hieß Sungam. Die Felder und der Wald hinter dem Haus gehörten ihm ebenfalls. Sungam bewirtschaftete die Felder und pflegte den Wald. Außerdem angelte er fast jeden Tag im Bach und fing mehr Fische, als er und seine Frau verspeisen konnten. Mit den übrigen Fischen ging er auf den Markt der nahen Stadt, wo er sie verkaufte. Vom Erlös erwarb er für sich und seine Frau Kleidung und Nahrung, die sie nicht anbauen konnten.

Als Sungam eines Tages am Ufer des Baches saß, bemerkte er, dass im Bach weniger Wasser war als sonst. Am Tag darauf quälte sich nur noch ein armseliges Rinnsal zu seinen Füßen. Und einen Tag später gab es das Flüsschen nicht mehr. Sungam stand vor einem trockenen Bachbett, in dem die einst grünen Wasserpflanzen in der Sonne verwelkten.

„Welch ein Unglück für dich", sagte ein Nachbar, „keine Fische mehr. Oben am Bach wurde eine Schmiede gebaut. Der Besitzer leitet dass Wasser des Baches um, damit er seine Felder besser bewässern kann und immer genügend Wasser für die Schmiede hat. Er legte auch einen Weiher an, in dem sich jetzt die Fische tummeln. Dem Schmied geht es gut. Aber welch ein Unglück für dich, Sungam."

„Wer weiß", sagte Sungam still. „Wir werden sehen."
Er trat in das trockene Bachbett und ging darin auf und ab. Mit dem Fuß stieß er an einen Stein, der ein wenig

nachgab. Zu seinem erstaunen sah er, dass es gar kein Stein war, sondern ein mit vertrockneten Wasserpflanzen bedeckter Klumpen, der an jener Stelle in der Sonne blinkte, wo er ihn achtlos angestupst hatte. Sungam beugte sich nieder und wische den Schmutz beiseite. Als er den Brocken aufhob, wurde er geblendet. Er hielt einen faustgroßen Goldklumpen in der Hand. Freudig lief er zu seiner Frau und zeigte ihr seinen Fund. Es war gerade eine Nachbarin zu Besuch, die schnell davon eilte, um ihren Freundinnen von dem Goldklumpen zu erzählen.

„Oh, welch ein Glück ihr habt!", riefen die Freundinnen beim Anblick des Goldes. Dann stapften sie in das trockene Bachbett und suchten nach weiteren Goldklumpen. Auch ihre Männer kamen, und begannen im ehemaligen Bach zu graben. Sie suchten aufwärts und abwärts. Doch niemand fand einen Krümel Gold. Erschöpft kamen die Männer abends zu Sungam und bewunderten sein Glück mit dem Goldklumpen.

„Wir werden sehen", sagte Sungam gleichmütig. Tags darauf ging er mit dem Goldklumpen in die Stadt. Dort ließ er ihn schmelzen und Münzen gießen.

„Davon können wir jetzt für lange Zeit gut leben", sagte seine Frau zu Hause beim Anblick des Goldmünzenberges auf dem Tisch.

„Ja, gib gut acht darauf", erwiderte Sungam. Er steckte eine Münze in seine Tasche. „Damit gehe ich morgen zum Kamelrennen. Mit etwas Glück gewinne ich noch mehr Münzen."

Beim Kamelrennen setzte Sungam seine Münze auf ein dunkelbraunes Tier, von dem er annahm, dass es gewinnen würde. Es gewann. Sungam bekam drei Goldmünzen ausgezahlt. Anschließend begutachtete er die Kamele für das nächste Rennen. Er setzte alle drei Münzen und ge-

wann. Nun besaß er zwölf Goldmünzen. Es gab noch ein drittes und letztes Rennen an jenem Tag. Sungam musterte die neuen Rennkamele sorgfältig. Dann setzte er alle seine Münzen auf das beste Tier, wie ihm schien. Es war das schnellste Kamel und er gewann erneut. Nun besaß Sungam fünfzig Goldmünzen, die kaum in seine Taschen passten.

„*Du bist ein richtiger Glückspilz!*", *sagte ein Besucher der Rennen.* „*Das gibt es nur ganz selten, dass jemand dreimal hintereinander gewinnt. Du hast eine Glückssträhne. Die solltest Du ausnutzen. Am anderen Ende der Stadt beginnen jetzt die Hunderennen. Da kannst du noch mehr gewinnen. Komm mit!*"

Sungam folgte dem Besucher mit seinen fünfzig Goldmünzen quer durch die Stadt. Das erste Hunderennen startete gerade, als sie ankamen. Es würden noch weitere Rennen folgen. Sungam sah sich die Hunde für den nächsten Start an. Er war unschlüssig, auf welches Tier er setzen sollte. Deshalb setzte er nur fünfundzwanzig Goldmünzen, die Hälfte seiner Münzen.

„*Unglaublich! Schon wieder gewonnen*", *rief der Besucher vom Kamelrennen.* „*Du hättest alles setzen sollen. Du bist ein wahrer Glückspilz. Auf zum nächsten Rennen.*"

Mit dem neuen Gewinn besaß Sungam nun achtzig Goldmünzen. Beim nächsten Rennen setzte er alles auf einen schwarzen Hund, von dem er hoffte, dass er triumphieren würde. Doch der erhoffte Sieger ging als letzter durchs Ziel. Sungam hatte seine achtzig Goldmünzen verloren und besaß keine einzige mehr. Gleichmütig und müde ging er heim.

„*Wie viel hast du gewonnen?*", *fragte Sungams Frau, als er in die Stube trat.*

„Ich habe die Goldmünze verloren", antwortete er und legte sich zu Bett.

In der Nacht kam ein Räuber, der von den Goldmünzen gehört hatten, um sie zu stehlen. Sungams Frau hatte die Goldmünzen in einem Beutel unter ihr Kopfkissen gelegt. Als der Räuber den Geldsack hervorzog, erwachte die Frau. Sie blickte in der Dunkelheit verwirrt umher und wollte schreien. Doch der Räuber kam ihr zuvor und stach seinen Dolch in ihr Herz. Kraftlos sank sie tot zusammen. Sungam schlief so fest, dass er nichts von dem Überfall mitbekam. Trauernd begrub er seine Frau und setzte sich an das trockene Bachbett, wo er beim Fischen oft so glücklich gewesen war.

Inzwischen hatte der Schmied oben am Fluss von dem Goldklumpen im Bach gehört. Er hatte auch die Leute beobachtet, die im ausgetrockneten Bachbett nach weiterem Gold suchten. „Das Gold ist bestimmt oben aus dem Gebirge gekommen", dachte der Schmied bei sich. „Inzwischen ist wahrscheinlich wieder Gold hinabgeströmt und in meinen Weiher gespült. Dort liegt es nun ungenutzt am Grund. Ich muss den Weiher trocken legen."

Der Schmied leitete das Wasser des kleinen Baches wieder in das ursprüngliche Bachbett und wartete, dass sein Weiher austrocknete. Ein große Menge Wasser konnte er aus dem Weiher ablassen, aber nicht alles. Es dauerte Tage, bis fast alles Wasser verdunstet war. Ungeduldig stieg er in den feuchten Grund und hob einen Stein nach dem anderen auf, um zu sehen, ob es ein Goldklumpen sei. Damit er versehentlich nicht einen Stein doppel oder dreifach prüfte, warf er jeden in den dichten Wald am Ufer. So ging es Tag für Tag und Woche um Woche. Als er wieder einen Stein unter dem Schlamm hervorzog und ihn gewohnheitsmäßig in den Wald warf, sah er aus dem Augenwinkel, dass der Stein in der Sonne aufblitze. „Verdammt!", schrie der Schmied, „das war Gold!"

Er rannte Richtung Wald und vergaß, dass der Grund des Weihers immer noch feucht war. Auf dem glitschigen Boden rutschte er aus, stürzte und schlug mit dem Kopf auf einen spitzen Stein. Nachbarn fanden ihn tot in seinem trockengelegten Weiher.

Weil der alte Bach wieder Wasser führte, saß Sungam täglich am Ufer und angelte. Die Umleitung des Baches durch den Schmied, hatte die Forellen offenbar verschreckt. Denn Sungam fing nicht so viele Fische wie zuvor. Aber er beklagte sich nicht und wartete geduldig, bis er einen Fang machte.

„Was hattest du für ein Glück," sagte ein vorbeikommender Nachbar. „Und nun hast du alles verloren. Das Gold, die Frau und die Fische beißen auch nicht mehr so wie früher. Wie hältst du das nur aus?"

„Ich habe die Erfahrung gemacht, dass ich nicht immer bekomme, was ich gerne möchte", antwortete Sungam. „Deshalb liebe ich, was ich bekomme."

Arima verliebt

„Dass Leilani Liebesgeschichten mochte, berichtete ich wohl schon", begann Suvork. Er war auf den Tisch geflogen und hatte sich unaufgefordert eine der zwei zurückgelassenen Schokoladenrippen mit seinem schwarzen Schnabel geschnappt. Genüsslich zerkleinerte er sie auf dem Teller und schluckte die Brocken hinunter.

„Nun also die Geschichte", sagte er, nachdem er auch die zweite Schokoladenrippe auf die gleiche Weise verspeist hatte.

Arima war eine junge und bildschöne Frau mit dunklen Haaren. Meistens trug sie ein knöchellanges Gewand und ging oft barfuß. Die jungen Männer sahen sie gerne an und pfiffen ihr hinterher. Ihr Vater bewirtschaftete ein großes Stück Land, auf dem er allerlei Getreide und Gemüse anbaute, die seine Frau verarbeitete. Was sie nicht selber verspeisten, wurde auf dem Markt verkauft. Es war Arimas Aufgabe, auf den Markt zu gehen, um dort die Waren anzubieten.

Arima hatte einen großen Bruder, der schon verheiratet war und mit seiner Frau und dem gemeinsamen Sohn in einem eigenen Haus wohnte. Sie galten als ehrliche und rechtschaffne Leute im Ort und weit darüber hinaus. Wie ihr Bruder, so wollte auch Arima gerne verheiratet sein. Aber obwohl einige junge Männer ihr schöne Augen machten, sie gab keinem eine Chance. Der eine war zu dick, der andere zu dünn, wieder ein anderer zu faul oder zu einfältig. Weder der eine noch der andere strahlte aus, was Arima sich wünschte. Bei keinem aus ihrem Bekanntenkreis entbrannte ihr Herz.

Eines Tages nahm ihr Bruder sie auf eine Hochzeitsfeier mit. Dort verliebte sie sich beim ersten Anblick in einen Mann, der vermutlich drei oder vier Jahre älter war als sie. Sie hatte ihn noch nie zuvor gesehen, wusste nicht, woher er kam und wie er hieß. Er saß an einem anderen Tisch und schien Arima nicht zu bemerken. Da saß der Mann ihrer Träume. Denn er strahlte aus, was sie sich wünschte. Fröhlich plauderte er mit den Männern und Frauen an seinem Tisch, hauptsächlich mit den Frauen. Den Eindruck hatte Arima.

„Wer ist der Mann da drüben im hellblauen Obergewand mit dem kurzen Schnurrbart und dem weichen, braunen Vollbart?", fragte sie ihren Bruder.

„Keine Ahnung. Ich kenne hier nicht alle Leute", antwortete er knapp. Dass das Herz seiner Schwester für jenen Mann in Flammen stand, hatte er offenbar nicht bemerkt.

Arima überlegte, wie sie den Mann für sich interessieren könnte. Doch ihr fiel nichts Gescheites ein. Einfach hinüberzugehen und ihn anzusprechen, das war nicht üblich und würde vielleicht als unhöflich empfunden werden. Womöglich war er schon verheiratet und die Frau neben ihm, war seine Ehefrau. Arima kannte keine der Frauen am Nachbartisch, die sie hätte fragen können. Doch als sich eine der Frauen erhob und anschickte davon zu gehen, sprang Arima sofort auf und eilte ihr hinterher.

„Entschuldigung, wer ist der junge Mann im hellblauen Obergewand an deinem Tisch?" Sie konnte die Worte nicht zurückhalten und wunderte sich über ihre Dreistigkeit.

Die unbekannte, aber ebenfalls junge Frau sah Arima durchdringend an: „Vergiss es. Um den bemühen sich schon zehn, zwanzig oder noch mehr."

Verdammt, die Frau hatte sofort begriffen, worum es ging. Ihre Worte hatten Arima wie einen Dolch ins Herz getroffen. Ungeachtet dessen wusste sie jetzt, dass er nicht verheiratet war. Still setzte sie sich wieder auf ihren Platz und versuchte nicht mehr zum Angebeteten hinüber zu schauen. Aber das wollte nicht gelingen. Immer wieder wanderten ihre Blicke zu seinem Gesicht und den dunkelbraunen, stets strahlenden Augen. Offenbar hatte er viel zu erzählen. Die Frauen am Tisch bogen sich gelegentlich vor Lachen.

Da trat ein älterer Herr hinter den jungen Mann und tippte ihm auf die Schulter. Gedämpft sagte er irgendetwas, was Arima nicht verstehen konnte. Der junge Mann erhob sich. Beide Männer verabschiedeten sich vom Brautpaar und deren Eltern. Sie verließen die Hochzeitsgesellschaft. Die Sonne war schon vor einiger Zeit untergegangen und die Sterne funkelten am dunklen Himmel. Arimas Bruder erhob sich ebenfalls und sagte zu seiner Schwester, dass es Zeit sei heimzugehen. Sie starrte geistesabwesend zu dem Platz hinüber, auf dem ihr Auserwählter gesessen hatte und war verzweifelt, dass er schon weg war und sie nicht einmal seinen Namen erfahren hatte.

Wenige Tage später ging Arima mit einem Karren, der von einem Esel gezogen wurde, zum Marktplatz der nahen Stadt. Sie nahm das Obst und das Gemüse vom Karren und legte es dekorativ auf einen Tisch zum Verkauf. Als sie aufsah, erblickte sie in der Ferne jenen Unbekannten, in den sie sich heimlich verliebt hatte. Er war in Begleitung des älteren Mannes, mit dem er die Hochzeitsgesellschaft verlassen hatte. Die beiden schlenderten von Verkaufsstand zu Verkaufsstand und begutachteten die angebotenen Waren. In weniger als einer Minute würden sie vor Arimas Stand stehen. Panik ergriff die junge Frau.

„Ich muss mal kurz weg", sagte sie zu ihrer Nach-

barin. „Achtest du bitte auf meinen Stand. Ich bin gleich wieder da."

Fluchtartig rannte sie zu einem großen Baum am Rande des Marktplatzes und versteckte sich dahinter. Heimlich beobachtete sie, wie die beiden Herren vor ihrem Stand kurz stehen blieben, dann weiter bummelten und im Getümmel der Marktbesucher verschwanden. Erleichtert atmete Arima auf. All zu gerne hätte sie mit ihrem heimlichen Geliebten gesprochen, ihm ihre Ware angeboten und mit ihm um den Preis gefeilscht. Aber sie war an diesem Morgen spät dran gewesen. Ihr Vater hatte zur Eile angetrieben, damit sie rechtzeitig auf dem Marktplatz einträfe. Deshalb hatte sie nur ein wenig Wasser ins Gesicht gespritzt, ihr Haar nicht gewaschen, sondern nur grob glattgestrichen. „Wie sehe ich nur aus, mit den speckigen Locken?", warf sie sich vor. „Was heißt Locken? Strähnen, speckige Strähnen. Wie konnte ich nur so liederlich auf den Markt gehen?" Still schimpfte sie über sich und die verpasste Gelegenheit. „Der erste Eindruck ist wichtig. Verdammt! Ab jetzt nur noch fein herausgeputzt aus dem Haus", nahm sie sich vor.

In zwei Tagen war wieder Markt. Arima erschien frisch gewaschen und gekämmt. Nicht nur die jungen Männer pfiffen beim Passieren ihres Marktstandes. Auch die Frauen warfen ihr anerkennende, oft sogar neidische Blicke zu. Stets lächelnd bot Arima ihre Bohnen, Rüben, Äpfel, Feigen und andere Früchte an. Doch ihr Geliebter kam nicht an ihren Stand. Nicht einmal in der Ferne konnte sie ihn sehen. Enttäuscht fuhr sie nachmittags mit ihrem Karren heim, obwohl das Geschäft blendend gelaufen war.

Eine Woche später, Arima feilschte gerade hartnäckig mit einer dicken Magd über den Preis eines Kürbisses stand er plötzlich vor ihrem Verkaufsstand, der Auserwählte von der Hochzeitsfeier. Er wartete geduldig, bis sich Arima und die Magd über den Preis geeinigt hatten.

„Hallo Arima", sagte er lächelnd. „Laufen die Geschäfte gut?"

„Woher weißt du meinen Namen?", wollte sie fragen. Doch sie lächelte höflich und erkundigte sich: „Was darf es sein? Ich habe frische Gurken, Kürbisse, Äpfel und Kirschen. Gestern, teils auch heute Morgen geerntet."

„Wie wäre es mit einem Ja für die Ewigkeit!", fragte er mit einem schelmischen Zwinkern.

Arima sah ihn irritiert an. „Hm. Ich verstehe nicht. Woher weißt du meinen Namen?"

Er lächelte wieder. „Dein Onkel hat ihn mir verraten."

„Dann hat dir mein Onkel sicher auch gesagt, dass ich eine harte Nuss bin und ich das Ja-Wort nicht jedem dahergelaufenen Marktbesucher gebe."

„Stimmt", antwortete er grinsend. „Aber ich bin nicht jeder. Ich bin Zophar aus Nilreb im Süden."

„Hat dir mein Onkel auch gesagt, dass ich das Zeug habe, in der Küche eine Köchin, im Festsaal eine Dame und im Bett eine Kokotte zu sein?"

„Genau, das hat er gesagt. Und ich bin überzeugt, dass es zutrifft."

„Mir scheint, es gibt hier zwei große Lügner auf dem Marktplatz", erwiderte Arima. „Der eine bin ich. Ich habe nämlich gar keinen Onkel mehr."

Beide lachten herzlich. Sie verabredeten sich und trafen sich jede Woche mehrmals. Nach einem halben Jahr heirateten sie.

Gottes Plan

„Auch zu Noahs Zeiten gab es den Ruhetag", begann Suvork eines abends. „Eigentlich nichts Besonderes. Denn in den Geboten damals und wie heute wurde über jenen Tag geschrieben: *Gedenke des Sabbats: Halte ihn heilig! Sechs Tage darfst du schaffen und jede Arbeit tun. Der siebente Tag ist ein Ruhetag, dem Herrn, deinem Gott, geweiht. An ihm darfst du keine Arbeit tun: du, dein Sohn und deine Tochter, dein Sklave und deine Sklavin, dein Vieh und der Fremde, der in deinen Stadtbereichen Wohnrecht hat. Denn in sechs Tagen hat der Herr Himmel, Erde und Meer gemacht und alles, was dazugehört; am siebenten Tag ruhte er. Darum hat der Herr den Sabbattag gesegnet und ihn für heilig erklärt.* So ist es in der Bibel, Exodus, Kapitel 20, zu lesen."

Ich staunte, wie Suvork die heutige Bibel so fehlerfrei zitierte. Und dann setzte er noch hinzu:

„Das bedeutete aber nicht, dass man den siebenten Tag total verschlafen soll. An andere Stelle ist in der Schrift zu lesen, dass der Sabbat *ein Tag heiliger Versammlung* sein soll. Siehe Levitikus, Kapitel 23. Heute gehen leider nur noch wenige Menschen zu den heiligen Versammlungen, das heißt, zu den Gottesdiensten der verschiedenen Religionen. Für viele ist am Sonntag, wie wir heute den Ruhetag nennen, sogar noch mehr Arbeit gefordert. Noah und seine Familie befolgten das Gebot, verrichteten nur die unerlässlichen Tätigkeiten und feierten einen Gottesdienst, bei dem Noah predigte. - Predigt ist das falsche Wort. Geprägt über Jahrhunderte, sieht der Kirchenbesucher beim Begriff Predigt einen erhobenen Zeigefinger, der unablässig in den Wunden alter Verfehlungen bohrt. Zusätzlich hört er im Hintergrund das lodernde und knisternde Höllenfeuer. Lange Zeit dienten

Predigten nur einem Zweck, die Untertanen gefügig zu machen, damit die Mächtigen beliebig und uneingeschränkt über sie herrschen konnten. Diese Absicht greift heute nicht mehr, was dazu geführt hat, dass die großen Kirchengebäude leer stehen. Noah predigte nicht in jenem Sinne, er hielt Ansprachen. Darin erläuterte er sachlich Gottes Absichten und ermunterte, jene Ziele zu unterstützen. Er führte die Vorteile und die Nachteile aus, wenn man sich nicht an Gottes Gebote hielt. Es war niemals seine Absicht, seine Zuhörer oder das ganze Volk zu beherrschen und zu knechten. Er unterstützte den Plan Gottes und lud alle ein, es ihm gleich zu tun. Doch das gefiel etlichen Zuhörern nicht, weil sie Gottes Absichten verachteten und lieber eigene, egoistische Ziele verfolgten. Ich will nun von einer dieser Predigten berichten. Nein, ich verbessere, von einer seiner Ansprachen."

Während ich auf dem Marktplatz einer Stadt im Osten predigte, rief ein Mann aus der kleinen Zuhörergruppe dazwischen: „Gott gibt es nicht! Wenn es ihn gäbe, warum hat er dann meine Frau und meine kleine Tochter nicht beschützt, als sie von Räubern überfallen wurden? Beide wurden getötet. Unschuldige Menschen!"

„Das kann ich dir erklären", antwortete ich, meine Predigt unterbrechend.

„Ja ich weiß, sie leben jetzt fröhlich im Himmel! Welch ein Unfug."

„Willst du wirklich nicht wissen, weshalb Gott es zulässt, dass unschuldige Menschen getötet werden?"

„Deine Antwort kenn' ich. Hörst du nicht zu? Ihr Prediger seid doch alles Lügner!" Und an die Umstehenden gewand: „Glaubt ihm kein Wort!"

Nach dieser Behauptung drehte der Mann sich um und stapfte davon. Es gibt immer wieder Menschen, die Gott lästern, wie jener Mann auf dem Marktplatz im Osten. Dabei ist es gar nicht so schwierig zu begreifen, weshalb Gott Unrecht zulässt und nicht eingreift.

Konkret greift Gott gelegentlich doch ein, um weiteres Unheil zu verhindern. Aber das geschieht nur in Ausnahmesituationen. Wir erleben gerade so eine Situation: Die große Flut. - Hätte Gott nicht eingegriffen und die Sünder nicht ersäuft und von der Erde getilgt, dann hätte sich die gesamte Menschheit selber vernichtet. Mir wurde ja schon mehrfach nach dem Leben getrachtet. Euch, meine Söhne, euch hätte man auch getötet. Aber er hat uns und die Tiere mit uns bewahrt, damit wir einen neuen Anfang auf der Erde machen.

Um Gottes Zurückhaltung zu begreifen, müssen wir den Beginn der Menschheit betrachten. Alle Menschen sind Kinder Gottes. Es ist seine Absicht, dass jeder glücklich und erfolgreich ist. Aber niemand kann zufrieden sein, wenn er nicht das Gegenteil kennt. Ja, jeder muss das Unangenehme persönlich durchleben. Nur davon zu hören, ist keine wirkliche Erfahrung. Erst, wenn man beide Seiten kennt, kann man sich erfreuen.

Gott zeugte mit der himmlischen Mutter unendlich viele Kinder. Jedoch nicht mit Fleisch und Knochen, sondern er zeugte sie geistig. Alle Kinder besaßen vor der Schöpfung der Erde einen Körper aus Geist. Das ist eine Materie, die wir mit unseren Augen nicht sehen können. Wir können sie auch nicht hören, schmecken, riechen oder betasten. Nur in bestimmten Situationen, beim Gebet beispielsweise, können wir erfassen, was unser Geist wahrnimmt und uns mitteilt.

Diesen Geistkörper besitzen alle Kinder Gottes auch, wenn sie auf Erden geboren werden. Zusätzlich erhält jedes Kind auf der Erde einen Körper aus Fleisch und Knochen, in denen sich viel Wasser und der Staub der

Erde befindet. Beide Körper sind äußerlich von gleicher Gestalt und miteinander verbunden. Erst beim Tod trennen sich die Körper. Der Materielle verbleibt als Leiche auf der Erde, der Geistige geht in eine andere Dimension. Die Erfahrungen, die der Mensch auf Erden gemacht hat, verbleiben im geistigen Körper. Sie gehen nicht verloren.

Diesem Konzept stimmten alle Menschen zu, die auf Erden leben. Denn vor der Erschaffung der Erde gab es einen großen Rat im Himmel. Gott wollte, dass eine Erde aus vorhandener Materie geformt wird, auf der seine Geistkinder für eine gewisse Zeit leben und Erfahrungen machen können. Es wurde diskutiert, wie die Lebensbedingungen auf der Erde sein sollten. Viele Vorschläge wurden gemacht und Details erklärt. Zum Schluss gab es eine Abstimmung. Einer, wir kennen ihn als Luzifer, trat als Redner einer großen Gruppe hervor. Er sagte: „Ich werde dafür sorgen, dass es den Menschen auf der Erde gut geht. Keiner wird verloren gehen. Ich werde sie alle zu dir, Vater, zurückbringen. Dafür werde ich viel und hart arbeiten. Aber ich tue es gerne. Denn ich weiß, dass du gute Werke belohnst. Damit du nicht lange überlegen musst, wie du mich honorieren könntest, hier mein Vorschlag: Gib mir deine Ehre und lass mich deinen Thron besteigen."

Ein weiterer Sohn Gottes breitete einen anderen Plan aus und sagte: „Ich will dafür sorgen, dass alle Geistkinder auf der Erde frei entscheiden können, wie sie leben wollten. Sie sollen unangenehme und schöne Erfahrungen machen können, damit sie die guten Erfahrungen schätzen und die unangenehmen meiden lernen. Auf diese Weise können sie wie du werden, Vater. Von Zeit zu Zeit will ich Männer und Frauen auf der Erde inspirieren, damit sie die Menschen belehren und ihnen von deinen Absichten und deiner Güte erzählen. Weil etliche deiner

Kinder die Freiheit nutzen, um allerlei Übles zu tun, werden sie unwürdig sein, nach dem Aufenthalt auf der Erde deine Gegenwart zu ertragen. Ich will ihre Sünden auf mich nehmen und dafür sorgen, dass Körper und Geist nach dem Tod auferstehen können. Alle deine Kinder sollen gemäß ihren Taten gerichtet und belohnt werden. Dir allein, Vater, sei alle Ehre und der Thron in alle Ewigkeit."

Gottvater fragte abschließend, wer für den ersten Plan sei. Ein Drittel aller Kinder stimmte für Luzifers Plan. Die anderen zwei Drittel entschieden sich für den zweiten Plan, der ihnen die freie Entscheidung verhieß. Gott entschied, dass der zweite Plan umgesetzt werden sollte. Die nicht dafür stimmten, ließ er mit ihrem Anführer Luzifer aus dem Himmel werfen.

Weil der himmlische Vater dafür war, dass die Menschen sich auf der Erde frei entscheiden sollten, sorgte er dafür, dass sie bei der irdischen Geburt alles vergaßen, was sie bei ihm im Himmel erlebt hatten. Denn sonst wären sie nicht wirklich frei gewesen. Sie hätten immer an die glorreiche Zeit beim Vater gedacht und penibel darauf geachtet, kein Gebot zu übertreten. Wie unter Zwang hätten sie sich verhalten. Gott musste zulassen, dass sie sich gegen ihn entschieden und einander bekämpften. Würde er bei jedem Fehler, den ein Mensch macht, eingreifen, so käme dabei heraus, dass jeder nur noch tun kann, was Gott will. Der Mensch wäre nicht frei.

Beispiel: Ein Mann will in das Haus seines Nachbarn einbrechen, um ihn zu berauben. Was würde geschehen, wenn Gott einschritte, weil er die Gedanken eines jeden kennt, er die Tat demzufolge verhindert? Er müsste dem Einbrecher sogleich beim ersten verwerflichen Gedanken auf die Finger klopfen und die Brechstange aus der Hand schlagen. Aber dann hätte jener nicht die Freiheit zu rauben. Und so verhält es sich mit jeder Tat, bei welcher man die Gebote Gottes übertritt.

Diejenigen, die Unrecht erfuhren und in vielen Fällen sogar von gottlosen Menschen getötet wurden, sind ja nicht wirklich tot. Ihr Geistkörper lebt weiter. Und sie werden später beim Gericht als Zeugen vor den Übeltätern auftreten. Warum sollte Gott die niederträchtigen, unbarmherzigen oder gierigen seiner Kinder strafen, wenn sie nicht die Möglichkeit gehabt hätten, schreckliches zu tun? Letztendlich sorgt Gott dafür, dass jeder gemäß seinen Taten belohnt wird. Mit anderen Worten, wer die Gebote Gottes befolgt, hat einen angenehmen Lohn zu erwarten.

Bei einer anderen Predigt rief einmal eine Frau dazwischen: „Was sollen all die Gebote? Gott hat uns doch die Freiheit gegeben. Ich will leben, wie ich will. Was kümmern mich Gottes gebote?"

Später erfuhr ich, dass sie ein stadtbekannte Hure war, die weiterhin unbehelligt ihrem Gewerbe nachgehen wollte. Sie wartete meine Antwort nicht ab, sondern verschwand nach ihrem Zwischenruf.

Ja, es ist wohl wahr, dass Gott uns die Freiheit gegeben hat, zu tun und zu lassen, was wir wollen. Aber er hat uns auch Gebote gegeben, damit wir diese Freiheit genießen können. Sonst könnten wir nämlich nicht in Frieden miteinander leben. Nehmen wir an, es gäbe das Gebot „du sollst nicht stehlen" nicht. Jemand braucht einen Hammer und stiehlt ihn beim Schmied. Wenn der Dieb nicht bestraft würde, könnte der Schmied seine Arbeit nicht tun. Jemand anders hat Appetit auf Rüben. Der Nachbar hat welche angepflanzt und pflegt sie bis zur Ernte. Doch der mit dem Appetit rupft sich einfach welche aus und verspeist sie, ohne dafür zur Rechen-

schaft gezogen zu werden. Diese zwei simplen Beispiele zeigen bereits, dass ohne Gebote nach kurzer Zeit Chaos herrschen würde. Gebote und die Bestrafung bei deren Nichtbefolgung sind notwendig, damit wir unsere Freiheit sichern und genießen können.

Zurück zu den Segnungen, die Gott bereit hält. - Nicht nur später, nach dem irdischen Leben, sondern bereits jetzt kann jeder gesegnet werden. Hier auf der Erde. Denn Gott segnet jede lobenswerte Tat. Man kann es spüren. Das wohltuende Gefühl nach jeder guten Tat ist eine Segnung. Damit nicht genug. Manchmal erfolgt der Segen unmittelbar, bisweilen erst später in materiellen Dingen oder in Erkenntnissen.

Wer hat mehr Halswirbel?

„Hast du nichts zu knabbern?," maulte Suvork an einem Abend, nachdem er sich auf seinen Lieblingsplatz in meinem Wohnzimmer gesetzt hatte.

„Doch, doch", erwiderte ich. „Wie wäre es mit Erdnüssen?"

„Am besten aber ohne Schale", sagte Suvork. „Sonst mache ich dir hier eine fürchterliche Sauerei im Zimmer."

Ich stellte eine kleine Schüssel mit ungesalzenen Erdnüssen hin. Er schnappte sich immer wieder eine und erzählte zwischendurch eine Fabel, die Jafet einst vorgetragen hatte.

„He du!", schrie ein Maulwurf zu einer Giraffe hinauf.

„Du hast meinen Hügel platt gemacht. Was soll das? Willst du mich umbringen?"

Die Giraffe kaute auf einem grünen Blatt, dass sie oben an einem Baum vom Ast gerissen hatte. Sie schaute hinab zum Maulwurf, sagte aber nichts. Auch nicht, nachdem sie das Blatt hinuntergeschluckt hatte. Sie tat vielmehr so, als habe sie nichts gehört, und schnappte nach einem weiteren Blatt.

„He! Ich sprech mit dir!", brüllte der Maulwurf. „Mit meinen Gängen in der Erde belüfte ich den Boden. Dadurch wachsen Gräser, Büsche und Bäume wesentlich besser. Und du kommst daher und trampelst hemmungslos meine Lüftungshügel und die Gänge platt."

„Tut mit leid", antwortete die Giraffe und schnappte sich ein neues Blatt vom Baum.

Der Maulwurf bemerkte in ihrem Tonfall, dass ihr überhaupt nichts leidtat. Deshalb unternahm er einen neuen Anlauf, um ihr die Bedeutung seiner Tätigkeit begreiflich zu machen.

„Ich bin zwar kleiner als du", sagte er. „Aber auch kleine Geschöpfe auf der Erde sind wichtig und spielen eine bedeutende Rolle, damit alles gut wächst und gedeiht. Sonst bist du nämlich bald am Ende, weil kein Baum mehr wächst, von dem du dich ernähren kannst."

„Angeber", sagte die Giraffe und sah gen Himmel, als hätte sie von dort bereits Zustimmung erhalten.

„Das habe ich gehört!", brüllte der Maulwurf. „Von wegen, Angeber. Du glaubst wohl, weil du größer bist und einen langen Hals hast, seist du wichtiger."

„Weshalb sonst sollte Gott mich mit einem langen Hals geschaffen haben? Meine vielen Halswirbel sorgen dafür, dass ich von oben einen schönen Überblick habe und die Sonne genießen kannst. Du hingegen musst in der fins-

teren Erde wühlen und wirst geblendet, wenn du mal kurz herausschaust."

„Ich habe viel mehr Halswirbel als du!", schrie der Maulwurf. Er wusste nicht, wie viele Wirbel er hatte. Aber die Hochnäsigkeit der Giraffe machte ihn so wütend, dass er ungezügelt behauptete, mehr Halswirbel zu haben als sie.

„Ha, ha, ha! Da lachen selbst die Geier," prustete die Giraffe und zeigte ihre gelben Zähne. „Hast du überhaupt einen Hals?"

Am liebsten hätte der Maulwurf die Giraffe mit einem Tritt niedergeworfen. Doch vermutlich würde sie seinen Stoß nicht einmal spüren. Deshalb sagte er besonnen: „Wir können ja mal nachzählen, wer mehr Halswirbel hat."

„Abgemacht", antwortete die Giraffe. „Wer soll die Halswirbel zählen?"

Der Maulwurf dachte nach. Noch bevor er antworten konnte, schlug die Giraffe vor: „Der König der Tiere. Der Löwe soll zählen."

„Von wegen", protestierte der Maulwurf. „Wie soll der die Halswirbel zählen? Für den bin ich doch nur ein mickriger Happen. Ich habe dich durchschaut. Du willst mich loswerden. Ne, ne, so läuft das nicht. Jemand, der weder dich noch mich auffrisst, soll zählen."

„Na gut", sagte die Giraffe. „Wen schlägst du vor?"

„Der Affe soll die Halswirbel zählen", erwiderte der Maulwurf. „Der frisst kein Fleisch, nur Früchte."

„Okay."

Die beiden riefen einen Affen und trugen ihm ihr Anliegen vor. Der Affe machte sich sogleich ans Werk. Er kletterte am Hals der Giraffe hoch und begann die Halswirbel zu zählen. Er tastete mit seinen Händen den Hals ab und verkündete: „Sieben Halswirbel."

Danach begann er den Hals des Maulwurfs abzutasten. Schon nach kurzer Zeit gab er auf. „Die Wirbel des Maulwurfs sind so klein, ich kann sie nicht zählen. Tut mir leid", gab der Affe zu.

„Hat er überhaupt Halswirbel?", fragte die Giraffe.

Der Affe bejahte das und schlug vor, dass man die Wirbel bei einem toten Maulwurf zählen solle. Wenn die Knochen frei lägen, wäre das ganz einfach. Der Maulwurf stimmte zu und zerrte einen verstorbenen Artgenossen unter der Erde hervor. Der Affe schob das bereits stark verweste Fleisch beiseite und zählte die Halswirbel.

„Sieben Halswirbel!", verkündete er lautstark. „Ich habe genau gezählt. Giraffe und Maulwurf haben je sieben Halswirbel."

Die Giraffe mochte es nicht glauben, denn ihr Hals war doch wesentlich länger als der des Maulwurfs. Sie glaubte, den Sieg bereits in der Tasche gehabt zu haben und beäugte das Skelett des unter der Erde lebenden toten Säugetieres noch einmal sorgfältig. Penibel zählte sie die weißen Knochen der Halswirbel. Doch sie konnte dem Affen keinen Fehler vorwerfen. Seit jener Zeit behandeln die Giraffen die Maulwürfe respektvoller.

„Tja, so kanns gehen", sagte Suvork nach der Geschichte. „Was viel erscheint, ist nicht unbedingt viel. Wer hätte das gedacht. Im langen Hals der Giraffe stecken genau so viele Wirbel wie im kurzen des Maulwurfs. Auch Pferde, Kühe, Hunde und Katzen haben je sieben Halswirbel."

Der Banküberfall

„Heute wieder eine Geschichte von Sem", sagte Suvork. „Du erinnerst dich, Sem, der Visionen hatte und in die Zukunft sehen konnte? Er sah und hörte manchmal Ereignisse, die er selber nicht verstand, weil er die Entwicklung nicht mitbekommen hatte. Deshalb benutzte er oft Wörter, die heute niemand verstehen würde. Damit du folgen kannst, verwende ich die Begriffe, die gegenwärtig üblich sind. Somit brauche ich Sems Umschreibungen nicht lang und breit erklären. Ich hatte schon bei anderer Gelegenheit auf diese Problematik hingewiesen. Nur, falls du es vergessen hast. Sem berichtete davon, wie er eine kriminelle Tat beobachtete."

Zwei Männer hielten ihr Auto vor einer Bank an. Jeder zog sich einen dunklen Strumpf über den Kopf, der zwei Löcher hatte, genau dort, wo die Augen sind. So waren ihre Gesichter nicht zu erkennen. Sie selber konnten jedoch vortrefflich sehen. Sie stiegen aus dem Auto und liefen in die Bank. Dort verschafften sie sich Zutritt zum Tresor und erbeuteten so viel Geld und Gold wie sie in die mitgebrachten Reisetaschen packen und tragen konnten. Damit rannten sie zum Auto, warfen die Beute in den Kofferraum und brausten davon.

Obwohl die Polizei schon zwei Minuten später bei der Bank eintraf, konnten sie die Bankräuber nicht ergreifen. Sie telefonierten zu anderen Polizeiwagen, damit Straßensperren errichtet wurden. Aber auch das half nicht. Die Räuber waren wie vom Erdboden verschluckt.

Denn die beiden Diebe fuhren nach dem Überfall aus der Stadt und erreichten nach einem Kilometer einen Wald. Dort bogen sie in einen Waldweg ein, der nach dreihundert Metern auf einer Lichtung endete.

"Was willst du hier?", *fragte der Räuber auf dem Beifahrersitz seinen Kumpel am Steuer.*

"Hier teilen wir. Fifty-fifty, wie abgemacht. Danach geht jeder seinen Weg. Du kannst das Auto nehmen. Sieh zu, dass du möglichst schnell weit wegkommst und nicht in eine Straßensperre gerätst."

"Und du? Wie kommst du weg?"

"Mein Wagen steht hundert Meter weiter. Los jetzt."
Er stieg aus dem Auto und ging zum Heck. Sein Kumpel stieg zögernd aus. Am geöffneten Kofferraum blickte er in die Mündung einer Pistole.

"Was soll das?" *Mehr konnte er nicht sagen. Der Fahrer des Wagens hatte abgedrückt und seinem Kumpel direkt in den Kopf geschossen. Den tot zu Boden gestürzten packte er bei den Füßen und zerrte ihn in ein Gebüsch. Dort bedeckte er ihn mit toten Zweigen und altem Laub. Zufrieden schaute er auf sein Werk.*

"So schnell findet dich hier niemand", sagte er zu sich selbst. "Hattest du wirklich geglaubt, ich würde mit dir teilen, du Idiot?"

Dann setzte er sich ins Auto und fuhr zurück zur Hauptstraße, die er überquerte. Im gegenüberliegenden Waldweg fuhr er noch bis zur nächsten Biegung, wo ein blaues Auto parkte. Daneben hielt er an, öffnete den Kofferraum und lud die großen Taschen mit dem Beutegut schnell vom roten in den blauen Wagen. In der Ferne hörte er schon Polizeisirenen.

"Ihr sucht bestimmt ein rotes Auto", sagte er in Richtung der Sirenen. "Nur zu, mein Auto ist blau und stand nicht vor der Bank."

Auf dem Waldweg fuhr der Gesetzesbrecher zurück zur Hauptstraße und lenkte nicht etwa von der Stadt weg, sondern bog Richtung Stadt ein. Am Ortsschild rasten zwei Polizeiwagen mit lauten Sirenen und grellen Blau-

lichtern an ihm vorbei. Gemächlich, alle Verkehrsregeln beachtend fuhr er in die Stadt und zu dem Hotel, in dem er sich drei Tage zuvor einquartiert hatte. Aus dem Kofferraum nahm er nur eine der geldgefüllten Reisetaschen, um nicht aufzufallen, und ging zur Rezeption.

„Was ist denn hier los?", fragte er scheinheilig. „Überall Polizei?"

„Banküberfall, vor wenigen Minuten", sagte die Dame am Schalter knapp.

Der Räuber tat erstaunt, nahm den Fahrstuhl und ging zu seinem Zimmer. Dort bewunderte er seine Beute.

„Nur nicht gleich abreisen", sagte er zu sich. „Das könnte verdächtig sein."

Er wohnte noch zwei Tage im Hotel. Am geplanten Abreisetag traten zwei Männer im Frühstücksraum in ganz normalen Stadtanzügen an seinen Tisch.

„Herr Müller, Egon Müller?"

Der Bankräuber sah auf und nickte.

„Polizei! Sie sind verhaftet! Kommen sie mit!"

Die beiden Beamten zeigten kurz einen Ausweis.

„Darf man fragen weshalb?", stotterte der Missetäter. Am Eingang zum Frühstücksraum sah er zwei Polizisten stehen. Auch aus dem Durchgang zur Küche trat ein Polizist.

„Bankraub und Mord", sagte der Polizist in Zivil knapp. „Alles Weitere auf dem Revier."

Im Verhörraum der Polizeiwache legte der Kommissar mehrere Fotos vor dem gefassten Bankräuber und Mörder auf den Tisch.

„Leugnen ist zwecklos", sagte er kühl. „Sehen Sie selbst." Er deutete auf das erste Foto. „Hier rennen Sie mit ihrem Kumpel aus der Bank. Hier rasen Sie mit überhöhter Geschwindigkeit aus der Stadt. Hier biegen Sie in

den Waldweg ein und hier erschießen Sie ihren Kumpel. Muss ich die übrigen Fotos auch erläutern?"

Dem Kriminellen verschlug es die Sprache. Fassungslos blickte er auf die Bilder und betrachtete jedes einzelne eingehend. Die Aufnahmen waren gestochen scharf, man erkannte alle Einzelheiten, selbst die Gesichter.

"Wer hat das fotografiert? Ein Flugzeug? Ich habe keins gesehen."

"Nein, kein Flugzeug", sagte der Kommissar. "Höher." Er deutete mit dem Zeigefinger gen Himmel.

Der Verbrecher blickte zur Zimmerdecke, sah die Polizisten im Raum misstrauisch an und schaute zum Kruzifix an der Wand.

"Nein, der nicht", grinste der Kommissar. "Das sind Sattelitenaufnahmen. Weil wir Standort und Zeitpunkt genau wussten, war es ein Leichtes, diese Fotos zu erhalten. Sie haben wohl noch nicht mitbekommen, dass ständig Satteliten um die Erde fliegen, die jeden Quadratzentimeter fotografieren?"

"Ja, so wird es sein in der Zukunft", beendete Sem seinen Bericht. "Man wird in jeden Winkel der Erde schauen können."

"Es sieht fast so aus", sinnierte Noah, "als ob die Menschen Gott ähnlicher werden, wenn sie alles sehen wie er."

"Dann kann man ja nichts Böses mehr tun", warf Ham ein. "Wenn alles gesehen und beobachtet wird."

"Nein, so ist das nicht", erklärte Sem. "Auch in der Zukunft wird jeder böse sein und Dinge tun können, die verboten sind. Wer sich dumm anstellt, wird nach wie vor schnell erwischt. Viel schneller als in unseren Tagen. Weil man über Geräte verfügt, mit deren Hilfe Täter einwandfrei überführt werden können. Aber wer die neue Technik einsetzt, dem werden sich ganz andere Möglichkeiten

bieten, seinem hinterhältigen Treiben nachzugehen. Luzifer ist nicht dumm. Er beobachtet genau, was auf der Erde vor sich geht. Entsprechend instruiert er seine Heerscharen und flüstert denen ins Ohr, die ihm gerne zuhören."

„Noah war ebenfalls fasziniert von der Zukunftsschau", fügte Suvork hinzu. „Heute sind Satelliten, Bild und Tonübertragung, als auch Navigation mit dem Navigator ganz normal. Jeder, der die notwendigen Geräte hat, kann sie nutzen. Aber zu Noahs Zeiten dachte niemand an jene Möglichkeiten. Nur Sem, der hat schon vieles gesehen. Auch Dinge, die uns noch bevorstehen."

Suvork verspätet sich

„Entschuldige, ich bin etwas spät dran", sagte Suvork, nachdem er sich auf die Rückenlehne des Sonnenstuhls auf meiner Penthaus-Terrasse gesetzt hatte. „Die Kinder."
„Wie, was meinst du mit ‚Kinder'?," fragte ich.
„Meine Kinder, kleine Rabenkinder."
„Du hast Kinder?"
„Warum nicht? Glaubst du, meine Libido sei schon völlig verschrumpelt. Nur weil ich ein paar tausend Jahre älter bin als du? Jedes Jahr zeuge ich Nachwuchs. Das hält jung und vital. Mit meiner jetzigen Gefährtin bin ich seit drei Jahren zusammen. Unser Nest ist im Donautal, wenige Kilometer hinter Sigmaringen, nicht weit von hier. Da fand ich im Felsen ein schönes Fleckchen, ge-

schützt und sicher. Die Kleinen waren noch hungrig, da musste ich los, um ein geeignetes Nachtmahl zu organisieren."

Ich sah meinen Rabenfreund misstrauisch an: „Nun sag mir bloß noch, dass die auch ewig leben, wie du? Ich meine, dein Nachwuchs."

„Nein, die wird nicht vererbt, die Unsterblichkeit. Mein Nachwuchs lebt ganz normal, wie es bei Raben üblich ist. Zwanzig bis dreißig Jahre, manchmal auch etwas länger. Meine Gattin lebt ja auch nicht ewig."

„Und wenn die stirbt? Wie geht es dann weiter?"

„Dann suche ich mir ein anderes Rabenweib. Zugegeben, ist manchmal etwas mühsam. Denn von unserer Art gibt es nicht so viele. Krähen sind häufiger und gehören irgendwie zur Familie der Rabenvögel. Aber mit denen lass ich mich nicht ein. Nur reinrassige Rabenweiber kommen in die engere Auswahl. Nicht jede ging auf meinen Antrag ein. Wenn ihr mein Schnabel nicht gefiel, muss ich weitersuchen. Rabenweiber sind mindestens so wählerisch wie Menschenfrauen. Frauen legen Wert darauf, dass letzte Wort zu haben. Da habe ich so meine Probleme. Bei meiner tausendjährigen Erfahrung fällt mir immer wieder etwas ein. Aber es ist auch der Traum jeder Frau, der Traum eines Mannes zu sein. Damit kann ich punkten. Denn es fällt mir leicht, entsprechende Komplimente aus den Federn zu schütteln. Bisher fand ich immer wieder eine junge, entzückende und vitale Rabenfrau. Ich halte mich lieber in den Alpen auf, wo ich dich das erste Mal getroffen haben. Aber mein jetziges Weib stammt aus dem Donautal. Die wollte da nicht weg. Deshalb nisten wir dort."

„Wie viele Gattinnen hattest du denn schon?"

„Das ist jetzt meine zweihundertsechsundvierzigste."

„Wow! Eine stattliche Anzahl!"

„Und wie viele Kinder hast du?"

„Die habe ich nicht gezählt. Manche wurden nicht einmal erwachsen. Es gab immer wieder Räuber. Adler, Füchse und Menschen. Man kann ja nicht ständig im Nest hocken und aufpassen. Einmal fiel ein Felsbrocken direkt auf unser Gelege. Ich hatte mich noch retten können. Aber meine damalige Frau und die Kleinen, alle platt."

„Traurig", mehr fiel mir zu dem Ereignis nicht ein. Deshalb schwenkte ich zur Gegenwart um. „Welche Geschichte willst du mir heute Abend erzählen?"

„Heute ist Ham dran, das Schlitzohr."

„Schlitzohr?"

„Ja, Ham nahm es nicht immer so genau. Ob es sich nun um Pünktlichkeit, Ehrlichkeit, Treue, Sorgfalt oder welche Tugend auch immer handelte. Er wurschtelte sich stets irgendwie durch. Er war nicht total schluderig, untreu, verlogen oder unpünktlich. Er lavierte eben ständig so an der Grenze. Noah hatte seine Mühe mit ihm. Am Ende, als es um den Väterlichen Segen ging, zahlte er es ihm dann heim. Aber dass muss ich hier nicht erzählen, steht ja in der Bibel, Genesis, Kapitel neun."

Suvork hielt inne und suchte nach einem Floh oder einer Laus in seinem Gefieder. Nachdem er den Parasiten erwischt, geknackt und verspeist hatte, fuhr er fort.

„Ich denke, ich sollte dir vom folgenden Ereignis berichten. Das steht nicht in der Bibel. Eine Episode mit Ham.

Wir waren gerade beim Mittagsmahl. Da unterdrückte Milwida, Sems Ehefrau, einen Schrei und blickte mit weit aufgerissenen Augen zum Treppenaufgang aus dem unteren Deck. Wir alle drehten unseren Kopf und sahen ihn, einen ausgewachsenen Tiger. Er stand ganz ruhig, als müsse er sich erst an das hellere Licht im Gemeinschaftsraum gewöhnen. Als er eine Pfote vorsetzte, um sich uns zu nähern, erhob Noah sich. Auch Jafet, der für die Tiger zuständig war, stand auf. Noah klatschte laut in die Hände. Der Tiger duckte sich erschrocken. Das war allerdings auch die Stellung, aus der er Noah anspringen konnte.

‚Ab! Zurück in deine Box!', brüllte Jafet, der sich neben Noah gestellt hatte. Alle schraken wieder zusammen. Denn Jafet sprach normalerweise sanft mit einer gedämpften Stimme. Einen derartig lauten Befehl hatte noch niemand aus seinem Mund gehört.

Die Augen des Tigers wanderten von Noah zu Jafet, der unerschrocken mit erhobenen Händen einen Schritt auf den Tiger zutrat. Das Tier wich zurück, drehte sich um und tappte die Stufen hinunter. Jafet und Noah folgten ihm. Am Mittagstisch atmeten alle hörbar auf und warteten gespannt auf die Rückkehr der beiden Männer. Wenig später betraten sie wieder den Gemeinschaftsraum.

‚Alles gut, er ist wieder in seiner Box', sagte Noah. ‚Wir haben ihm von dem auserlesenen Kraut zu fressen gegeben. Er ist sogleich wieder eingeschlafen. Der Verschluss und die Gitterstäbe waren nicht beschädigt.' Dann fragte Noah mit scharfer Stimme: ‚Wer hat den Käfig geöffnet?'

Niemand meldete sich.

‚Jemand muss den Käfig geöffnet haben', fügte Jafet hinzu. ‚Der Tiger konnte die Tür unmöglich allein aufschließen.'

Alle sahen ihn an. Nur Ham saß mit gesenktem Kopf da.

‚Mit Schweigen kann man auch etwas verraten', sagte Noah zu Ham. ‚Du warst es also! Warum? Wolltest du uns alle erschrecken? Wenn ja, es ist dir gelungen.'

‚Nein', erwiderte Ham kaum hörbar. Und dann deutlich lauter: ‚Aber ich habe die Tür wieder ordentlich verschlossen.'

Mit finsterem Blick schritt Jafet auf seinen Bruder zu: ‚Und warum hast sie geöffnet?'

‚Ich wollte nur mal sein Fell streicheln.'

‚Bockmist!', brüllte Jafet ihn an. ‚Wer soll das glauben?' Er hob den Arm mit geballter Faust. Noah trat dazwischen und drückte ihn zurück. Es sah ganz so aus, als wolle Jafet seinen Bruder verprügeln. Er war größer und kräftiger als Ham. Eine Schlägerei wäre nicht gut für den Kleinen ausgegangen.

‚Belassen wir es hiermit', beendete Noah die Diskussion. ‚Wir waren nicht dabei. Ham, ich habe noch keine Entschuldigung von dir gehört.'

Mit versteinerter Mine entschuldigte Ham sich bei Jafet und allen anderen Familienmitgliedern. Dann sprach Noah ein abschließendes Urteil. Sein Wort war Gesetz auf der Arche und wurde von allen geachtet: ‚Ham, ich verbiete dir jemals wieder ins unterste Deck zu gehen, wo Jafet zuständig ist. Ausgenommen, ich ordne es an. Hast du verstanden?'

Ham nickte zustimmend.

‚Das reicht nicht', sagte Noah. ‚Ich und alle hier, wollen es hören. Laut und deutlich.'

‚Ja, ich habe verstanden', antwortete Ham laut und mit knirschenden Zähnen.

Nach diesen Vorfall ging Ham seinem körperlich überlegenen Bruder sichtlich aus dem Weg. Er machte auch keine Annäherungsversuche mehr bei Leilani, in die er sich offensichtlich verguckt hatte. Alle meinten zu wissen, dass Ham die Käfigtür absichtlich offengelassen hatte. Aber niemand sprach mehr darüber."

Der Hochstapler

„Nun eine Geschichte von Ham", setzte Suvork seinen Bericht fort.

Snah mochte die Feldarbeit nicht, zu der ihn sein Vater anhielt. Pflügen, säen, Unkraut aushacken, ernten, ganz gleich, um was es ging, nach wenigen Minuten standen ihm die Schweißperlen auf der Stirn und zur Mittagsstunde rann die Ausschwitzung in Strömen den Körper hinunter. Nein, das war nicht Snahs Welt. Unentwegt dachte er darüber nach, wie er seinen Lebensunterhalt befriedigender und vor allen Dingen einfacher verdienen könnte, ohne seinen Körper zu schinden.

Als er einmal mit seinem Vater auf den Markt der nahen Stadt gegangen war, um dort ihre Feldfrüchte zu verkaufen, kam ihm die erleuchtende Idee. Denn dort trat ein Prediger auf. Er trug ein wallendes Gewand und einen ungewöhnlichen Hut. Auf einem Baumstumpf stehend rief er Leute zu sich und begann zu reden. Am Ende seiner Ansprache nahm er seinen Hut ab und ging zu den Zuhörern, um Geld einzusammeln. Verblüfft sah Snah, wie etliche aus dem Publikum Gold- und Kupfermünzen in die Kopfbedeckung warfen. Zwar drehten sich auch einige weg, aber der Prediger hatte am Schluss eine Handvoll Münzen, die er in einen Beutel steckte. „Für die Armen in Nechnim", sagte er. Niemand wusste, wo das Land Nechnim lag. Aber er hatte davon erzählt, dass es dort seit einem Jahr nicht mehr geregnet habe und die Leute am Verhungern seien, wenn er ihnen nicht helfe. Danach verschwand der Prediger und ward nicht mehr gesehen.

„Ja, das ist es", sagte Snah zu sich selbst. „Ein biss-

chen Reden und schon habe ich genügend Geld für eine Woche."

Sein schlichtes Gewand verzierte er mit imposanten Ornamente, die er mit schwarzer und brauner Wolle einstickte. Außerdem bat er seine Mutter, ihm Fransen an die Schultern und an die Ärmel zu nähen. Damit sah er nicht mehr gewöhnlich aus. Für die Feldarbeit hatte sein Vater ihm ein Tuch gegeben, das er sich um den Kopf gewickelt hatte wie alle Bauern in der Gegend. Damit wollte er nicht als Prediger auftreten. Niemand würde ihm glauben, dachte er. Deshalb nähte er sich aus Schafsfell eine runde Kappe, den Pelz nach außen. Noch nie hatte Snah jemanden mit so einer Kopfbedeckung gesehen.

Seinem Vater fehlten vor Entsetzen die Worte, als er seinen Sohn in dem verzierten Gewand dahinschreiten sah. Er schüttelte lediglich den Kopf und ging aufs Feld.

Snah wanderte einen ganzen Tag, ohne in eine fremde Stadt zu kommen. Denn sein erster Auftritt als Prediger sollte in einem Ort sein, wo man ihn nicht kannte. Am zweiten Tag sah er abends in der Ferne die Häuser einer kleinen Stadt. Er bettete sich unter einer alten Eiche zur Nachtruhe. Noch bevor er einschlief, ging er im Geiste die Predigt durch, die er am nächsten Tag in der fremden Stadt halten wollte.

Es wimmelte von Leuten, als Snah auf dem Marktplatz eintraf. Niemand beachtete ihn und er suchte eine Stelle, von der er erhöht predigen konnte. Aber es gab keinen Baumstumpf auf dem Marktplatz.

"Wer bist du? Ich hab dich hier noch nie gesehen", fragte eine korpulente Bäuerin.

"Ich bin Sennahoj, der Prediger", antwortete Snah. Er hatte sich einen neuen Namen ausgedacht.

"Und wann beginnst du zu predigen?"

„Ich suche nach einer geeigneten Stelle, wo ich etwas erhöht stehe."

„Gibt es hier nicht", sagte die Bäuerin. „Der Marktplatz ist platt wie ein Brett. Ich könnte dir eine Kiste leihen. Auf die kannst du dich stellen. Sie ist sehr stabil."

Sennahoj nahm das Angebot an, stellte sich auf die Kiste, rief die Marktbesucher zu sich und begann zu predigen. Nach einer halben Stunde war er fertig und ging mit einer kleinen Tonschale umher. Die meisten Zuhörer hatte er offenbar nicht mit seinen Worten erreicht. Denn sie wandten sich ab und er fand nur drei Kupfermünzen in seiner Schale.

„Für den Anfang nicht schlecht", tröstete er sich. Der Bäuerin gab er eine Kupfermünze für die Kiste. Die wollte er behalten, um künftig immer auf ihr stehend zu predigen. Dann zog er in die nächste Stadt. Dort fand er vier Kupfermünzen in seiner Schale. Erst in der fünften Stadt hatte er seine Predigt so gut geschliffen, dass er ihr drei Kupfermünzen und eine Goldmünze entnahm. Äußerst zufrieden mit seinem Erfolg, kaufte er für die Goldmünze einen Karren und einen Esel. Das Fahrzeug war alt, klein und schäbig und der Esel störrisch. Aber nun musste er nicht mehr zu Fuß gehen und die Kiste schleppen. Er stellte sie auf den Karren, setzte sich darauf und gab dem Esel die Peitsche.

Von Stadt zu Stadt mehrten sich die Münzen in seinem Lederbeutel. Zwar konnte er nun ab und zu in einem Gasthaus übernachten und nicht wie bisher unter freiem Himmel. Aber in der Tonschale fand er immer nur wenige Münzen. Als er einmal auf drei Kupfermünzen und drei Goldmünzen sah, schien ihm, als würde er erleuchtet. Er fuhr aus der Stadt an einen stillen Ort, wo er ein heißes Feuer entfachte. In einen Tonklumpen drückte er die Goldmünzen und entnahm sie wieder. Auf diese Weise formte er sechs flache Vertiefungen. Er schmolz die Goldmünzen und goss ein wenig Gold in die Vertiefungen. Darauf legte er je eine Kupfermünze, die etwas kleiner war, als die Goldmünze. Dann goss er Gold auf die Kupfermünze, die nun nicht mehr zu sehen war. Auf diese Weise vergoldete er sechs Kupfermünzen. Die fertigen Produkten sahen aus wie sechs echte Goldmünzen.

Glücklich über seine Idee, aus drei Goldmünzen sechs zu machen, nahm er sich vor, künftig nur noch Münzen zu fälschen. Und weil bei seinen Predigten zu wenig gespendet wurde, wechselte er vom Prediger zum Handelsreisenden. Mit den vergoldeten Kupfermünzen kaufte er Waren und verkaufte sie in der nächsten Stadt. Er hatte sich einen neuen Namen zugelegt und nannte sich nun Sukram, der Kaufmann. Durch die gefälschten Münzen und aufgrund geschickten Verhandelns auf dem Markt, wurde er ein reicher Mann.

Von Esel und Karren trennte er sich schnell und fuhr mit einem großen Wagen und vier Pferden davor durch die Lande. Denn seine Geschäfte als Kaufmann liefen hervorragend, neben seiner Tätigkeit als Münzfälscher. Dennoch wollte sich nicht so recht das erwartete Glücksgefühl einstellen. Zunächst wusste er nicht, woran das lag. Doch dann beobachtete er einen reisenden Medizinmann. Der kam auf den Markt und wurde sogleich von vielen Leuten umringt. Sie klagten ihm ihre Leiden und erhielten verschiedene Mittel in Form von Kräutern, Pulvern, Flüssigkeiten oder Wurzeln. Sukram, alias Sennahoj, alias Snah, beobachtete genau, was der Wunderarzt tat. Am meisten beeindruckte ihn, wie dankbar die Menschen nach der Behandlung waren. Sie sahen zu ihm auf, als wäre er Gott, der auf die Erde gekommen war. Und sie bettelten ihn an, noch einen Tag in der Stadt zu bleiben, weil der Großvater, eine Tante, ein Vetter, oder sonst wer auf dem Weg zu ihm seien und sich Heilung erhofften. Der Wunderheiler quartierte sich im nobelsten Gasthaus der Stadt ein. Weil er die Tochter des Wirts von einem Leiden geheilt hatte, brauchte er für Essen und Quartier nichts zu bezahlen. Das war ihm, dem Kaufmann Sukram noch nie passiert. Er bekam stets eine saftige Rechnung. Abends, als der Arzt im Gasthaus sein Nachtmahl eingenommen hatte, sprach Sukram ihn an.

„Entschuldigung, ich würde mich gerne mit dir unterhalten."

Der Wunderheiler war nicht abgeneigt und lud ihn ein, an seinem Tisch Platz zu nehmen. Angeregt unterhielten sie sich. Die Vögel begannen bereits im Morgengrauen zu zwitschern, als sie sich verabschiedeten. Sukram, der Kaufmann, hatte mit dem Wunderarzt vereinbart, dass er ihn ein halbes Jahr begleiten durfte, um von ihm die Heilkunde zu lernen. Nebenbei handelte Sukram immer noch mit Waren. Aber hauptsächlich ging er dem Arzt zur Hand und beobachtet, wie er die Leute behandelte. Er ließ sich erklären, wie man die Arzneien herstellte und wo man die Zutaten fand.

„Man braucht mindestens sieben Jahre, um ein guter Heiler zu werden", sagte der Wunderarzt. „Wenn du Fehler machst, musst du zusehen, dass du wegkommst. Sonst hängen sie dich auf."

Nach drei Monaten glaubte Sukram, ausreichend gelernt zu haben. Er entlohnte den Wunderarzt mit fünf gefälschten Goldmünzen und verabschiedete sich. Seine restlichen Waren verkaufte er auf dem nächsten Markt und richtete seinen Wagen neu ein, wie es einem Wunderheiler zustand. Etliche Arzneien hatte er seinem Lehrmeister abgekauft und sich sorgfältige notiert, wie weitere Mittel zubereitet wurden. Wohl ausgerüstet zog er als Wunderheiler durch das Land. Er hatte sich einen neuen

Namen zugelegt: Derfla aus dem fernen Neiraglub. Er wusste selbst nicht, wo Neiraglub lag und ob es überhaupt ein Land oder eine Stadt mit dem Namen gab. Das war auch nicht wichtig. Die Namen klangen schön exotisch, damit erreichte er Aufmerksamkeit. Und falls jemand fragte, antwortete er: „Oh, das liegt weit, weit im Süden an einem riesigen Meer. Man braucht zwei Jahre, um dorthin zu gelangen. Aber nur, wenn man gute Pferde hat." Mit der Antwort waren die Leute zufrieden.

Als Wunderheiler Derfla heilte er wirklich viele Leute von ihren Leiden. Die Menschen pilgerten zu ihm und er bekam täglich die Anerkennung, die er erhofft und erwünscht hatte. Er zog es vor, in kleinere Orte zu reisen, wo es nicht so viele Kranke gab. Denn er mochte nicht den ganzen Tag und die halbe Nacht das Gejammer der Leidenden anhören. Allerdings brachte ihm das nicht so viel Geld und weniger Anerkennung ein. Deshalb zog es ihn immer mal wieder in eine große Stadt, wo er vor viel Publikum seine Heilkunst vorführen konnte.

So geschah es, dass er eines Tages auf einem Marktplatz zu praktizieren begann, als sein ehemaliger Lehrmeister ebenfalls dort eintraf. Entrüstet rief der Meister: „Ergreift ihn! Das ist ein Scharlatan! Er hat nur drei Monate bei mir gelernt und mich dafür mit fünf gefälschten Goldmünzen entlohnt!"

Derfla konnte kaum glauben, was daraufhin geschah. Der Patient, den er gerade behandelte, sprang vom Wagen und die Menschenmenge um ihn sah ihn mit finsterer Miene an.

„Ich bin ein anerkannter Heiler!", rief er der Menge zu. „Mein Ruf eilt mir voraus und ich habe unzählige Kranke von ihren Leiden befreit."

„Ich kenne dich, du Fälscher!", rief ein Mann aus der Volksmenge. „Früher nanntest du dich Sennahoj und

zogst als Priester durch die Lande. Das war dir wohl zu anstrengend. Du satteltest um und zogst als Kaufmann von Stadt zu Stadt. Einmal kaufte ich dir einen Packen Schafsfelle ab. Die Felle waren beste Qualität. Aber du bezahltest mit Falschgeld."

„Das kann nicht sein!", rief Derfla dazwischen.

„Doch, es ist wahr!", rief der Mann. „Drei Tage nach dem Handel, ich war auf einem anderen Markt, wollte ich mit einer deiner Goldmünzen bezahlen. Sie fiel mir aus der Hand und rollte unter den Huf eines Pferdes. Beim Versuch, die Münze hervorzuholen, trat der Gaul noch einmal zu. Die Münze brach und was kam zum Vorschein? Billiges Kupfer, umhüllt von ein wenig Gold! Hier seht!"

Der Mann hatte eine verbogene Münze aus seinem Wams gezogen und hielt es in die Höhe. „Wetten, sein Beutel ist voller gefälschter Goldmünzen!"

Fünf kräftige Männer kletterten auf den Wagen des Wunderheilers Derfla und entrissen ihm seinen Geldbeutel. Bei der Prüfung kam heraus, dass die meisten Goldmünzen gefälscht waren.

„Die muss mir jemand angedreht haben!", versuchte Derfla sich zu verteidigen.

Die Männer durchsuchten seinen ganzen Wagen und fanden die Gussformen aus Ton, in denen Derfla seine gefälschten Goldmünzen hergestellt hatte. Nun nützte kein Leugnen mehr. Sie ergriffen ihn, warfen ihn vom Wagen und erschlugen ihn auf dem Marktplatz.

Ich schwieg nach dem grausamen Ende des Hochstaplers. Suvork schien etwas ermüdet zu sein und sagte auch kein weiteres Wort. Aber die Sache mit den gefälschten Goldmünzen, kam mir doch etwas zu einfach vor.

„Was hat der Hochstapler auf die Münzen geprägt",

fragte ich Suvork. „Den Kopf eines Königs, einen Löwen, einen Adler, oder was?"

„Weder noch", erwiderte Suvork. „Zu jener Zeit wurde nichts auf die Goldmünzen geprägt. Man goss einfach runde, flache Münzen, die leicht zu handhaben waren. Gelegentlich ritzte jemand etwas darauf ein. Aber das hatte keine Bedeutung."

„Woher wüsste man denn, welchen Wert die Münze hat, wenn da nichts drauf stand?"

„Man wog sie einfach in der Hand. Die Münzen waren auch nicht gleich groß. Es konnte durchaus sein, dass zwei kleine Münzen genau so viel wogen, wie eine große. Die Goldstücke waren oft auch nicht hundert prozentig kreisrund, manchmal etwas oval. Kupfermünzen hatten grundsätzlich weniger Wert, als Goldmünzen. Gelegentlich wurde auch mit Silbermünzen gehandelt."

Abschied

Nachdem Suvork mit seiner Erklärung geendet hatte, holte er tief Luft.

„Das war heute mein letzter Besuch bei Dir, Karl Schmidt", sagte er feierlich und sah mich mit schrägem Kopf an. „Es war schön mit Dir. Aber ich muss wieder zurück in die Berge."

„Und deine Frau?"

„Tot. Ich fand sie gestern Abend im Nest. Sie muss sich an irgend etwas vergiftet haben."

Die Nachricht schockierte mich. Ich wusste nicht, wie ich reagieren sollte und suchte nach Worten.

„Das tut mir leid", brachte ich schließlich hervor. Wie gingen Raben mit der Situation um? Gab es eine Trauerfeier?

Suvork schien meine Gedanken zu lesen und half mir über meine Sprachlosigkeit hinweg.

„Mach dir keine Gedanken. Das habe ich im Laufe der Jahrtausende schon oft erlebt. Plötzlich kam meine Partnerin nicht mehr wieder, weil ein Jäger sie abgeschossen hatte. Oder sie starb an Altersschwäche. Gestern war es Gift, was noch deutlich an ihrem Leichnam zu riechen war. Ich sollte daran gewöhnt sein. Aber es schmerzt doch jedes Mal aufs Neue. Ich wollte erst gar nichts davon berichten. Aber du bist mir ans Herz gewachsen und solltest es wissen."

„Und deine Kinder?", fragte ich nach einer Pause.

„Sind jetzt groß genug. Die können sich selber versorgen. Bei Raben ist es nicht üblich, den Nachwuchs jahrelang durchzufüttern."

„Suvork, ich werde dich vermissen. Es war so interessant und erbaulich, dir zuzuhören. Ich habe etliches gelernt und bin in religiösen Dingen nachdenklich geworden. – Wo willst du denn hin?"

„In die Alpen. Vielleicht an den Gardasee. Dort ist das Klima im Winter angenehm."

Ohne ein weiteres Wort, als käme er gleich wieder, hüpfte er durch die geöffnete Tür zur Dachterrasse hinaus und breitete seine Schwingen aus. Ich sah von meinem Sessel durchs Fenster, wie er nach oben in Richtung Kirchturmspitze gen Süden davon flog. Noch über seinen unerwarteten Abschied nachsinnend, bemerkte ich, wie sich Nebel im Zimmer ausbreitete.

Nebel? Wo kam der her. Es hatte noch nie Nebel im

Zimmer gegeben, höchstens Rauschwaden, wenn ich das Schnitzel auf der heißen Herdplatte vergessen hatte. Aber ich hatte nichts in die Pfanne gelegt. Es roch auch nicht nach verbranntem Fleisch. Gab es einen heimlichen Raucher in meiner Wohnung? Quatsch. Der Nebel wurde immer dichter, die gegenüberliegende Wand war nicht mehr zu erkennen.

Dann hörte ich Stimmen aus dem Nebel. Kamen sie aus dem Schlafzimmer? Die dumpfen Worte klangen wie aus einer anderen Welt. Die stimmen wurden lauter und deutlicher und erklangen nicht mehr aus der Ferne. Stand da jemand neben mir?

„Er sieht aus wie tot. Lebt er noch?"

„Ich denke."

„Und du bist sicher, dass er nur schläft?"

„Schauen wir mal."

Jemand hatte die Wade an meinem rechten Bein ergriffen und schüttelte sanft. Ich schaute nach oben. Die Zimmerdecke löste sich auf und ich erblickte weiße Wolken am Himmel. Aus dem Augenwinkel erkannte ich zwei Gestalten. Eine junge Frau und einen jungen Mann in Jeans und T-Shirt. Auf dem Rücken je einen kleinen Rucksack. Langsam richtete ich mich auf.

„Es tut uns leid, dass wir sie geweckt haben", sagte die junge Frau und biss sich auf die Unterlippe. „Aber wir waren nicht sicher, ob ..."

Der junge Mann kam ihr zur Hilfe: „Sie lagen so leblos da. Es hätte ja sein können, dass Sie nicht schliefen, sondern ..."

Ich fühlte, dass sie ein bestimmtes Wort nicht aussprechen mochten.

„Nein, nein, ich lebe noch", kam ich ihnen zur Hilfe. „Kein Herzinfarkt, kein Schlaganfall. Alles okay", sagte ich schmunzelnd.

Die beiden verabschiedeten sich und folgten dem Wanderweg in Richtung Lindauer Hütte. Ich erhob mich, streckte mich und bemerkte erst jetzt die Schmerzen in Hüfte und Schulter. So eine Holzbank ist verdammt hart. Mein Kopf hatte auf dem kleinen Rucksack gelegen, aus dem ich die Thermosflasche zog. Der Pfefferminztee war noch heiß und schmeckte köstlich. Nachdem ich den Becher im Stehen geleert und die Flasche wieder verstaut hatte, schwang ich den Rucksack auf den Rücken. Ich sah auf meine Armbanduhr. Vier Minuten nach drei.

Verwundert darüber, dass ich nur eine halbe Stunde auf der Bank gelegen hatte, trabte ich zur Bergstation der Seilbahn. Ich blieb noch einmal stehen und sah zurück. Sagenhaft, was man in einer halben Stunde auf einer harten Holzbank alles erleben kann.

ENDE

Der Autor

Reinhard Staubach, 1947 in Polen geboren, lebt gegenwärtig in Oberschwaben. Nach dem Besuch der Volksschule absolvierte er eine Handwerkerlehre. Er fuhr zur See und erwarb das Abitur auf dem zweiten Bildungsweg. Anschließend studierte er Germanistik und Erziehungswissenschaft. Während zwei Jahrzehnten Berufstätigkeit im Führungsmanagement, lebte er für kurze Zeit in Frankreich.

Weitere Bücher von Reinhard Staubach

Schlummernde Leben
Roman
ISBN 978-2-7481-2835-9

Bernd, Student der Betriebswirtschaft, verliebt sich in die Romanistik-Studentin Martina. Über der jungen Liebe schwebt ein störender Schatten. Denn Martina ist davon überzeugt, schon mehrmals in anderen Körpern auf der Erde gelebt zu haben. Sie berichtet von Feindseligkeiten unter mongolischen Reitervölkern. Erzählt, wie sie im Mittelalter verbranntes Fleisch bei einer Hexenverbrennung roch. Und beschreibt, wie sie ums Überleben nach einem Indianerangriff im Wilden Westen kämpfte.
    Für Bernd sind Martinas Schilderungen nicht glaubwürdig. Er hält die Seelenwanderung für Unfug und will seine Geliebte davon überzeugen, dass es keine Reinkarnation gibt. Die Untersuchungen von Martinas sogenannte ehemalige Leben sind schwierig. Um seine Behauptung zu beweisen, lernt Bernd Hypnotisieren. Er führt Martina in Trance in die Zeit vor ihrer Geburt. Dabei tauchen unerwartete Fakten auf, die Martinas Leben bedrohen.

Ermunterung ist steuerfrei
und andere Geschichten
ISBN 978-3-7448-1771-4

Was tun, wenn sich ein riesiger schwarzer Hund anschickt, einem das Steak vom Teller zu fischen? Kann man etwas von Vater Spatz und seinem begriffsstutzigen Jungen lernen, der das Aufsperren seines Schnabels zum Lebensinhalt erklärt hat? Schmecken gependelte Schnitzel tatsächlich besser, und wer hat wirklich den Vorteil davon? Was würden Sie empfinden, wenn Sie herausfänden, dass Ihr Ur-Ur-Ur-Großvater ein Sklavenhändler war? – Geschichten zum Schmunzeln und manchmal auch zum Nachdenken.

Possierliche Verse
63 Staubericks
ISBN 978-3-7431-1733-4

Fünf-Zeiler, oft heiter, aber auch besinnlich und bisweilen bizarr. Alle Gedichte sind mit Auftakt nach dem Reimschema aa bb a geschrieben (Limerick). Illustrationen des Autors bereichern den Inhalt.

Wiedersehen in Lissabon
Erzählungen
ISBN 3-933292-66-2

Erzählungen, die die Wechselfälle des Lebens aufs Korn nehmen. Wenn der Zeitgenosse gegen sein Schicksal anrennt, so entsteht nicht Tragik, sondern Komik. Liebevoll werden die tauglichen und untauglichen Versuche vorgeführt, ein wenig Glück an Land zu ziehen. Der Leser verfolgt mit Spannung, wie der Autor seine Szenen auf die Spitze treibt oder seine Personen wie bunte Schmetterlinge im Netz seiner Pointen gefangen setzt.

Starnitz
Eine Reise nach Pommern und Ostpreußen
ISBN 978-3-7386-3261-3

Im Juni 2002 reiste Reinhard Staubach mit Verwandten nach Polen. Er berichtet über die Reise und seine Kindheit in dem unter polnischer Verwaltung stehenden Hinterpommern. In Starnitz fanden sich seine Eltern. Dort endete 1945 für die Mitreisenden die Flucht vor der Roten Armee. Rathsdamnitz, Stolp, Stolpmünde, Mützenow, Kosemühl, Brausberg und natürlich Starnitz standen im Mittelpunkt der Reise. Aber auch Frauenburg, Danzig, Karthaus und Hela wurden von der elfköpfigen Gruppe besucht. Eine Reisereportage mit 60 Fotos.

Ein Kiesel zum Verlieben
Gedichte
ISBN 978-3-7357-1958-4

„Seine Gedichte über einen Weidezaun, den Stein Davids gegen Goliath und über die bösen Buben lösten allgemeine Heiterkeit aus. Reinhard Staubach zeigte durch seine mit schauspielerischem Talent gehaltene Lesung, dass Literatur nicht immer eine ernste Angelegenheit sein muss. Die humoristischen Musikeinlagen mit einem Kuhhorn taten ihr Übriges dazu."

– Schwäbische Zeitung

Das Fledermaus-Sportfest
Illustrierte Erzählungen aus dem Reich der Fabeln
ISBN 978-3-7392-0894-7

Wer wird beim Fledermaus-Sportfest siegen? Wird die schöne Elisabeth auf Schmeicheleien hereinfallen? Warum will ein Murmeltier im Winter nicht schlafen? Weshalb erhält Paule täglich drei Eicheln? – Vor diesen und anderen Herausforderungen stehen Fledermäuse, Murmeltiere, Frösche und weitere Tiere in Wald und Flur.

Dem Licht entgegen
Spirituelle Erlebnisse
ISBN 978-3-7357-8030-0

Herausgegeben von Reinhard Staubach mit Beiträgen von: Tycho Siebke, Wilfried T.H. Vogt, Michael Panitsch, August Schubert, Dr. Lothar Peters, Dietrich von Rauchhaupt, Hermann C. Sievers, Prof. Dieter Berndt, Georg R. Schwarz, Marianne Schmidt, Udo Lange, Baldur Stoltenberg, Margot Szalla-Köhler, Fredy Lopper, Johannes P. Hopfe, Erich Konietz, Rudolf W. Neideck, Heinrich Stilger, Heinz Staubach, Johannes E.P. Kindt

---

Alle Bücher sind auch als E-Book erhältlich.
www.reinhard-staubach.de